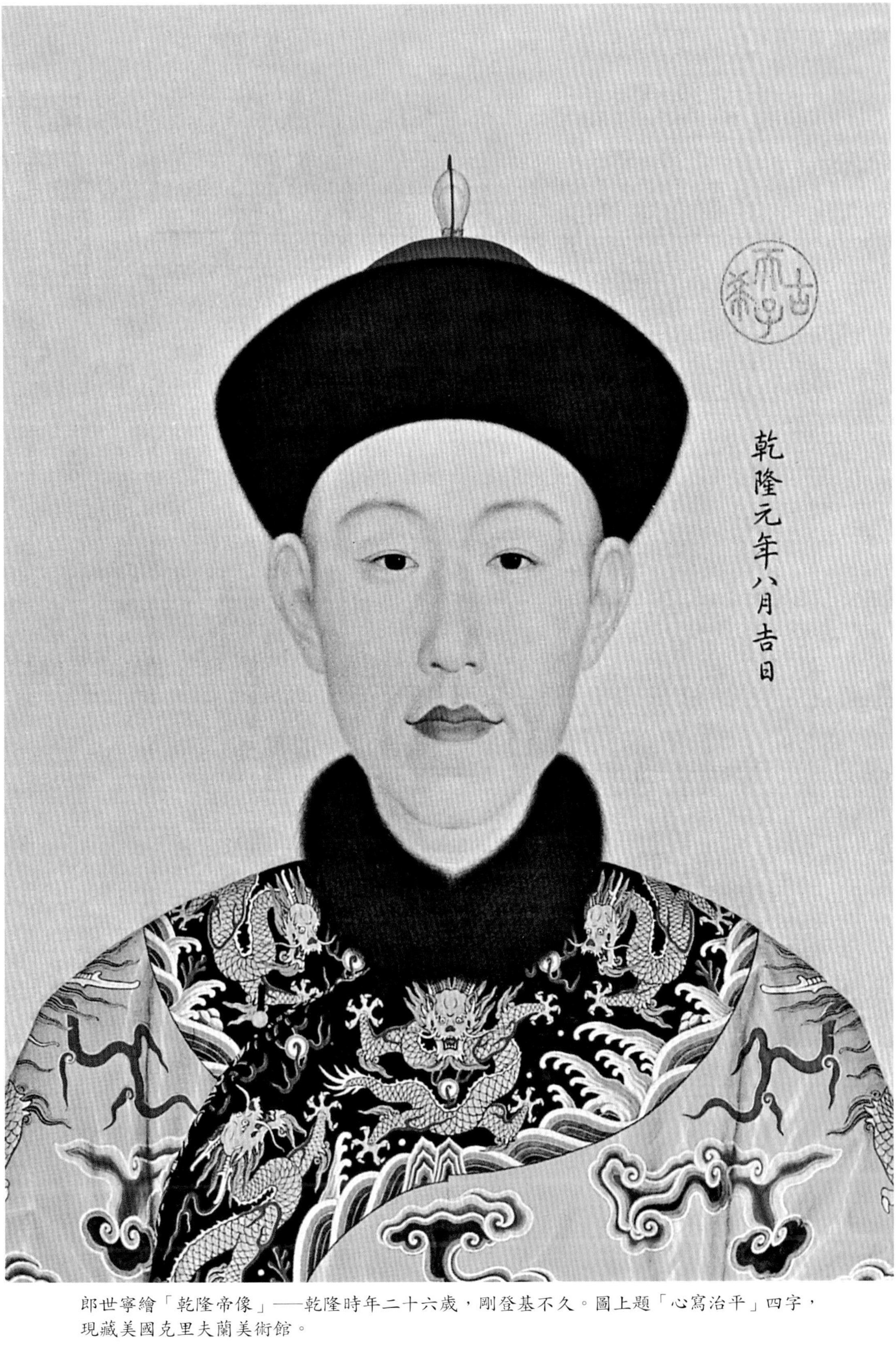

郎世寧繪「乾隆帝像」──乾隆時年二十六歲，剛登基不久。圖上題「心寫治平」四字，現藏美國克里夫蘭美術館。

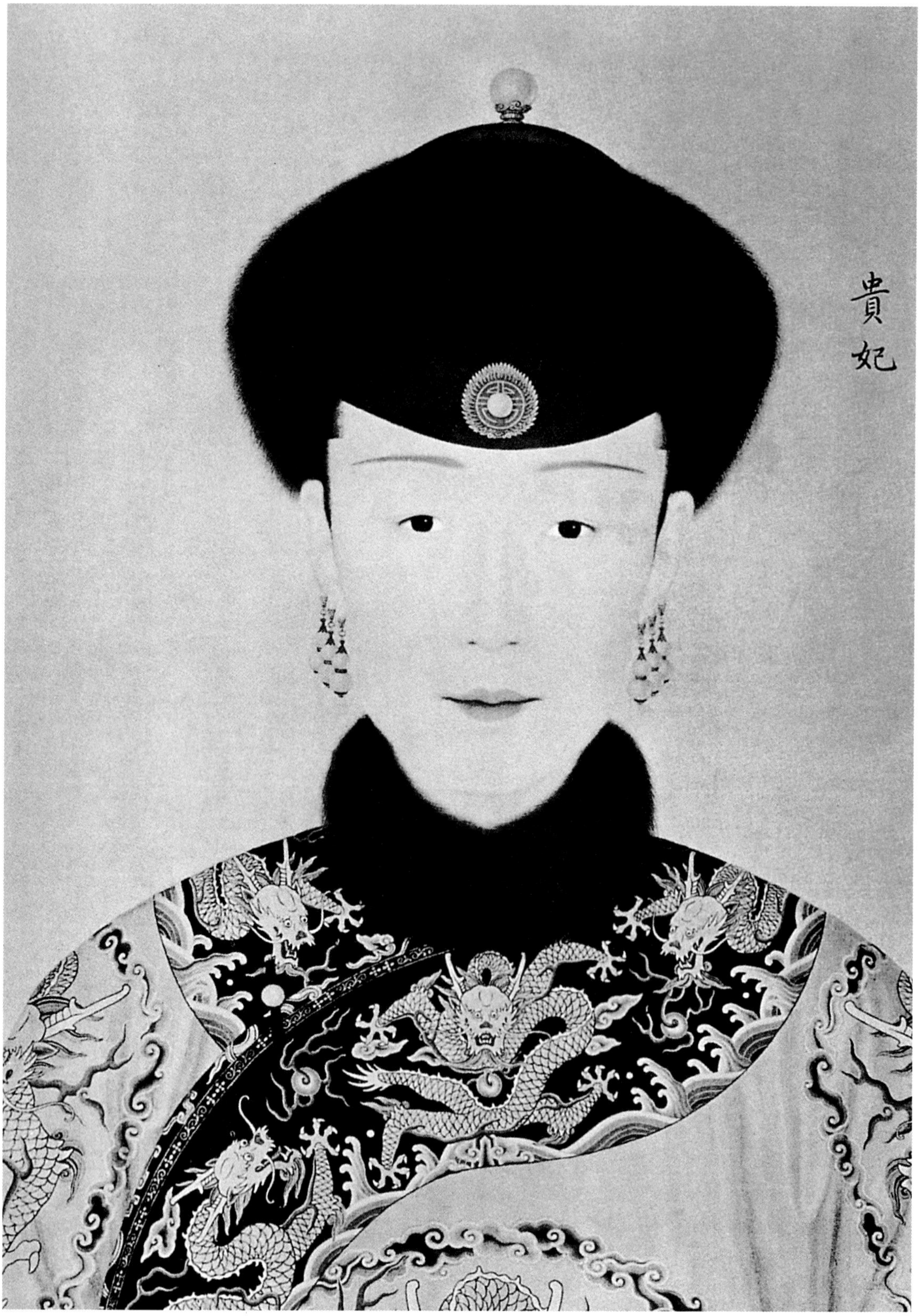

郎世寧繪「乾隆貴妃」──「心寫治平」圖中除乾隆、皇后外，另有十一名妃嬪，相貌都差不多，大概乾隆喜歡這一類容貌的女子。

郎世寧繪「乾隆帝后像」——皇后是傅恆的親姊姊，傅恆即福康安的父親。

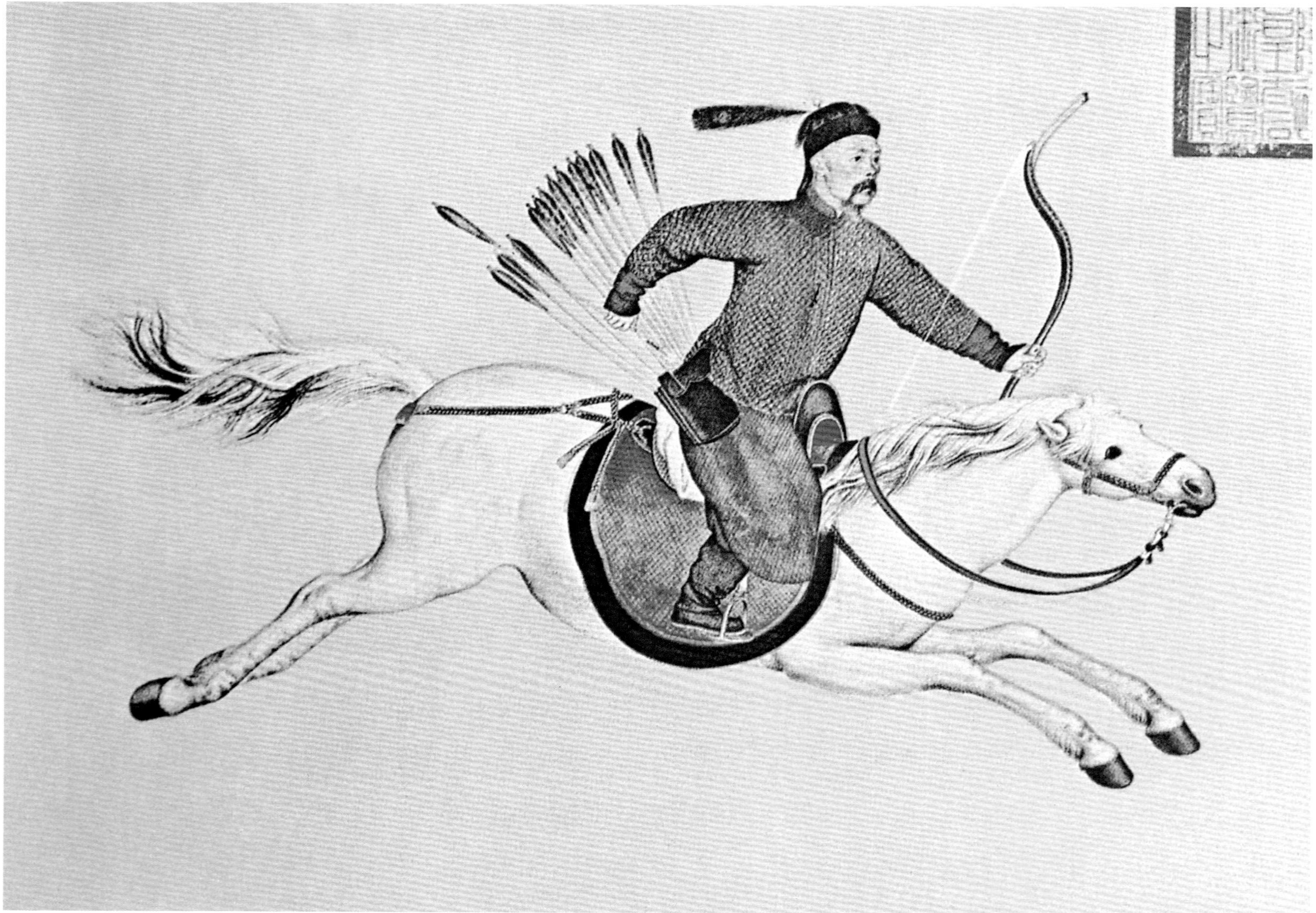

郎世寧「瑪瑺斫陣圖」——瑪瑺是乾隆時的勇將，在伊犁立功。

郎世寧「阿玉錫持矛蕩寇圖」──阿玉錫是乾隆時的勇將，據稱率勇士二十五名破敵兵一萬人。
由以上兩圖可見到當時清兵一般軍官的形貌。

俞致貞「鐵幹海棠」──俞致貞，當代畫家，鐵幹海棠的花蕊不止七顆，所以不是「七心海棠」。程靈素一死，世上再也沒有「七心海棠」了。然而由此圖可以見到海棠花的模樣。鐵幹海棠即木桃。《詩經》：「投我以木桃，報之以瓊瑤，匪報也，永以為好也。」送情人一枝鐵幹海棠，包含著綿綿情意。

大字版

飛狐外傳

金庸

④長在心頭

大字版金庸作品集㉚

飛狐外傳 (4)長在心頭 「公元2004年金庸新修版」

The Young Flying Fox, Vol. 4

作　　者／金　庸

封面設計／唐壽南　內頁插畫／王司馬

發 行 人／王 榮 文

出版・發行／遠流出版事業股份有限公司

臺北市中山北路一段11號13樓

電話／2571-0297　傳真／2571-0197　郵撥／0189456-1

□2004年9月16日　初版一刷

□2022年4月 1 日　二版三刷

大字版　每冊380元（本作品全四冊，共1520元）

〔另有典藏版共36冊（不分售），平裝版共36冊，新修版共36冊，新修文庫版共72冊〕

ISBN　978-957-32-8508-3（套：大字版）

ISBN　978-957-32-8507-6（第四冊：大字版）

Printed in Taiwan

YLib 遠流博識網

http://www.ylib.com　E-mail:ylib@ylib.com

目錄

胡斐一手各抱一個孩子，從胡同中搶到橫街，只見一輛騾車停在街心，車夫位上並肩坐著兩人，車上裝滿了糞桶。

第十六章　龍潭虎穴

這姓蔡的老者單名一個威字，在華拳門中輩份甚高，是藝字派的支長。他見胡斐去了臉上所蒙黃巾，竟是滿腮虬髯，神態粗豪，英氣勃勃，細細向他打量了幾眼，抱拳道：「啓稟掌門，福大帥有文書到來。」

胡斐心中一凜：「這件事終於瞞不過了，且瞧他怎麼說？」臉上不動聲色，只「嗯」了一聲。蔡威道：「這文書是給小老兒的，查問本門的掌門人推舉出了沒有？其中附了四份請帖，請掌門人於中秋正日，帶同本門三名弟子，前赴天下掌門人大會……」

胡斐聽到這裏，鬆了一口氣，心道：「原來如此，倒嚇了我一跳。別的也沒甚麼，只是這一日一晚之中，馬姑娘不能移動，福康安這文書若是下令抓人，馬姑娘的性命終於還是送在他手上了。」

他生怕福康安玩甚花樣，還是將文書接過，細細瞧了一遍，說道：「蔡師伯，姬師弟，便請你們兩位相陪，再加上我義妹，咱們四個赴掌門人大會去。」蔡威和姬曉峯大喜，連聲稱謝。侍僕上前稟道：「請程爺、蔡爺、姬爺三位出去用飯。」

胡斐點點頭，正要去叫醒程靈素，忽聽得她在房中叫道：「大哥，請過來。」胡斐道：「兩位先請，我隨後便來。」聽她叫聲頗為焦急，快步走向廂房，一掀門簾，便聽得馬春花低聲叫喚：「我孩子呢？叫他哥兒倆過來啊……我要瞧瞧孩子……他哥兒倆呢？」

程靈素秀眉緊蹙，低聲道：「她一定要瞧孩子，這事可不妙了。」胡斐道：「兩個孩子落在那如此狠毒的老婦手中，咱們終須設法去救出來。」程靈素道：「馬姑娘很焦躁，哭喊叫喚，立時要見孩子，這於她病勢大大不妥。」胡斐沉吟道：「我去勸勸。」程靈素搖頭道：「她神智不清，勸不了的。除非馬上能將孩子抱來，否則她心頭鬱積，毒血不能盡除，藥力也沒法達到臟腑。」

胡斐繞室徬徨，一時苦無妙策，說道：「便冒險再入福大帥府去搶孩子，最快也得等到今晚。」程靈素嚇了一跳，說道：「再進福府去，那不是送死麼？」胡斐搖頭苦笑。他何嘗不知，昨晚鬧出了這麼驚天動地的一件大事，今日福康安府中自必戒備森嚴，便要踏進一步，也必千難萬難，如何能再搶得兩個孩子出來？若有數十個武藝高強之人同時下手，或能成事，只憑他單槍匹馬，再加上程靈素，最多加上姬曉峯，三個人難道眞有通天本事？

過了良久，只聽得馬春花不住叫喚：「孩子，快過來，媽心裏不舒服。你們那兒去了？去那兒了？」胡斐皺眉道：「二妹，你說怎麼辦？」程靈素搖頭道：「她這般牽肚掛腸，不住叫喚，不出三日，不免毒氣攻心。咱們只有盡力而爲，當眞救不了，那也是天數使然。」胡斐道：「先吃飯去，一會再來商量。」

飯後程靈素又給馬春花用了一次藥，只聽她卻叫起福康安來：「康哥，康哥，怎地你不睬我啊？你把咱們的兩個乖兒子抱過來，我要親親他哥兒倆。」只把胡斐聽得又憤怒，又焦急。

程靈素拉了拉他衣袖，走入房外的小室，臉色鄭重，說道：「大哥，我跟你說過的話，有不算的沒有？」胡斐好生奇怪：「幹麼問起這句話來？」搖頭道：「沒有啊。」程靈素道：「好。我有一句話，你好好聽著。倘若你再進福康安府去搶馬姑娘的兒子，你另請名醫來治她的毒罷。我馬上便回湖南去。」

胡斐一愕，尙未答話，程靈素已翩然進房。胡斐知她這番話全是爲了顧念著他，料他眼看如此情勢，定會冒險再入福府，此舉除了賠上一條性命之外，決沒半分好處。他自己原也想到，可是此事觸動了他俠義心腸，憶起昔年在商家堡遭擒吊打，馬春花不住出言求情，有恩不報，非丈夫也。他本已決意一試，但程靈素忽然斬釘截鐵的說了這幾句話，倘若自己拚死救了兩個孩子出來，程靈素卻一怒而去，那可糟了。此時二妹在他心中的份量，已遠在馬春花之上，無論如何不能爲彼而捨此。

一時躊躇無計，信步走上大街，不知不覺間便來到福康安府附近，但見每隔五步十步，便有兩名衛士，人人提著兵刃，守衛嚴密之極，別說闖進府去，只要再走近幾步，多半便有衛士過來盤查。

胡斐不敢多躭，悶悶不樂，轉過兩條橫街，見有一座酒樓，便上樓去獨自小酌。剛喝得兩杯，忽聽隔房中一人道：「汪大哥，今兒咱們喝到這兒爲止，待會就要當值，喝得臉上酒糟一般的，可不成話。」另人哈哈大笑道：「好，咱們再乾三杯便吃飯。」

胡斐聽此人聲音正是汪鐵鶚，心想：「天下事眞有這般巧，竟又在這裏撞上了他。」轉念一想，卻也不足爲奇。他們說待會便要當值，自是去福康安府輪班守衛。這是福府附近最像樣的一家酒樓，他們在守衛之前，先來喝上三杯，那也平常得緊。倘若汪鐵鶚這種人當值之前不先舒舒服服的喝上幾杯，那才奇了。

只聽另一人道：「汪大哥，你說你識得胡斐。他到底是怎麼樣一個人？」胡斐聽他提到自己名字，更凝神靜聽。只聽汪鐵鶚長長嘆了口氣，道：「說到胡斐此人，小小年紀，不但武藝高強，而且愛交朋友，眞是一條好漢子。可惜他總是要和大帥作對，昨晚更闖到府裏去行刺大帥，眞不知從何說起？」

那人笑道：「汪大哥，你雖識得胡斐，可是偏沒生就一個升官發財的命兒，否則的話，咱們喝完了酒，出得街去，湊巧撞見了他，咱哥兒倆將他手到擒來，豈不是大大一件功勞？」汪鐵鶚笑道：「哈哈，你倒說得輕鬆寫意！憑你張九的本領哪，便有二十個，也未必能拿得住他。」那張九一聽此言，心中惱了，說道：「那你呢，要幾個汪鐵鶚才拿得住他？」汪鐵鶚道：「我是更加不成啦，便有四十個我這等膿包，也不管用。」張九冷笑道：「他當眞便有三頭六臂，說得這般厲害？」

胡斐聽他二人話不投機，心念一動，眼見時機稍縱即逝，當下更不再思，揭過門帘，踏步走進鄰房，說道：「汪大哥，你在這兒喝酒啊！喂，這位是張大哥。小二，小二，把我的座兒搬到這裏來。」

汪鐵鶚和張九一見胡斐，都是一怔，心想：「你是誰？咱們可不相識啊？」汪鐵鶚雖聽著他話聲有些熟稔，但見他虬髯滿臉，那想得到是他？胡斐又道：「先前我遇見周鐵鷦周大哥，曾鐵鷗曾二哥，在聚英樓喝了幾杯，還說起你汪大哥呢。」汪鐵鶚含糊答應，竭力思索此人是誰，聽他說來，和周師哥、曾師哥他們都是熟識，該不是外人，怎地一時竟想不起來？不住暗罵自己胡塗。

店伴擺好座頭。胡斐道：「今兒小弟作東，很久沒跟汪大哥、張大哥喝一杯了。」掏出十兩銀子向店伴一拋，道：「給存在櫃上，有拿手精致的酒菜，只管作來。」那店伴見他手面豪闊，登時十分恭謹，一疊連聲的吩咐了下去。

酒菜陸續送上。胡斐談笑風生，說起來秦耐之、殷仲翔、王劍英、王劍傑兄弟這干人都很熟絡，一會兒說武藝，一會兒說賭博，似乎個個都是他的知交好友。汪鐵鶚老大納悶，人家這般親熱，倘若開口問他姓名，那可大大失禮，但此人到底是誰，苦苦思索，卻想不到半點因頭。張九只道胡斐是汪鐵鶚的老朋友，見他出手爽快，來頭顯又不小，自也樂得叨擾他一頓。

喝了一會酒，菜肴都已上齊，汪鐵鶚實在忍耐不住了，說道：「你這位大哥恕我無禮，我越活越胡塗啦。」說著伸手在自己的額頭上重重一擊，又道：「一時之間我竟想不起你老哥的尊姓大名，眞該死之極了。」

胡斐笑道：「汪大哥眞是貴人多忘事。昨兒晚上，你不是還在舍下吃飯嗎？只可惜一場牌九沒推成，倒弄得周大哥跟人家動手過招，傷了和氣。」汪鐵鶚一怔，道：「你……你……」胡斐笑道：「小弟便是胡斐！」

此言一出，汪鐵鶚和張九猛地一齊站起，驚得話也說不出來。

胡斐笑道：「怎麼？小弟裝了一部鬍子，汪大哥便不認得了麼？」汪鐵鶚低聲道：

「悄聲！胡大哥，城中到處都在找你，你敢如此大膽，還到這裏來喝酒？」胡斐笑道：「怕甚麼？連你汪大哥也不認得我，旁人怎認得出來？」汪鐵鶚道：「北京城裏不能再躭了，你快快出城去吧？盤纏夠不夠？」說著從懷中掏了兩大錠銀子出來。

胡斐道：「多謝汪大哥古道熱腸，小弟銀子足用了。」心想：「此人性子粗魯，倒是個厚道之人。」那張九卻臉上變色，低下了頭一言不發。

汪鐵鶚又道：「今日城門口盤查得緊，你出城時別要露出破綻，還是我和張大哥送你出城爲妙。那位程姑娘呢？」胡斐搖頭道：「我暫且不出城。我還有一筆帳，要跟福大帥算上一算。」張九聽到這裏，臉上神色更顯異樣。

汪鐵鶚言辭懇切，說道：「胡大哥，我本領遠不及你，但有一句良言相勸。福大帥權勢熏天，你便當眞跟他有仇，又怎鬥得過他？我吃他的飯，在他門下辦事，也不能一味護著你。今日冒個險送你出城，你快快走吧。」胡斐道：「汪大哥，你可知我爲甚麼得罪了福大帥？」汪鐵鶚道：「我不知道，正想問你。」

胡斐當下將福康安如何在商家堡結識馬春花，如何和她生下兩個孩子，昨晚馬春花如何中毒等情一一低聲說了，又說到自己如何相救，馬春花如何思念兒子，命在垂危，自己雖干冒萬險，也要將那兩個孩子救了出來去給她。

汪鐵鶚越聽越怒，拍桌說道：「原來這人心腸如此歹毒！胡大哥，你英雄俠義，令人好生欽佩。可是福大帥府中戒備嚴密，不知有多少高手四下守衛，要救那兩孩子，這會兒可想也休想。只好待這件事鬆了下來，慢慢再想法子。」胡斐道：「我卻有個計較在此，咱們借用了張大哥的服色，讓我扮成衛士，黑夜之中，由你領著到府裏去動手。」

張九臉色大變，霍地站起，手按刀柄。胡斐左手持著酒杯喝了口酒，右手正伸出筷子去挾菜，斗然間左手一揚，半杯酒潑向張九眼中。張九「啊」的一聲驚呼，伸手去揉。胡斐筷子探出，在他胸口「神藏」和「中庭」兩穴上各戳了一下。張九身子一軟，登時倒在椅上。

店小二聽得聲音，過來察看。胡斐道：「這位總爺喝醉了，得找個店房歇歇。」店小二道：「過去五家門面，便是安遠老店。小人扶這位總爺過去吧！」胡斐道：「好！」又賞了他五錢銀子。那店小二歡天喜地，扶著張九到那客店之中。胡斐要了一間上房，閂上了門，伸指又點了張九身上三處穴道，令他十二個時辰之中，動彈不得。

汪鐵鶚心中猶似十五個吊桶打水，七上八落，眼見胡斐行俠仗義，做事爽快果決，不禁甚是佩服，但想到幹的是這麼一樁要掉腦袋的勾當，又惴惴不安。胡斐除下身上衣服，給張九換上，自己穿上了他的一身武官服色，好在兩人都是中等身材，穿著倒也合身。

汪鐵鶚顫聲道：「我是戌正當值，天稍黑便該去了。」胡斐道：「你給張九告個假，說他生了病，不能當差。我在這兒等你，快天黑時你來接我。」汪鐵鶚呆了半晌，心想只要這一句話兒答允下來，一生便變了模樣，要做個鐵錚錚的漢子，甚麼榮華富貴，就一筆勾銷；但若一心一意為福大帥出力，不免是非不分，於心不安。

胡斐見他遲疑，說道：「汪大哥，這件事不是一時可決，你也不用此刻便回我話。」汪鐵鶚點了點頭，逕自出店。胡斐躺在炕上，放頭便睡，他知道眼前實是一場豪賭，不過下的賭注卻是自己的性命。

到天黑時，汪鐵鶚或者果眞獨個兒悄悄來領了自己，混進福康安府中。但這麼一來，汪鐵鶚的性命便十成中去了九成。他跟自己說不上有甚麼交情，跟馬春花更全無淵源，為了兩個不相干之人而甘冒生死大險，依著汪鐵鶚的性兒，他怎麼肯幹？他自來便聽從周鐵鷦的吩咐，對這位大師兄奉若神明，何況又在福康安手下居官多年，這「功名利祿」四字，於他可不是小事。

若是一位意氣相投的江湖好漢，胡斐決無懷疑。但汪鐵鶚卻是個本事平庸、渾渾噩噩的武官。如果他決定升官發財，那麼天沒入黑，這客店前後左右，便會有上百名好手包圍上來，自己縱然奮力死戰，但好漢敵不過人多，最後終究不免。

這其間沒折衷的路可走。汪鐵鶚不能兩不相幫，此事他若不告發，張九日後怎會不去告他？

胡斐手中已拿了一副牌九，這時候還沒翻出來。如僥倖贏了，或能救得馬春花的性命；但如輸了，那便輸了自己的性命。這副牌是好是壞，全憑汪鐵鶚一念之差。他知汪鐵鶚不是壞人，但要他冒的險實在太大，求他的實在太多，而自己可沒半點好處能報答於他……

汪鐵鶚這樣的人可善可惡，誰也不能逆料。將性命押在他身上，原是險著，但除此之外，實無別法。福康安府中如此戒備，若無人指引相助，決計混不進去。

他一著枕便呼呼大睡，這一次竟連夢也沒做。他根本不去猜測這場豪賭結果會如何。牌還沒翻，誰也不知道是甚麼牌。瞎猜有甚麼用？

他睡了幾個時辰，矇矓中聽得店堂有人大聲說話，立時醒覺坐起。只聽那人道：「不錯，我正要見『玄』字號那位總爺。喝醉了麼？有公事找他。你去給我瞧瞧。」

胡斐一聽不是汪鐵鶚說話的聲音，心下涼了半截，暗道：「嘿嘿，這一場大賭終究輸了。」提起單刀，輕輕推窗向外張望，四下裏黑沉沉的並無動靜，當下翻身上屋，伏在瓦面，凝神傾聽。

汪鐵鶚一去，胡斐知他只有兩條路可走；若以俠義爲重，這時便會單身來引自己偷入福府；如惜身求祿，必是引了福府的武士前來圍捕。他既不來，此事自是糟了。但客店四周，竟沒人埋伏，倒也頗出胡斐意料之外。前來圍捕的武士不來則已，來則必定人數眾多，一二個高手尚可隱身潛伏，不令自己發現蹤跡，人數一多，便透氣之聲也聽見了。

他見敵人非眾，稍覺寬心。窗外燭光晃動，店小二拿著一隻燭台，在門外說道：「這裏有位總爺要見您老人家。」胡斐翻身從窗中進房，落地無聲，說道：「請進來吧！」店小二推開房門，將燭台放在桌上，陪笑道：「那一位總爺酒醒了吧？要是還沒妥貼，要不給做一碗醒酒湯喝？」

胡斐隨口道：「不用！」眼光盯在店小二身後那名衛士臉上。

只見他約莫四十來歲年紀，灰撲撲一張臉蛋，絲毫不動聲色，胡斐心道：「好厲害的腳色！孤身進我房來，居然不露半點戒懼之意。難道你當眞有過人的本領，全沒將我胡斐放在心上嗎？」那衛士道：「這位是張大哥嗎？咱們沒見過面，小弟姓任，任通武，在左營當差。」胡斐道：「原來是任大哥，幸會幸會。大夥兒人多，平日少跟任大哥親近。」任通武道：「是啊。上頭轉下來一件公事，叫小弟送給張大哥。」說著從身邊抽出一件公文來。

胡斐接過一看，見公文左角上赫然印著「兵部正堂」四個紅字，封皮上寫道：「急件。即交安遠客店，巡捕右營張九收拆，速速不誤。」胡斐上次在福府上了個大當，雙手為鋼盒所傷，這一回學了乖，不即開拆公文，先小心揑了揑封套，見其中並無古怪，又想到苗人鳳為拆信而毒藥傷目，當下將公文垂到小腹之前，這才拆開封套，抽出一張白紙，就燭光一看，不由得大為詫異。

紙上並無一字，畫著一幅筆致粗陋的圖畫。圖中一個吊死鬼打著手勢，正在竭力勸一人懸樑上吊。當時民間普遍相信，有人懸樑自盡，死後變鬼，必須千方百計引誘另一人變鬼，他自己方得轉世投胎，後來的死者便是所謂「替死鬼」了。說法雖荒誕不經，當時卻人人皆知。

胡斐凝神一想，稍明究裏，問道：「任大哥今晚在大帥府中輪值？」任通武道：「正是！小弟這便要去。」說著轉身欲行。胡斐道：「且慢！請問這公事是誰差任大哥送來？」任通武道：「是我們林參將差小弟送來。」

胡斐這時已心中雪亮：原來汪鐵鶚自己拿不定主意，終究還是去和大師兄周鐵鷦商量。周鐵鷦念著胡斐昨晚續腿還牌之德，想出了這計較，他不讓汪鐵鶚犯險，卻輾轉的差了個替死鬼來。由這人領胡斐進福府，不論成敗，均與他師兄弟無涉，因此信上非但不署姓名，連字跡也不留一個，以防萬一事機不密，牽連於他。這一件公文上寫「急件」，夾在交給左營林參將的一疊文件之中，轉了幾個手，誰也不知這公文自何而來。林參將一見是「兵部正堂」的緊急公事，不敢躭擱，立即差人送來。周鐵鷦早知左營的衛士今晚全體在福府中當值守衛，那林參將不管派誰送信，胡斐均可隨他進府。

這中間的原委曲折胡斐雖不能盡知，卻也猜了個八不離九，暗笑周鐵鷦老奸巨猾，在京師混了數十年的人，行事果然與衆不同，但對他相助的一番好意，卻也暗暗感激，說道：「上頭有令，命兄弟隨任大哥進府守衛。」跟著又道：「他媽的，今兒本輪到我休假，半夜三更的，又把人叫了去。」

任通武笑道：「大帥府中鬧刺客，大夥兒誰都得辛苦些。好在一份優賞總短不了。」胡斐笑道：「回頭領到了錢，小弟作東，咱哥兒倆到聚英樓去好好樂他一場。任大哥，你是好酒、好賭、還是好色？」任通武哈哈大笑，說道：「這酒色財氣四門，做兄弟的全都打從心眼兒裏歡喜出來。」胡斐在他肩上一拍，顯得極爲親熱，笑道：「咱倆意氣相投，當眞相見恨晚。小二，小二，快取酒來！」

任通武躊躇道：「今晚要當差，倘若參將知道咱們喝酒，只怕要怪罪。」胡斐低聲道：「喝三杯，參將知道個屁！」說話間，店小二已取過酒來，夜裏沒甚麼下酒之物，只切了一盆滷牛肉。

胡斐和任通武連乾了三杯，擲了一兩銀子在桌上，說道：「餘下的是賞錢！」店小二大喜，連忙道謝。任通武一把將銀子搶過，笑道：「張大哥這手面也未免闊得過份，咱們在福大帥府中當差的，喝幾杯酒還用給錢？走吧！時候差不多啦。」左手拉著胡斐，向外搶出，右手將銀子塞入懷裏。

店小二瞧在眼裏，敢怒而不敢言。福大帥府裏的衛士在北京城裏橫行慣了，看白戲、吃白食，渾是閒事，便順手牽羊拿些店鋪裏的物事，小百姓又怎敢作聲？等任通武走遠，店小二才拍手拍腿的大罵他十八代祖宗。

胡斐一笑，心想此人貪圖小利，倒容易對付，與他攜手出店。將出店門時，忽聽得屋頂上喀的一聲輕響，聲音雖極細微，但胡斐聽在耳裏，便知有異，低聲道：「任大哥，我忘了一件物事，請你稍待。」一轉身，便回進自己房中，黑暗中只見一個瘦削的身形越窗而出，身法快捷，依稀便是周鐵鷦。

胡斐大奇：「他又到我房中來幹麼？」微一沉吟，揭開床帳，探手到張九鼻孔邊一試，果然呼吸已止，竟已為周鐵鷦使重手點死了。胡斐心中一寒：「此人當眞心思周密，下手毒辣。本來若不除去張九，定會洩漏他師兄弟倆的機關，只是沒料到我前腳才出門，他後腳便進來下手，連片刻喘息的餘裕也沒有。」既是如此，他反而放心，知道周鐵鷦對己確是一片眞心，不致於誘引自己進了福府，再令人圍上動手。

於是將張九身子一翻，讓他臉孔朝裏，拉過被子窩好了，轉身出房，說道：「任大哥，勞你等候，咱們走吧。」任通武道：「自己弟兄，客氣甚麼？」兩人並肩而行，大搖大擺的走向福康安府。

只見福府門前站著二十來名衛士，果是戒備不同往日。胡斐跟著任通武走到門口，一名千總低聲喝道：「威震——」任通武接口道：「——四海！」那千總點了點頭，說道：「今兒大夥得多留點兒神。」任通武道：「喳！遵命！」胡斐問道：「老總，你說今晚會不會有刺客再進府來？」那千總笑道：「除非他吃了豹子膽，老虎心。」胡斐哈哈一笑，進了大門。

到達中門時，又是一小隊衛士守著。一名千總低喝口令：「威震——」任通武答道：「——絕域！」那千總道：「任通武，這人面生得很，是誰啊？」任通武道：「是右營的張大哥，你沒見過麼？」那千總「嗯」了一聲，道：「這部鬍子長得倒挺威風。」

兩人折而向左，穿過兩道邊門，到了花園之中。園門口又是一小隊衛士，那口令卻變成了「威震——千秋」。胡斐心想：「倘若我不隨任通武進來，便算過得了大門，也不能過二門。即使我探聽到了『威震四海』的口令，也想不到每一道門的口令各有變化。」

進了花園，胡斐已識得路徑，心想夜長夢多，早些下手，也好讓馬春花早一刻安心，又想：「二妹見我這麼久不回去，必已料到我進了福府，定也憂心。」加快腳步，向福康安之母的住所走去。任通武很是詫異，問道：「張大哥，你去那裏？」胡斐道：

「上頭派我保護太夫人，說道決計不可令太夫人受到驚嚇。你不知道麼？」任通武道：「原來如此！」

便在此時，前面兩名衛士巡了過來。左首一人低喝道：「報名！」任通武道：「左營任通武！」胡斐道：「右營張九！」那人「啊」的一聲，手按刀柄，喝道：「甚麼？你是誰？」

胡斐一凜，知道此人和張九熟識，事已敗露，湊到他耳邊，低聲道：「我是胡斐！」那人驚得呆了，一時手足無措。胡斐伸指一戳，點中了他穴道，左手手肘順勢一撞，又打中了另一名衛士穴道。任通武驚惶失措，道：「你……你……幹甚麼？」胡斐冷冷的道：「任大哥，我是胡斐！」一面說，一面將兩名穴道受點的衛士擲入了花叢。

任通武吸一口氣，唰的一聲，拔出了腰刀。胡斐笑道：「人人都瞧見了，是你引我進府來的。你叫嚷起來，有甚麼好處？還不如乖乖的別作聲。」任通武又驚又怕，那裏還說得出話來。

胡斐道：「你要命，便跟著我來。」任通武六神無主，只得跟在他身後，眼見他一伸手一回肘，便打倒了兩名武功比自己高得多的衛士，倘若與他動手，徒然送了性命，只盼他別鬧出甚麼事來，連累了自己。但胡斐既然進得府來，豈有不鬧事之理？

胡斐快步來到相國夫人屋外，只見七八名衛士站在門口，若向前硬闖，未必能迅速過得這一關，心念一動，繞著走到屋側，提聲喝道：「任通武，你幹甚麼？闖到太夫人屋裏來，想造反麼？」任通武更加摸不著半點頭腦，結結巴巴的道：「我……我……」

胡斐喝道：「快停步，你圖謀不軌麼？」眾衛士聽他吆喝，吃了一驚，紛紛奔來。胡斐伸掌托在任通武背上，掌力揮送，他那龐大的身軀飛了出去，砰的一聲，撞上了窗格，登時木屑紛飛。胡斐叫道：「拿住他，拿住他！快，快！」

眾衛士一擁而上，都去捉拿任通武。胡斐大叫：「莫驚嚇了太夫人！」叫嚷著衝進房去。只見太夫人雙手各拉著一個孩子，驚問：「甚麼事？」那兩個孩子兀在啼哭，叫著：「要媽媽，要媽媽。」胡斐道：「有刺客！小人保護太夫人出去。」太夫人多見事故，一凜之下，心中起疑，喝道：「你是誰？刺客在那裏？」胡斐不敢多躭，又惱恨她心腸毒辣，搶上一步，反手便是一掌。

這太夫人貴爲相國夫人，當今皇帝是她情郎，三個兒子都做尚書，兩個媳婦是金枝玉葉的公主，出世以來，那裏受過這般毆辱？胡斐雖知她心腸之毒，不下於大奸巨惡，但終究念她是年老婦人，不欲便此傷她性命，這一掌只使了一分力氣。饒是如此，她右頰已高高腫起，滿口鮮血，跌落了兩枚牙齒，驚怒之下，幾乎暈去。

胡斐俯身對兩個孩子道：「我帶你們去見媽媽。」兩個孩兒登時笑逐顏開，伸出四條小手臂，要胡斐抱了去見母親。胡斐左臂伸出，一臂抱起兩個孩子，便在此時，已有兩名衛士奔進屋來。

胡斐心想，若不借重太夫人，實難脫身，伸右手抓住太夫人衣領，喝道：「太夫人在我掌握之中，你們上來，大家一齊都死！」說著搶步便往外闖。

這時幾名衛士已將任通武擒住，眼睜睜的見胡斐一手抱了兩個孩子，一手拉著太夫人直往外奔。衆衛士投鼠忌器，那敢上前動手？連聲唿哨，緊跟在他身後四五步之處，手中刀劍距他背心不過數尺，雖見他無法分手抵禦，終究不敢遞上前去。胡斐心中也暗暗叫苦，眼見園中衆衛士四面八方的聚集，自己帶著一老二少，拖拖拉拉，那裏能出府門？敵人縱心存顧忌，但只要有人大膽上前，自己總不能當眞便將太夫人打死，而且打死了又有何用？

無法可施之下，只有急步向前。這一來雙方成了僵持之局，衆衛士固不敢上前動手，胡斐卻也不能脫出險地，時刻一長，衛士越集越多，處境便越危險。一時苦無善策，只有豁出了性命不要，走一步算一步。聽得叫嚷傳令之聲四下呼應，他一手抱著孩子，一手拖著老夫人，行走不快，只往黑暗處闖去。

便在此時，忽見左首火光一閃，有人大聲叫道：「刺客行刺公主！要燒死公主啦，要燒死公主啦！」胡斐一怔，聽叫嚷之聲正是周鐵鷦。但見濃煙火燄，從左邊的一排屋中沖天而起。只聽周鐵鷦又叫：「大家快去救火，莫傷了公主，我來救太夫人！」

那和嘉公主是當今皇帝的親生愛女。若有失閃，福康安府中合府衛士都有重罪。周鐵鷂在福康安手下素有威信，衆衛士又在驚惶失措之下，聽他叫聲威嚴，自有一股懾人之勢，於是一窩蜂的向公主的住處奔去。

胡斐已知這是他調虎離山之計，好讓自己脫困，心下好生感激。只見周鐵鷂疾奔而至，揮刀虛張聲勢的摟頭砍到。胡斐向旁閃開，喝道：「好厲害！」將太夫人向他一推。周鐵鷂扶住太夫人，負在背上。胡斐一手抱了一個孩子，腳下登時快了，只聽周鐵鷂又提氣叫道：「刺客來得不少，各人緊守原地，保護大帥和兩位公主，千萬不可中了刺客的調虎離山之計。」衆衛士聽到「調虎離山」四字，均各凜然，不敢再追。

胡斐疾趨花園後門，翻牆而出，卻只叫得一聲苦，但見東面西面，都是黑壓壓的一片，站滿了衛士。他抱了兩個孩子，越過一大片空地，搶進了一條胡同。衆衛士大呼：「拿刺客，拿刺客！」自後追來。

胡斐奔完胡同，轉到一條橫街，見前面一輛騾車停在街心。胡斐急躍上車，叫道：「快趕，快趕！重重賞你銀子！」車夫位上並肩坐著兩人。右邊一個身材瘦削的漢子一提韁繩，鞭子啪的一響，騾子拉著車子便跑。

胡斐喘息稍定，只覺奇臭沖鼻，定睛看時，見車上裝滿了糞桶，原來是挨門沿戶爲人家倒糞桶的一輛糞車，心想：「怪不得半夜三更的，竟有一輛騾車在這兒？」回頭望時，見衆衛士大聲吶喊，隨後趕來。

他提起一隻糞桶，向後擲了過去。這一擲力道極猛，兩名奔在最先的衛士登時給糞桶撞倒，淋漓滿身，一時竟爬不起來。其餘衆衛士見狀，一齊住足。這些人都是精選的悍勇武士，刀山槍林嚇他們不到，但大糞桶當頭擲來，卻誰也不敢嘗一嘗這股滋味。

騾子足不停步的向前直跑，過不多時，後面人聲隱隱，衆衛士又趕了上來。福康安是當朝兵部尚書，執掌天下兵馬大權，府中衛士個個均非庸手，給胡斐接連兩晚鬧了個天翻地覆，衆衛士怎敢不捨命狂追？眼見糞車跑遠，糞桶已投擲不到，各人踏過滿地糞水，鍥而不捨的繼續追趕。

胡斐心下煩惱：「倘若我便這麼回去，豈不是自行洩露了住處？馬姑娘未脫險境，怎能引鬼上門？但如不回住處，卻又躲到那裏去？」便這麼尋思之際，衆衛士又迫得近了些，只害怕糞桶，不敢十分逼近，各人均想：「咱們便是這麼遠遠跟著，難道在這北京城中，你還能插翅飛去？」

轉眼之間，騾車馳到一個十字路口，只見街心又停著一輛糞車。胡斐所乘的車子馳著靠近，趕騾子的車夫伸臂向胡斐一招，喝道：「過去！」縱身一躍，坐上了另一輛糞車。胡斐抱著兩個孩子跟著躍過。先前車上的另一個漢子接過韁繩，竟毫不停留，向西邊岔道上奔了下去。胡斐所乘的騾車卻向東行。

待得衆衛士追到，只見兩輛一模一樣的糞車，一輛向東，一輛向西，卻不知刺客是在那一輛車中。衆人略一商議，兵分兩路，分頭追趕。

胡斐聽了那身材瘦削的漢子那聲呼喝，又見了這一躍的身法，已知是程靈素前來接應，喜道：「二妹，原來是你！」程靈素「哼」的一聲，並不答話。胡斐又問：「馬姑娘怎樣？病勢沒轉吧？」程靈素道：「不知道。」胡斐知她生氣了，柔聲道：「二妹，我沒聽你話，是我的不是，請你原諒這一次。」程靈素道：「我說過不治病，便不治。難道我說的不是人話麼？」

說話之間，又到了一處岔道，但見街中心仍停著一輛糞車。這一次程靈素卻不換車，只嘿哨一聲，做個手勢，兩輛糞車分向南北，同時奔行。衆衛士追到時面面相覷，大呼：「邪門！邪門！」只得又分一半人北趕，一半人南追。

北京城中街道有如棋盤，一道道縱通南北，橫貫東西，行不到數箭之地，便出現一條岔道，每處十字路口，必有一輛糞車停著。程靈素見衆衛士追得近了，便不換車，以免縱起躍落時給他們發覺，倘若相距甚遠，便和胡斐攜同兩孩換一輛車，讓騾子力新，奔馳更快。這樣每到一處岔道，衆衛士的人數便少了一半，到得後來，稀稀落落的只五六人追在後面。這五六人也已奔得氣喘吁吁，腳步慢了很多。

胡斐又道：「二妹，你這條計策眞再妙不過，倘若不是雇用深夜倒糞的糞車，尋常大車一輛輛停在街心，給巡夜官兵瞧見了，定會起疑。」程靈素冷笑道：「起疑又怎麼樣？反正你不愛惜自己，便死在官兵手中，也是活該。」胡斐笑道：「我死是活該，只是累得姑娘傷心，那便過意不去。」程靈素冷笑道：「你不聽我話，自己愛送命，才沒人爲你傷心呢。除非是你那個多情多義的袁姑娘……她又怎麼不來助你一臂之力？」

胡斐道：「她只有不斷跟我爲難，幾時幫過我？天下只一位姑娘，才知我會這般蠻幹胡來，也只有她，才能在緊急關頭救我性命。」這幾句話說得程靈素心中舒服熨貼無比，哼了一聲，道：「當年救你性命的是馬姑娘，因此你這般念念不忘，要報她大恩。」胡斐道：「在我心中，馬姑娘又怎能跟我的二妹相比？」

程靈素在黑暗中微微一笑，道：「你求我救治馬姑娘，甚麼好聽的話都會說。待得不求人家了，便又把我的說話當作耳邊風。」胡斐道：「倘若我說的是假話，教我不得好死。」程靈素道：「眞便眞，假便假，誰要你賭咒發誓了？」她這句話口氣鬆動不少，顯是胸中的氣惱已消了大半。

再過一個十字路口，跟在車後的衛士只賸下兩人。胡斐笑道：「二妹，你拉一拉韁，我變個戲法你瞧。」程靈素左手一勒，騾子倏地停步。在後追趕的兩名衛士奔得幾步，與騾車已相距不遠。胡斐提起一隻空糞桶，猛地擲出，噗的一響，正好套在一名衛士頭上。另一名衛士吃了一驚，「啊」的一聲大叫，轉身便逃。

程靈素見了這滑稽情狀，忍不住噗哧一聲，笑了出來。便在這一笑之中，滿腔怒火終於化爲烏有。

胡斐和她並肩坐在車上，接過轡繩，這時距昨晚居住之處已經不遠，後面也再無衛士追來。兩人再馳一程，便即下車，將車子交給原來的車夫，又加賞了他一兩銀子，命他回去。兩人各抱一個小孩，步行而歸，越牆回進居處，當真神不知，鬼不覺，卻有誰知道這兩人適才正是從福大帥府中大鬧而回？

馬春花見到兩個孩子，精神大振，緊緊摟住了，眼淚便如珍珠斷線般流下。兩個孩子也心花怒放，只叫：「媽媽！」

程靈素瞧著這般情景，眼眶微濕，低聲道：「大哥，我不怪你啦。咱們原該把孩子奪回來，讓他們母子團聚。你這麼好本事，眞叫人佩服！」胡斐歉然道：「我沒聽你的吩咐，眞正對不住！」

程靈素嫣然一笑，道：「咱們第一天見面，你便沒聽我吩咐。我叫你不可離我身邊，叫你不可出手，你聽話了麼？」胡斐道：「我以後定要多聽你話。」程靈素幽幽的道：「還有以後嗎？」胡斐一本正經的道：「有，有！自然有！」程靈素一笑，笑容中頗含苦澀，心中卻也歡喜。

馬春花見到孩子後，心下一寬，痊可得便快了，再加程靈素細心施針下藥，體內毒氣漸除。只是她問起如何到了這裏，福康安何以不見？胡斐和程靈素卻不明言。兩個孩子年紀尚小，自也說不出一個所以然來。

胡斐將假鬍子染成了黃色，臉皮也塗得淡黃，倒似生了黃膽病一般，打扮得又豪闊又俗氣。程靈素扮成個弓腰曲背的中年婦人，來到福康安府前。

第十七章　天下掌門人大會

轉眼過了數天，已是中秋。這日午後，胡斐帶同程靈素、蔡威、姬曉峯三人，逕去福康安府中，參與天下武林掌門人大會。

胡斐這一次的化裝，與日前虬髯滿腮又自不同。他修短了鬍子，又用藥染成黃色，臉皮也塗成了淡黃，倒似生了黃膽病一般，滿身錦衣燦爛，翡翠鼻煙壺、碧玉斑指、泥金大花摺扇，打扮得又豪闊又俗氣。程靈素卻扮成個中年婦人，弓背彎腰，滿臉皺紋，手裏拿枝短桿煙袋，抽一口煙，咳嗽幾聲，誰又瞧得出她是個十七八歲的大姑娘？胡斐對蔡威說是奉了師父之命，不得在掌門人大會中露了真面目。蔡威唯唯而應，也不多問。

到得福康安府大門口，只見衛士盡撤，只有八名知客站在門邊迎賓。胡斐遞上邀請赴會的文書。那知客恭而敬之的迎了進去，請他四人在東首一席上就座。

同席的尚有四人，互相一請問，原來是猴拳大聖門的。程靈素見那掌門老者高頂尖嘴，紅腮長臂，確是帶著三分猴兒相，不由得暗暗好笑。

這時廳中賓客已到了一大半，門外尚陸續進來。廳中迎賓的知客都是福康安手下武官，有的竟是三四品大員，只消出了福府，那一個不是聲威煊赫的高官大將，但在大帥府中，卻不過是清客隨員一般，比之僮僕廝養也高不了多少。

胡斐一瞥之間，只見周鐵鷦和汪鐵鶚並肩走來。兩人喜氣洋洋，服色頂戴都已換過，顯已升了官。周汪二人走過胡斐和程靈素身前，自沒認出他們。

只聽另外兩個武官向周汪二人笑嘻嘻的道：「恭喜周大哥、汪大哥，那晚這場功勞實在不小。」汪鐵鶚高興得裂開了大嘴，笑道：「那也只是碰巧罷啦，算得甚麼本事？」又有一個武官走了過來，說道：「一位是記名總兵，一位是實授副將，嘿嘿，了不起，了不起。福大帥手下的紅人，要算你兩位升官最快了。」周鐵鷦淡淡一笑，說道：「平大人取笑了。咱兄弟無功受祿，怎比得上平大人在疆場上掙來的功名？」那武官正色道：「周大哥勇救相國夫人，汪大哥力護公主。萬歲爺親口御封，小弟如何比得？」

但見周汪二人所到之處，眾武官都要恭賀奉承幾句。各家掌門人聽到了，有的好奇心起，問起二人如何立功護主。眾武官便加油添醬、有聲有色的說了起來。胡斐隔得遠了，只隱約聽到個大概：原來那一晚胡斐夜闖福府，硬劫雙童，周鐵鷦老謀深算，不但將一場禍事消弭於無形，反因先得訊息，裝腔作勢，從胡斐手中奪回相國夫人，又叫汪鐵鶚搶先去保護公主。相國夫人是乾隆皇帝的情人，和嘉公主是皇帝愛女，事後論功行賞，他二人這場大功勞立得輕易之極。

但在皇帝眼中，卻比戰陣中的衝鋒陷陣勝過百倍，因此偏殿召見，溫勉有加，將他二人連升數級。相國夫人、和嘉公主、福康安又賞了不少珠寶金銀。一晚之間，周汪二人大紅而特紅。人人都說數百名刺客夜襲福大帥府，若非周汪二人力戰，相國夫人和公主性命不保。衆衛士爲了掩飾自己無能，將刺客的人數越說越多，倒似衆衛士以寡敵衆，捨命抵擋，才保得福康安無恙。結果人人無過有功。福康安雖失了兩個兒子，大爲煩惱，但想起十年前自己落入紅花會手中的危難，這一晚有驚無險，刺客全數殺退，反而大賞衛士。官場慣例原是如此，瞞上不瞞下，皆大歡喜。

胡斐和程靈素對望幾眼，都不禁暗暗好笑。他二人都算饒有智計，但決想不到周鐵鷦竟會出此一著，平白無端得了一場富貴。胡斐心想：「此人計謀深遠，手段毒辣，將來飛黃騰達，在官場中前程無限。我可得小心，不能落入他手裏。」

紛擾間，數十席已漸漸坐滿。胡斐暗中一點數，共是六十二桌，每桌兩派八人，前來赴會的共是一百二十四家掌門人，尋思：「天下武功門派，竟如此繁多，而拒邀不來赴會的，恐怕也必不少。」又見有數席只坐著四人，又有數席一人也無，不自禁的想到了袁紫衣：「不知她今日來是不來？」

程靈素見他若有所思，目光中露出溫柔神色，早猜到他是想起了袁紫衣，心中微微一酸，忽見他頰邊肌肉牽動，臉色大變，雙眼中充滿了怒火，順著他目光瞧去時，只見西首第四席上坐著一個身材魁梧的老者，手中握著兩枚鐵膽，晶光閃亮，滴溜溜地轉動，正是五虎門掌門人鳳天南。

程靈素忙伸手拉了拉他衣袖。胡斐登時省悟，回過頭來，心道：「你既來此處，終須逃不出我手心。嘿，鳳天南你這惡賊，你道我大鬧大帥府後，決不敢到這掌門人大會中來，豈知我偏偏來了。」

午時已屆，各席上均已坐齊。胡斐遊目四顧，見大廳正中懸著一個錦幛，釘著八個大金字：「以武會友，羣英畢至。」錦幛下並列四席，每席都只設一張桌椅，上鋪虎皮，卻尚無人入座，想來是爲王公貴人所設。

程靈素道：「她還沒來。」胡斐明知她說的是袁紫衣，卻順口道：「誰沒來？」程靈素不答，自言自語：「既當了九家半總掌門，總不能不來。」

又過片時，只見一位二品頂戴的將軍站起身來，聲若洪鐘的說道：「請四大掌門人入席。」衆衛士一路傳呼出去：「請四大掌門人入席！」「請四大掌門人入席！」「請四大掌門人入席！」

廳中羣豪心中均各不解：「這裏與會的，除了隨伴弟子，主方迎賓知客的人員之外，個個都是掌門人，怎地還分甚麼四大四小？」

大廳中一片肅靜，只見兩名三品武官引著四個人走進廳來，一直走到錦幛下的虎皮椅旁，分請四人入座。

當先一人是個白眉老僧，手撐一根黃楊木禪杖，面目慈祥，看來沒一百歲，也有九十歲。第二人是個年近古稀的道人，臉上黑黝黝地，雙目似開似閉，形容頗爲猥蒠。這一僧一道，貌相判若雲泥，老和尚高大威嚴，一望而知是個有道高僧。那道人卻似個尋常施法化緣、畫符騙人的茅山道士，不知何以竟也算是「四大掌門人」之一？

第三人是個精神矍鑠的老者，六十餘歲年紀，雙目炯炯閃光，兩邊太陽穴高高鼓起，顯是內功深厚。他一進廳來，便含笑抱拳，和這一個、那一個點頭招呼，一百多個掌門人中，看來倒有八九十人跟他相識，眞算得交遊遍天下。各人不是叫「湯大爺」，便是稱「湯大俠」，只有幾位年歲頗高的武林名宿，才叫他一聲「甘霖兄」！

胡斐心想：「這一位便是號稱『甘霖惠七省』的湯沛了。袁姑娘的媽媽便曾蒙他收容過。此人俠名四播，武林中都說他仁義過人，不想今日也受了福康安的籠絡。」

但見他不即就坐，走到每一席上，與相識之人寒暄幾句，拉手拍肩，透著極是親熱；待走到胡斐這一桌時，一把拉住猴拳大聖門的掌門人，笑道：「老猴兒，你也來啦？怎麼席上不給預備一盆蟠桃兒？」那掌門人對他甚是恭敬，笑道：「湯大俠，有七八年沒見您老人家啦。一直沒來跟您老人家請安問好，實在該打。您越老越健旺，可眞難得。」湯沛在他肩頭一拍，笑道：「你花果山水簾洞的猴子猴孫、猴婆猴女，大小都平安？」那掌門人道：「託湯大俠的福，大夥兒都安健。」

湯沛哈哈一笑，向姬曉峯道：「姬老三沒來嗎？」姬曉峯俯身請了個安，說道：「家嚴行走不便。家嚴每日裏記掛湯大俠，常說服了湯大俠賞賜的人參養榮丸後，精神好得多了。」湯沛道：「你是住在雲侍郎府上嗎？明兒我再給你送些來。」姬曉峯哈腰相謝。湯沛向胡斐、程靈素、蔡威三人點點頭，走到別桌去了。

那猴拳大聖門的掌門人道：「湯大俠的外號叫做『甘霖惠七省』，其實呢，豈只是七省而已？那一年俺保的一枝十八萬兩銀子的絲綢鏢在甘涼道上失落了，一家子急得全要跳井，若不是湯大俠挺身而出，又軟又硬，既挨面子，又動刀子，『酒泉三虎』怎肯交還這一枝鏢呢？」跟著便口沫橫飛，說起了當年之事。他受了湯沛的大恩，沒齒不忘，一有機會，便宣揚他的好處。

這湯沛一走進大廳，眞便似大將軍八面威風，人人的眼光都望著他。那「四大掌門人」的其餘三人登時黯然無光。

第四人作武官打扮，穿著四品頂戴，在這大廳之中，官爵高於他的武官有的是，但他步履沉穩，氣度威嚴，隱然是一派大宗師身分。只見他約莫五十歲年紀，方面大耳，雙眉飛揚有稜，不聲不響的走到第四席上一坐，如淵之停，如嶽之峙，凝神守中，對身周的擾攘宛似不聞不見。胡斐心道：「這也是一位非同小可的人物。」

他初來掌門人大會之時，滿腔雄心，沒將誰放在眼中，待得一見這四大掌門人，便大增戒懼：「湯大俠和那武官任誰一人，我都未必抵敵得過。那和尚和道人排名尚在他二人之上，自然也非庸手。今日我的身分萬萬洩漏不得，別說一百多個掌門人個個都是頂尖兒的高手，只消這『僧、道、俠、官』四人齊上，制服我便綽綽有餘。」他懼意一生，當下只抓瓜子慢慢嗑著，不敢再東張西望，生怕給福康安手下的衛士們察覺了。

過了好一會，湯沛才和衆人招呼完畢，回到自己座上。卻又有許多後生晚輩，一個個過去跟他磕頭請安。湯沛家資豪富，隨來的門人弟子帶著大批紅封包，凡是從未見過的晚輩向他通了名磕個頭，便給四兩銀子作見面禮。又亂了一陣，才見禮已畢。

只聽得一位二品武官叫道：「斟酒！」在各席伺候的僕役提壺給各人斟滿了酒。那武官舉起杯來，朗聲說道：「各派掌門的前輩武師，遠道來到京城，福大帥極為歡迎。現下兄弟先敬各位一杯，待會福大帥親自來向各位敬酒。」說著舉杯一飲而盡。衆人也均乾杯。

那武官又道：「今日到來的，全是武林中的英雄豪傑。自古以來，從未有過如此盛事。福大師最高興的，是居然請到了四大掌門人一齊光臨，現下給各位引見。」他指著第一席的白眉老僧道：「這位是河南嵩山少林寺方丈大智禪師。千餘年來，少林派一直是天下武學之源。今日的天下掌門人大會，自當推大智禪師坐個首席。」羣豪一齊鼓掌。少林派分支龐大，此日與會各門派中，幾有三分之一源出少林，衆人見那武官尊崇少林寺的高僧，盡皆歡喜。

那武官指著第二席的道人說道：「除了少林派，自該推武當爲尊了。這一位是武當山太和宮觀主無青子道長。」武當派威名甚盛，爲內家拳劍之祖。羣豪見這道人委靡不振，形貌庸俗，都暗暗奇怪。有些見聞廣博的名宿更想：「自從十年前武當派掌門人馬眞逝世，武當高手火手判官張召重又死在回疆，沒聽說武當派立了誰做掌門人啊。這太和宮觀主無青子的名頭，可沒聽見過。」

第三位湯沛湯大俠的名頭人人皆知，用不著他來介紹，但那武官還是說道：「這位甘霖惠七省湯大俠，是『三才劍』的掌門人。湯大俠俠名震動天下，仁義蓋世，無人不知，不用小弟多饒舌了。」他說了這幾句話，衆人齊聲起轟，都給湯沛捧場。這情景比之引見無青子時衆人默不作聲固大大不同，便少林寺方丈大智禪師，也似有所不及。

胡斐聽得鄰桌上的一個老者說道：「武林之中，有的是門派抬高了人，有的是人抬高了門派。那位青甚麼道長，只因是武當山太和宮的觀主，便算是天下四大掌門人之一，我看未必便有甚麼眞才實學吧？至於『三才劍』一門呢，若不是出了湯大俠這樣一位百世難逢的人物，在武林中又能佔到甚麼席位呢？」一個壯漢接口道：「師叔說得是。」胡斐聽了也暗暗點頭。

衆人亂了一陣，目光都移到了那端坐第四席的武官身上。唱名引見的那武官說道：「這一位是我們滿洲的英雄。這位海蘭弼海大人，是御林軍鑲黃旗驍騎營的佐領，遼東黑龍門的掌門人。」海蘭弼的官職比他低，當那二品武官說這番話時，他避席肅立，狀甚恭謹。

胡斐鄰桌那老者又和同桌的人竊竊私議起來：「這一位哪，卻是官職抬高門派了。遼東黑龍門，嘿嘿，在武林中名不見經傳，算那一回子的四大掌門？只不過四大掌門人倘若個個都是漢人，沒安插一個滿人，福大帥的臉上須不好看。這一位海大人最多不過有幾百斤蠻力，怎能跟中原各大門派的名家高手較量？」那壯漢又道：「師叔說得是。」這一次胡斐心中卻頗不以爲然，暗想：「你莫小覷了這位滿洲好漢，此人英華內斂，穩凝端重，比你這糟老頭兒可強得太多了。」

那四大掌門人逐一站起來向羣豪敬酒，各自說了幾句謙遜的話。大智禪師氣度雍然，確有領袖羣倫之風。湯沛妙語如珠，只說了短短一小段話，便引起三次鬨堂大笑。

無青子和海蘭弼都不善辭令。無青子一口湖北鄉下土話，尖聲尖氣，倒有一大半人不懂他說些甚麼。胡斐暗自奇怪：「這位道長說話中氣不足，怎能爲武當派這等大派的掌門，多半他武藝雖低，輩份卻高，又有人望，爲門下衆弟子所推重。」

僕役送菜上來，福大帥府宴客，端的非比尋常，單是那一罈罈二十年的狀元紅陳紹，便是極難嘗到的美酒。胡斐酒到杯乾，一口氣喝了二十餘杯。程靈素見他酒興甚豪，只抿嘴微笑，自己在煙袋中抽一兩口旱煙，偶爾回頭，便望鳳天南一眼，生怕他走得沒了影蹤。

吃了七八道菜，忽聽得衆侍衛高聲傳呼：「福大帥到！」猛聽得呼呼數聲，大廳上衆武官一齊離席肅立，霎時之間，這些武官都似變成了一尊尊石像，一動也不動了。各門派的與會之人都是武林豪士，沒見過這等軍紀肅穆的神態，都不由得吃了一驚，三三兩兩的站起身來。

只聽得靴聲橐橐，幾個人走進廳來。衆武官齊聲喝道：「參見大帥！」一齊俯身，半膝跪了下去。福康安將手一擺，說道：「罷了！請起！」衆武官道：「謝大帥！」啪啪數聲，各自站起。

胡斐心道：「福康安治軍嚴整，確非平庸之輩。無怪他數次出征，每一次都打勝仗。」但見他滿臉春風，神色甚喜，又想：「這人全無心肝，害死了心上人，兩個兒子給人搶了去，竟漫不在乎。」隨即轉念：「這人當真厲害之極，家裏出了這等大事，臉上卻半點不露。」

福康安命人斟了一杯酒，說道：「各位武師來京，本部給各位接風，乾杯！」說著舉杯而盡。羣豪一齊乾杯。

這一次胡斐只將酒杯在唇邊碰了一碰，並不飲酒。他惱恨福康安心腸毒辣，明知母親對馬春花下毒，卻不相救，不願跟他乾杯。

福康安說道：「咱們這個天下掌門人大會，萬歲爺也知道了。剛才皇上召見，賜了二十四隻杯子，命本部轉賜給二十四位掌門人。」他手一揮，從人捧上三隻錦盒，在桌上鋪了錦緞，從盒中取出杯來。

只見第一隻盒中盛的是八隻玉杯，第二隻盒中是八隻金杯，第三隻盒中取出的是八隻銀杯，分成三列放在桌上。玉氣晶瑩、金色燦爛、銀光輝煌。杯上凹凹凸凸的刻滿了花紋，遠遠瞧去，只覺甚是考究精細，大內高手匠人的手藝，果是了得。

福康安道：「這玉杯上刻的是蟠龍之形，叫做玉龍杯，最是珍貴。金杯上刻的是飛鳳之形，叫作金鳳杯。銀杯上刻的是躍鯉之形，叫作銀鯉杯。」

衆人望著二十四隻御杯，均想：「這裏與會的掌門人共有一百餘人，御杯卻只二十四隻，卻賜給誰好？難道是拈鬮抽簽不成？再說，那玉龍杯自比銀鯉貴重得多，卻又是誰得玉的，誰得銀的？」

福康安指著玉杯，說道：「四位掌門是武林首領，待會每位領玉龍杯一隻。」大智禪師等躬身道謝。福康安又道：「此外尚餘下二十隻御杯，本部想請諸位各獻絕藝，武功最強的四位分得四隻玉杯，可與少林、武當、三才劍、黑龍門四門合稱『玉龍八門』，是天下第一等大門派。其次八位掌門分得八隻金杯，那是『金鳳八門』。再其次八位分得八隻銀杯，那是『銀鯉八門』。從此各門各派分了等級次第，武林中便可少了許多紛爭。至於大智禪師、無青子道長、湯大俠、海佐領四位，則是品定武功高下的公證，各位可有異議沒有？」

許多有見識的掌門人均想：「這那裏是少了許多紛爭？各門各派一分等級次第，武林中立時便惹出無窮禍患。這二十四隻御杯勢必你爭我奪。天下武人從此爲名位而爭鬥，自相殘殺，刀光血影，再也沒寧日了。」

可是福大帥既如此說，又有誰敢異議？早有人隨聲附和，紛紛喝采。

福康安又道：「得了這二十四隻御杯的，自然須得好好的看管著。倘若給別門別派搶了去、偷了去，那玉龍八門、金鳳八門、銀鯉八門，跟今日會中所定，卻又不同了哇！」這番話說得又明白了一層，卻仍有不少武人附和鬨笑。

胡斐聽了福康安的一番說話，又想起袁紫衣日前所述他召開這天下掌門人大會的用意，心道：「初時我還道他只是延攬天下英雄豪傑，收爲己用，那知他的用意更要毒辣得多。他存心挑起武林中各門派的紛爭，要天下武學之士，只爲了一點兒虛名，便自相殘殺，再也沒餘力來反抗滿淸。」正想到這裏，只見程靈素伸出食指，沾了一點茶水，在桌上寫了個「二」，又寫了個「桃」字，寫後隨即用手指抹去。

胡斐點了點頭，這「二桃殺三士」的故事，他曾聽人說過的，心道：「據說古時晏嬰使『二桃殺三士』的奇計，只用兩枚桃子，便使三個桀傲不馴的勇士自殺而死。其實晏子乃是大賢，豈有這等毒辣心腸？今日福康安便擺明要學一學矮相國晏嬰，只不過爲顯得他氣魄更大得多，要以二十四隻杯子，害盡天下武人。」他環顧四周，只見少壯的武人大都興高采烈，急欲一顯身手，但也有少數中年和老年的掌門人露出不以爲然的神色，料來也想到了爭杯之事，後患非小。

大廳上各人紛紛議論，一時聲音極爲嘈雜，只聽鄰桌有人說道：「王老爺子，你神拳門武功出類拔萃，天下少有人比，定可奪得一隻玉龍杯了。」那人謙道：「玉龍杯是不敢想的，倘若能捧得一隻金鳳杯回家，也可以向孩子們交差啦！」又有人低聲冷笑道：「就怕連銀鯉杯也摸不著一點邊兒，那可就丟人啦。」那姓王的老者怒目而視，說風涼話的人卻泰然自若，不予理會。一時之間，數百人交頭接耳，談論的都是那二十四隻御杯。

忽聽得福康安身旁隨從擊了三下掌，說道：「各位請靜一靜，福大帥尚有話說。」大廳上嘈雜之聲，漸漸止歇，只因羣豪素來不受約束，不似軍伍之中令出即從，隔了好一陣，才寂靜無聲。

福康安道：「各位再喝幾杯，待會酒醉飯飽，各獻絕藝。至於比試武藝的方法，大家聽安提督說一說。」站在他身旁的安提督腰粗膀寬，貌相威武，說道：「請各位寬量多用酒飯，筵席過後，兄弟再向各位解說。請，請，兄弟敬各位一杯。」說著在大杯中斟了一滿杯，一飲而盡。

與會的羣雄本來大都豪於酒量，但這時想到飯後便有一場劇鬥，人人都不敢多喝，除了一些決意不出手奪杯的高手耆宿之外，都是舉杯沾唇，作個意思，便放下了酒杯。酒筵豐盛無比，可是人人心有掛懷，誰也沒心緒來細嘗滿桌山珍海味，只是想到待會便要動手，飯卻非吃飽不可，因此一千武師，十之八九都是酒不醉而飯飽。

待得筵席撤去，安提督擊掌三下。府中僕役在大廳正中並排放了八張太師椅，東廳和西廳也各擺八張。大廳的八張太師椅上鋪了金絲繡的乳白色緞墊，東廳椅上鋪了金色緞墊，西廳椅上鋪了銀色緞墊。三名衛士捧了玉龍杯、金鳳杯、銀鯉杯，分別放在大廳、東廳和西廳的三張茶几上。

安提督見安排已畢，朗聲道：「咱們今日以武會友，講究點到為止，最好是別傷人流血。不過動手過招的當中，刀槍沒眼，也保不定有甚麼失手。福大帥吩咐了，那一位受輕傷的，送五十兩湯藥費，重傷的送三百兩，不幸喪命的，福大帥恩典，撫卹家屬紋銀一千兩。在會上失手傷人的，不負罪責。」

衆人一聽，心下都是一涼：「這不是明著讓咱們拚命麼？」

安提督頓了一頓，又道：「現下比武開始，請四大掌門人入座。」

四名衛士走到大智禪師、無青子、湯沛、海蘭弼跟前，引著四人在大廳的太師椅上居中坐下。八張椅上坐了四人，左右兩邊各空出兩個座位。

安提督微微一笑，說道：「現下請天下各家各派的掌門高手，在福大帥面前各顯絕藝。那一位自忖有能耐領得銀鯉杯的，請到西廳就坐；能領得金鳳杯的，請到東廳就坐。若是自信確能藝壓當場，可和四大掌門人並列的，請到大廳正中就坐。二十位掌門人入坐之後，餘下的掌門人那一位不服，可向就座的挑戰，敗者告退，勝者就位，直到沒人出來挑戰為止。各位看這法兒合適麼？」

衆人心想：「這不是擺下了二十座擂台嗎？」雖覺大混戰之下死傷必多，但力強者勝，倒也公平。許多武師便大聲說好，沒人異議。

這時福康安坐在左上首一張大椅中。兩邊分站著十六名高手衛士，周鐵鷦和王劍英都在其內，嚴密衛護，生怕衆武師龍蛇混雜，其中隱藏了刺客。

程靈素伸手肘在胡斐臂上輕輕一敲，嘴角向上一努，胡斐順著她眼光向上看去，只見屋頂一排排的站滿了衛士，都手握兵刃。看來今日福康安府中戒備之嚴，只怕還勝過了皇宮內院，府第周圍，自也是布滿了精兵銳士。胡斐心想：「今日能找到鳳天南那惡賊的蹤跡，心願已了，無論如何不可洩漏了形跡，否則多半性命難保。待會若能爲華拳門奪到一隻銀鯉杯，也算對得起這位姬兄了。不過我越遲出手越好，免得多引人注目。」

那知他這麼打算，旁人竟也都是這個主意。只不過胡斐怕的是爲人識破喬裝，其餘武師卻均盼望旁人鬥個筋疲力盡，自己最後出手，便坐收漁人之利，是以安提督連說幾遍：「請各位就座！」那二十張空椅始終空蕩蕩地，竟沒一個武師出來坐入。

俗語說得好：「文無第一，武無第二。」凡是文人，從沒一個自以爲文章詩詞天下第一，但學武之士，除了修養特深的高手之外，決不肯甘居人後。何況此日與會之人都是一派之長，平素均自尊自大慣了的，就說自己名心淡泊，不喜和人爭競，但所執掌的這門派的威望卻決不能墮了。只要這晚在會中失手，本門中成千成百的弟子今後在江湖上都要抬不起頭來，自己回到本門之中，又怎有面目見人？只怕這掌門人也當不下去了。當眞是人同此心，心同此意：「我若不出手，將來尚可推託交代。倘若出手，非奪得玉龍杯不可。要一隻金鳳杯、銀鯉杯，又有何用？」因此衆武師的眼光，個個都注視著大廳上那四張鋪了乳白緞墊的空太師椅，至於東廳和西廳的金鳳杯和銀鯉杯，誰都不在意下。

僵持了片刻，安提督乾笑道：「各位竟都這麼謙虛？還是想讓別個兒累垮了，再來撿個現成便宜？那可不合武學大師的身分啊。」這幾句話似是說笑，其實卻道破了各人心事，以言相激。

果然他這句話剛說完，人叢中同時走出兩個人來，分別在大廳上一左一右兩張椅中坐落。一個大漢身如鐵塔，一言不發，卻把一張紫檀木的太師椅坐得格格直響。另一個中等身材，頦上長著一部黃鬍子，笑道：「老兄，咱哥兒倆那是拋磚引玉。衝著眼前這許多老師父、大高手，咱哥兒難道還眞能把兩隻玉龍杯捧回家去嗎？你可別把椅子坐爛了，須得留給旁人來坐呢。」那黑大漢「嘿」的一聲，臉色難看，顯然對他的玩笑頗不以爲然。

一個穿著四品頂戴的武官走上前來，指著那大漢朗聲道：「這位是『二郎拳』掌門人黃希節黃老師。」指著黃鬍子道：「這位是『燕青拳』掌門人歐陽公政歐陽老師。」

胡斐聽得鄰桌那老者低聲道：「好哇，連『千里獨行俠』歐陽公政，居然也想來取玉龍杯。」胡斐心中微微一震。那歐陽公政自己安上個外號叫作「千里獨行俠」，其實

「獨行」倒也不錯，跟這「俠」字可沾不上邊了，空有俠盜之名，並無其實，名頭雖響，聲譽卻極不佳，胡斐也曾聽到過他的名字。

這兩人一坐下，跟著一個道人上去坐落，那是「崑崙刀」掌門人西靈道人。他臉含微笑，身上不帶兵刃，似乎成竹在胸，極有把握，眾人都有些奇怪：「這道士是『崑崙刀』的掌門人，怎地不帶單刀？」

廳上各人眼睜睜的望著那餘下的一張空椅，不知還有誰挺身而出。

安提督說道：「還有一隻玉杯，沒誰要了麼？」

人叢中一人叫道：「好吧！留下給我酒鬼裝酒喝！」一個身材高瘦的漢子踉踉蹌蹌而出，一手拿酒壺，一手拿酒杯，走到廳心，暈頭轉向的繞了兩個圈子，突然倒轉身子，向後摔入了那張空椅，身法輕靈，顯得是高明武功。大廳中不乏識貨之人，有人叫了起來：「好一招『張果老倒騎驢，摔在高橋上』！」這人是「醉八仙」掌門人千杯居士文醉翁，他衣衫襤褸，滿臉酒氣，模樣令人莫測高深。

安提督道：「四位老師膽識過人，可敬可佩。還有那一位老師，自信武功勝得過這四位中任何一位的，便請出來挑戰。如沒人挑戰，那麼二郎拳、燕青拳、崑崙刀、醉八仙四門，便得歸於『玉龍八門』之列了。」

東首一人搶步而上，說道：「小人周隆，願意會一會『千里獨行俠』歐陽老師。」

這人滿臉肌肉虬起，身材矮壯，便如一頭牯牛相似。

胡斐對一干武林人物都不相識，全仗旁聽鄰座的老者對人解說。好在那老者頗以見多識廣自喜，他不等那四品武官通名，便搶先說道：「這位周老師是『金剛拳』的掌門人，又是山西大同府興隆鏢局的總鏢頭。聽說歐陽公政劫過他的鏢，他二人很有過節。我看這位周老師下場，其意倒不一定是在玉龍杯。」

胡斐心想：「武林中恩恩怨怨，牽纏糾葛，就像我自己，這一趟全是為鳳天南那惡賊而來。各門各派之間，只怕累世成仇數百年的也有不少。難道都能在今日會中了斷麼？」想到這裏，不自禁的望了鳳天南一眼，只見他右手不住手的轉動兩枚鐵膽，卻不發出半點聲息，神色寧定。

周隆這麼一挑戰，歐陽公政笑嘻嘻的走下座位，笑道：「周總鏢頭，近來發財？生意興隆？」周隆年前所保的十萬兩銀子一枝鏢給他劫了，始終追不回來，賠得傾家蕩產，數十年的積蓄一旦而盡，如何不恨得牙癢癢的？更不打話，一招「雙劈雙撞」直擊出去。歐陽公政還了一招燕青拳的「脫靴轉身」，兩人便即激鬥。

周隆勝在力大招沉，下盤穩固，歐陽公政卻以拳招靈動、身法輕捷見長。周隆一身橫練功夫，對敵人來招竟不大閃避，肩頭胸口接連中了三拳，竟哼也沒哼一聲，突然呼的一拳打出，是「金剛拳」中的「迎風打」。歐陽公政一笑閃開，飛腳踹出，踢在他腿上。周隆「搶背大三拍」就地翻滾，摔了一交，卻又站起。

兩人拆到四五十招，周隆身上已中了十餘下拳腳，冷不防鼻上又中了一拳，登時鼻血長流，衣襟上全是鮮血。歐陽公政笑道：「周老師，我只不過搶了你鏢銀，又沒搶你老婆，說不上殺父之仇、奪妻之恨。這就算了吧！」周隆一言不發，撲上發招。歐陽公政仗著輕功了得，側身避開，嘴裏輕薄言語不斷，意圖激怒對方。

酣戰中周隆小腹上又給踢中了一腳，他左手按腹，滿臉痛苦之色，突然之間，右手「金鉤掛玉」，搶進一步，一招「沒遮攔」，結結實實的錘中在敵人胸口。但聽得喀喇一響，歐陽公政斷了幾根肋骨，搖搖晃晃，一口鮮血噴出。

他知周隆恨己入骨，一招得勝，跟著勢必再下毒手，這時自己已無力抵禦，強忍疼痛，閃身退下，苦笑道：「是你勝了……」周隆待要追擊，湯沛說道：「周老師，勝負已分，不能再動手了。你請坐吧。」周隆聽得是湯沛出言，不敢違逆，抱拳道：「小人武藝平常，不敢爭這玉龍杯！」轉身回入原座。

衆武師大都瞧不起歐陽公政的爲人，見周隆苦戰獲勝，紛紛過來慰問道賀。歐陽公政滿臉慚色，卻不敢離座出府，他自知冤家太多，這時身受重傷，只要一出福大帥府，立時便有人跟出來下手，周隆第一個便要出來，只得取出傷藥和酒吞服，強忍疼痛，坐著不動，對旁人的冷嘲熱諷，只作不聞。

胡斐心道：「這周隆看似戆直，其實甚爲聰明，憑他功夫，那玉龍杯是決計奪不到的，一戰得勝，全名而退。『金剛拳』雖不能列名爲『玉龍八門』，在江湖上卻誰也不能小看了。」

只聽湯沛道：「周老師既然志不在杯，有那一位老師上來坐這椅子？」

這一隻空椅是不戰而得，倒省了一番力氣，早有人瞧出便宜，兩條漢子分從左右搶了過去。眼看兩人和太師椅相距的遠近都是一般，誰的腳下快一步，誰便可以搶到。那知兩人來勢都急，奔到椅前，雙肩一撞，各自退了兩步。便在此時，呼的一聲，一人從人叢中竄了出來，雙臂一振，如大鳥般飛起，輕輕巧巧的落入椅中。他後發而先至，竟搶在那兩條漢子之前，這一份輕功耍得漂亮。人叢中轟雷價響起采聲。

那互相碰撞的兩個漢子見有人搶先坐入椅中，向他一看，齊聲叫道：「啊，是你！」不約而同的向他攻去。那人坐在椅中，卻不起身，左足砰的一下踢出，將左邊那漢子踢了個觔斗，右手一長，扭住右邊漢子的後領，一轉一甩，將他摔了一交。他身不離椅，隨手打倒兩人。衆人都是一驚：「這人武功恁地了得！」

安提督不識此人，走上兩步，問道：「閣下尊姓大名？是何門何派的掌門人？」

那人尚未回答，地下摔倒的兩個漢子已爬起身來，一個哇哇大叫，一個破口亂罵，掄拳又向他打去。從二人大叫大嚷的言語中聽來，似乎這人一路上侮弄戲耍，二人已很吃了他的苦頭。那人借力引力，左掌在左邊漢子的背心上一推，右足彎轉，啪的一聲，在右邊漢子的屁股上踢了一腳。兩人身不由主的向前疾衝。幸好兩人變勢也快，不等相互撞頭，四隻手已伸出互扭，只去勢急了，站不住腳，同時摔倒。

左邊那漢子叫道：「齊老二，咱們自己的帳日後再算，今日併肩子上，先料理了這廝再說。」右邊的漢子道：「不錯！」躍起身來，從腰間抽出一柄匕首。

胡斐聽得鄰座那老者自言自語：「『鴨形門』翻江鳧一死，傳下的兩個弟子挺不成器。」嘆息一聲，不再往下解釋。

胡斐見兩個漢子身法古怪，好奇心起，走過去拱一拱手，說道：「請問前輩，這兩位是『鴨形門』的麼？」那老者笑了笑，道：「閣下面生得緊啊。請教尊姓大名？」胡斐還未回答，蔡威已站起身來，說道：「我給兩位引見。這是敝門新任掌門人程靈胡程老師，這位是『先天拳』掌門人郭玉堂郭老師。你們兩位多親近親近。」

郭玉堂識得蔡威，知道華拳門人才輩出，是北方拳家的一大門派，不由得對胡斐肅然起敬，忙起立讓座，說道：「程老師，我這席上只有四人，要不要到這邊坐？」胡斐道：「甚好！」向大聖門的猴形老兒告了罪，和程靈素、姬曉峯、蔡威三人將杯筷挪到郭玉堂席上，坐了下來。

「先天拳」一派來歷甚古，創於唐代，歷代拳師傳技時各自留招，千餘年來又沒出甚麼出類拔萃的英傑，到得清代，已趨式微。郭玉堂自知武功不足以與別派的高手爭勝，也沒起爭奪御杯之意，心安理得的坐在一旁，飲酒觀鬥，這時聽胡斐問起，說道：『鴨形拳』的模樣很不中瞧，但馬步低，下盤穩，水面上的功夫尤其了得。當年翻江鳧在世之日，河套一帶是由他稱霸了。翻江鳧一死，傳下了兩個弟子，這拿匕首的叫齊伯濤，那拿破甲錐的叫陳高波。兩人爭做掌門人已爭了十年，誰也不服誰。這次福大帥請各家各派的掌門人赴會，嘿，好傢伙，師兄弟倆老了臉皮，可一起來啦！」

只見齊伯濤和陳高波各持一柄短兵刃，左右分進，坐在椅中那人卻仍不站起，罵道：「沒出息的東西，我在蘭州叫你們別上北京，卻偏偏要來。」這人頭尖臉小，拿著一根小小旱煙管，呼嚕呼嚕的吸著，留著兩撇黃黃的鼠鬚，約莫五十來歲年紀。

安提督接連問他姓名門派，他始終不理。胡斐見他手腳甚長，隨隨便便的東劈一掌，西踢一腿，便將齊陳二人的招數化解了去，武功似乎並不甚高，招數卻甚怪異，問郭玉堂道：「郭老師，這位前輩是誰啊？」郭玉堂皺眉道：「這個……這個……」他可也不認識，不由得臉上有些訕訕的，旁人以武功落敗自慚，他卻以識不出旁人的來歷爲羞。

只聽那吸旱煙的老者罵道：「下流胚子，若不是瞧在我那過世的兄弟翻江鳧臉上，我才不來理你們的事呢。翻江鳧一世英雄，收的徒弟卻貪圖功名利祿，來趕這趟混水。你們到底回不回去？」陳高波挺錐直戳，喝道：「我師父幾時有你這個臭朋友了？我在師父門下七八年，從來沒見過你這糟老頭子！」那老者罵道：「翻江鳧是我小時玩泥沙、捉蟲蟻的朋友，你這娃娃知道甚麼？」突然左手伸出，啪的一下，打了他個耳括子。這時齊伯濤已攻到他的右側，那老者抬腿一踹，正好踹中他面門，喝道：「你師父死了，我來代他教訓。」

大廳上羣雄見三人鬥得滑稽，無不失笑。但齊伯濤和陳高波當眞是大渾人兩個，誰都早瞧出來他們決不是老者的對手，二人還是苦苦糾纏。那老者說道：「福大帥叫你們來，難道當眞安著好心麼？他是要挑得你們自相殘殺，爲了幾隻喝酒嫌小、裝尿不夠的杯子，大家拚個你死我活！」這句話明著是教訓齊陳二人，但聲音響朗，大廳上人人都聽到了。胡斐暗暗點頭，心想：「這位前輩倒頗有見識，也虧得他有這副膽子，說出這幾句話來。」

果然安提督聽了他這話，怒聲喝道：「你到底是誰？在這裏胡說八道的搗亂？」總算他還礙著羣雄的面子，尊重他是邀來的賓客，否則早就一巴掌打過去了。

那老者裂嘴一笑，說道：「我自管教我的兩個後輩，又礙著你甚麼了？」旱煙管伸出，叮叮兩響，將齊陳手中的匕首和破甲錐打落，旱煙管往腰帶中一插，右手扭住齊伯濤的左耳，左手扭住陳高波的右耳，揚長而出。說也奇怪，兩人竟服服貼貼的一聲不作，只是歪嘴閉眼，忍著疼痛，神情極是可笑。原來那老者兩隻手大拇指和食指扭住耳朵，另外三指卻分扣兩人腦後的「強間」「風府」兩穴，令他們手足俱軟，反抗不得。

胡斐心道：「這位前輩見事明白，武功高強，他日江湖上相逢，倒可和他交個朋友。齊陳二人若能得他調教，將來也不會如此沒出息了。」

安提督罵道：「混帳王八羔子，到大帥府來胡鬧，當眞活得不耐煩了……」忽然波的一聲，人叢中飛出一個肉丸，正好送入他嘴裏。安提督一驚，骨碌一下吞入了肚中，登時目瞪口呆，說不出話來，雖然牙齒間沾到一些肉味，卻不清楚到底吞了甚麼怪東西下肚，又不知這物事之中是否有毒，自更不知這肉丸是何人所擲。這一下誰也沒瞧明白，只見他張大了口，滿臉驚惶之色，一句話沒罵完，卻沒再罵下去。

湯沛向著安提督的背心，沒見到他口吞肉丸，說道：「江湖上山林隱逸之士，所在多有，原也不足爲奇。這位前輩很清高，不願跟咱們俗人爲伍，那也罷了。這裏有一張椅子空著，卻有那一位老師上來坐一坐？」

這時天色漸暗，府中侍僕紛紛端出點著的燈燭，照耀得大廳上一片光亮。

人叢中一人叫道：「我來！」衆人只聞其聲，不見其人，過了好一會，才見人叢中擠出一個矮子來。這人不過三尺六七寸高，滿臉虬髯，模樣兇橫。有些年輕武師見他矮得古怪，不禁笑出聲來。那矮子回過頭來，怒目而視，眼光炯炯，自有一股威嚴，那些人便不敢笑了。

那矮子走到二郎拳掌門人黃希節身前，向著他從頭至腳的打量。黃希節身形魁梧，坐在椅上，猶似一座鐵塔，比那矮子站著還高出半個頭。那矮子對他自上看到下，又自下看到上，卻不說話。黃希節道：「看甚麼？要跟我較量一下麼！」那矮子哼了一聲，繞到椅子背後，又去打量他後腦。黃希節恐他在身後突施暗算，跟著轉過頭去，那矮子卻又繞到他正面，仍側了頭，瞪眼而視。那四品武官說道：「這位老師是陝西地堂拳掌門人，宗雄宗老師！」

黃希節給他瞧得發毛，霍地站起，說道：「宗老師，在下領教領教你的地堂拳絕招。」那知宗雄雙足一登，坐進了他身旁空著的椅中。黃希節哈哈一笑，說道：「你不願跟我過招，那也好！」坐回原座。宗雄卻又縱身離座，走到他跟前，將一顆冬瓜般的腦袋轉到左邊，又轉到右邊，只是瞧他。

黃希節怒喝道：「你瞧甚麼？」宗雄道：「適才飲酒之時，你幹麼瞧了我一眼，又笑了起來？你笑我身裁矮小，是不是？」黃希節笑道：「你身裁矮小，跟我有甚麼相干？」宗雄大怒，喝道：「你還討我便宜！」黃希節奇道：「咦，我怎地討你便宜了？」

宗雄道：「你說我身裁矮小，跟你有甚麼相干？嘿嘿，我生得矮小，只跟我老子相干，你不是來混充我老子嗎？」此言一出，大廳中登時鬨堂大笑。

福康安正喝了一口茶，忍不住噴了出來。程靈素伏在桌上，笑得揉著肚子。胡斐卻怕大笑之下，黏著的鬍子落了下來，只得強自忍住。

黃希節笑道：「不對！我兒子比宗老師的模樣兒俊得多了。」宗雄一言不發，呼的一拳便往他小腹上擊去。黃希節早有提防，他身材雖大，行動卻頗敏捷，躍起跳在一旁。只聽喀喇一響，宗雄已將一張紫檀木的椅子打得碎裂。這一拳打出，大廳上笑聲立止，衆人見他雖模樣醜陋，言語可笑，但神力驚人，倒不可小覷了。

宗雄一拳不中，身子後仰，反腳踢出。黃希節左腳縮起，「英雄獨立」，跟著還了一招「打八式踩子腳」。宗雄就地滾倒，使了地堂拳出來，手足齊施，專攻對方下三路。黃希節連使「掃堂腿」、「退步跨虎勢」、「跳箭步」數招，攻守兼備。但他「二郎拳」的長處是在拳掌而非腿法，若與常人搏擊，給他使出「二郎擔山掌」、「蓋馬三拳」等絕招來，憑著他拳快力沉，原不易抵擋，而他所練腿法，也是窩心腿、撩陰腿等用以踢人上盤中盤，這時遇到宗雄在地下滾來滾去，生平所練的功夫盡數變了無用武之地，不但拳頭打人不著，踢腿也無用處，只得跳躍閃避。過不多時，膝彎裏已給宗雄接連踢中數腿，又痛又酸之際，宗雄雙腿盤絞，黃希節站立不住，摔倒在地。

宗雄縱身撲上，那知黃希節身子跌倒，反有施展之機，右拳擊出，正中對方肩頭，將宗雄擊出丈餘。宗雄一個打滾，又攻了回來。黃希節跪在地下，瞧準來勢，左掌右拳，同時擊出，宗雄斜身滾開。兩人著地而鬥，只聽得砰砰之聲不絕，身上各自不斷中招。但兩人都皮粗肉厚，很挨得起打擊，你打我一拳，我還你一腳，一時竟分不出勝負，這般搏擊，宗雄已佔不到多大便宜，驀地裏黃希節賣個破綻，讓宗雄滾過身來，拚著胸口重重挨上一拳，雙手齊出，抓住他脖子，一翻身，將他壓在身下，雙手使力收緊。宗雄伸拳猛擊黃希節脅下，但黃希節好容易抓住敵人要害，如何肯放？宗雄透不過氣來，滿臉脹成紫醬，擊出去的拳頭也漸漸無力了。

羣雄見二人蠻打爛拚，宛如市井之徒打架一般，那還有絲毫掌門人的身分，都搖頭竊笑。

眼見宗雄漸漸不支，人叢中忽然跳出一個漢子，擂拳往黃希節背上擊去。安提督喝道：「退下，不得兩個打一個。」但那人拳頭已打到了黃希節背心。黃希節吃痛，手一鬆，宗雄翻身跳起。人叢中又有一人跳出，長臂掄拳，沒頭沒腦的向那漢子打去。這兩人一個是宗雄的大弟子，一個是黃希節的兒子，各自出來助拳，大廳上登時變成兩對兒相毆。

旁觀眾人吶喊助威，拍手叫好。一場武林中掌門人的比武較藝，竟變成了耍把戲一般，莊嚴之意，蕩然無存。

宗雄吃了一次虧，不再僥倖求勝，嚴守門戶，和黃希節鬥了個旗鼓相當。黃希節的兒子臨敵經驗不足，接連給對方踢了幾個觔斗。他狂怒之下，從靴筒中拔出一柄短刀，向對手刴去。宗雄的弟子沒攜兵刃，搶過湯沛身旁空著的太師椅，舞動招架。

這場比武越來越不成模樣。安提督喝道：「這成甚麼樣子？四個人通統給我退下。」但宗雄等四人打得興起，全沒聽到他說話。

海蘭弼站起身來，喝道：「提督大人的話，你們沒聽到麼？」黃希節的兒子挺刀向對手刴去，卻刴了個空。海蘭弼一伸手，抓住他胸口，順手向外擲出，跟著回手抓住宗雄弟子，也擲入了天井。眾人一呆，但見海蘭弼一手一個，又已抓住宗雄和黃希節，同時擲出。四人跌成一團，頭暈腦脹之下，亂扭亂打，直到幾名衛士奔過去拆開，方才罷手。但四人均已目腫鼻青，兀自互相叫罵不休。

海蘭弼這一顯身手，旁觀羣雄無不惕然心驚，均想：「這人身列四大掌門，果然有極高的武功，這麼隨手一抓一擲，就將宗黃二人如稻草般拋了出去。」宗雄和黃希節雖鬥得狼狽，但兩人確有眞實本領，在江湖上也都頗有聲望，實非等閒之輩。

海蘭弼擲出四人後，回歸座位。湯沛讚道：「海大人好身手，令人好生佩服。」海蘭弼笑道：「可叫湯大俠見笑了，這幾個傢伙可實在鬧得太不成話。」

這時侍僕搬開破椅，換了一張太師椅上來，鋪上緞墊。「崑崙刀」掌門人西靈道人本來一直臉含微笑，待見海蘭弼露了這手功夫，自覺難以和他並列，不由得有些局促不安。那一旁「醉八仙」掌門人千杯居士文醉翁卻仍自斟自飲，醉眼模糊，對眼前之事恍若不聞不見。

安提督說道：「福大師請各位來此，是爲較量武功，以定技藝高下，可千萬別像適才這幾位這般亂打一氣，不免貽笑大方。」只聽宗雄在廊下喝道：「甚麼貽笑大方？貽哭小方？你懂武功不懂？咱們來較量較量。」安提督只作沒聽見，不去睬他，說道：「這裏還有兩個座位，那一位眞英雄、眞好漢上來乘坐？」

宗雄大怒，叫道：「你這麼說，是罵我不是眞英雄了？難道我是狗熊？」他不理會適才曾遭海蘭弼擲跌，從廊下縱了出來，向安提督奔去，突然腳步踉蹌，跌了個觔斗。原來一名衛士伸足一絆，摔了他一交。宗雄大怒，轉過身來找尋暗算之人時，那衛士早已躲開。宗雄喃喃咒罵，不知是誰暗中絆他。

這時衆人都望著中間的兩張太師椅，沒誰再去理會宗雄。原來一張空椅上坐著一個穿月白僧袍的和尚，唱名武官報稱是蒙古哈赤大師，另一張空椅上卻擠著坐了兩人。

這兩人相貌全然一模一樣，倒掛眉，鬥鷄眼，一對眼珠擁擠在鼻樑之旁，約莫四十來歲年紀，服飾打扮沒半絲分別，顯然是一對孿生兄弟。這兩人容貌也沒甚麼特異，但這雙鬥鷄眼卻襯得形相甚是詭奇。唱名武官說道：「這兩位是貴州『雙子門』的掌門人倪不大、倪不小倪氏雙雄。」

眾人一聽他倆的名字，登時都樂了，再瞧二人容貌身形，眞的再也沒半分差異，也不知倪不大是哥哥呢，還是倪不小是哥哥。如果一個叫倪大，一個倪小，那自是分了長幼，但「不大」似乎是小，「不小」似乎是大，卻又未必盡然。只見兩人雙手都攏在衣袖之中，好像怕冷一般。眾人指指點點的議論，有的更打起賭來，有的說倪不大居長，有的說倪不小爲大，到底那一個是倪不大，那一個是倪不小，卻又誰也弄不清楚。兩兄弟神色木然，四目向前直視，二人都非瘦削，但並排坐在一張椅中，絲毫不見擠迫，想來自幼便這麼坐慣了的。福康安凝目瞧著二人，臉含微笑，也大感興味。

眾人正議論間，忽地眼前一亮，人叢中走出一個女子來。這女子身穿淡黃羅衫，下身繫著蔥綠裙子，二十一二歲年紀，膚色白嫩，頗有風韻。唱名武官報道：「鳳陽府『五湖門』掌門人桑飛虹姑娘。」眾武師突然見到一個美貌姑娘出場，都精神一振。

郭玉堂對胡斐道：「五湖門的弟子都是做江湖賣解的營生，世代相傳，掌門人一定是女子。便有武藝甚高、本領頗大的男弟子，也不能當掌門人。只這位桑姑娘年紀這麼輕，恐怕不見得有甚麼眞實功夫吧？」

桑飛虹走到倪氏昆仲面前，雙手叉腰，笑道：「請問兩位倪爺，那一位是老大？」兩人搖了搖頭，並不回答，桑飛虹笑道：「便是雙生兄弟，也有個早生遲生，老大老二。」倪氏昆仲仍搖了搖頭。桑飛虹道：「咦，這可奇啦！」指著左首那人道：「你是老大？」那人搖了搖頭。她又指著右首那人道：「那麼你是老大了？」那人也搖了搖頭。桑飛虹皺眉道：「咱們武林中人，講究說話不打誑語。」右首那人道：「誰打誑了？我不是他哥哥，他也不是我哥哥。」桑飛虹道：「你二位可總是雙生兄弟吧？」兩人同時搖了搖頭。

這幾下搖頭，大廳上登時羣情聳動，他二人面貌如此相似，決不能不是雙生兄弟。

桑飛虹哼了一聲道：「這還不是打誑？你們若不是雙生兄弟，殺了我頭也不信。那麼誰是倪不大？」左首那人道：「我是倪不大。」桑飛虹道：「好，是你先出世呢，還是他先出世？」倪不大皺眉道：「你這位姑娘纏夾不清，你又不是跟咱兄弟攀親，問這個幹麼！」桑飛虹走慣江湖，對他這句意含輕薄之言也不在意，拍手笑道：「好啦，你自己招認是兄弟啦！」倪不大道：「咱們是兄弟，可不是雙生兄弟。」桑飛虹伸食指點住腮邊，搖頭：「我不信。」倪不大道：「你不信就算了。誰要你相信？」

桑飛虹甚是固執，說道：「你們是雙生兄弟，有甚麼不好？為甚麼不肯認？」倪不小道：「你一定要知道其中緣由，跟你說了，那也不妨。但咱兄弟有個規矩，知道了我們出身的秘密之後，須得挨咱兄弟三掌，倘若自知挨不起，便得向咱兄弟磕三個響頭。」

桑飛虹實在好奇心起，暗想：「他們要打我三掌，未必便打得到了，我先聽聽這秘密再說。」點頭道：「好，你們說罷！」

倪氏兄弟忽地站起，兩人這一站，竟沒分毫先後遲速之差，眞如是一個人一般。桑飛虹得意洋洋的道：「這還不是雙生兄弟？當眞騙鬼也不相信！」只見他二人雙手伸出袖筒，眼前金光閃了幾閃，兩人的二十根手指上都套著又尖又長的金套。倪氏兄弟身形晃動，伸出手指，便向桑飛虹抓去。

桑飛虹吃了一驚，急忙縱身躍開，喝道：「幹甚麼？」

倪不大站在東南角，倪不小站在西北角，兩人手臂伸開，每根手指上加了尖利的金套，都有七八寸長，登時將桑飛虹圍在中間。

安提督忙道：「今日會中規矩，只能單打獨鬥，不得倚多爲勝。」

倪不小那雙鬥鷄眼的兩顆眼珠本來聚在鼻樑之旁，忽然橫向左右一分，朝安提督白了一眼，冷冷的道：「安大人，你可知咱哥兒倆是那一門那一派啊？」安提督道：「你兩位是貴州『雙子門』吧？」倪不大的眼珠也倏地分開，說道：「咱『雙子門』自來相傳，所收的弟子不是雙生兄弟，便是雙生姊妹，跟人動手，從來就沒單打獨鬥的。」

安提督尙未答話，桑飛虹搶著道：「照啊，你們剛才說不是雙生兄弟，這會兒自己又承認了。」倪不小道：「我們不是雙生兄弟！」

眾人聽了他二人反反覆覆的說話，都覺得這對寶貝兒兄弟有些兒痴呆。桑飛虹格格一笑，說道：「不跟你們歪纏啦，反正我又不配要這玉龍杯！」說著便要退開。倪不小雙手一攔，說道：「你已問過我們的身世了，是受我們三掌呢，還是向咱兄弟磕三個頭？」桑飛虹秀眉微蹙，說道：「你們始終說不明白，又說是兄弟，又說不是雙生兄弟。天下英雄都在此，倒請大家評評這個理看。」

倪不大道：「好，你既一定要聽，便跟你說了。」倪不小道：「我們兩個一母同胞。」倪不大道：「一母同胞共有三人。」倪不小道：「我兩人是三胞胎中的兩個。」倪不大道：「所以說雖是兄弟，卻不是雙生兄弟。」倪不小道：「大哥哥生下娘胎就一命嗚呼。」倪不大道：「我們二人同時生下，不分先後。」倪不小道：「雙頭並肩，身子相連。」倪不大道：「一位名醫巧施神術，將我兄弟二人用刀剖開。」倪不小道：「因此上我二人分不出誰是哥哥，誰是弟弟。」倪不大道：「我既不大，他也不小。」

他二人你一句，我一句，一口氣的說將下來，中間沒分毫停頓，語氣連貫，音調相同，若有人在隔壁聽到，決計不信這是出於二人之口。大廳上眾人只聽得又詫異，又好笑，均想這事雖然奇妙，卻也非事理所無，不由得盡皆驚歎。

桑飛虹笑道：「原來如此，這種天下奇聞，我今日還是第一次聽到。」倪不小道：

「你磕不磕頭？」桑飛虹道：「頭是不磕的。你們要打，便動手吧，我可沒答允你們不還手。」

倪不大、倪不小兩兄弟互不招呼，突然金光晃動，二十根套著尖利金套的手指疾抓而至。桑飛虹身法靈便，從二十根長長的手爪之間閃避開去。倪氏兄弟自出娘胎，從未分開過一個時辰，所學武功也純是分進合擊之術，兩個人和一個人絕無分別，便如是一個四手四足二十根手指的單人一般。兩人出手配合得絲絲入扣，倪不大左手甫伸，倪不小的右手已自側方包抄了過來。桑飛虹身法雖滑溜之極，但十餘招內，竟還不得一招，眼見情勢危急，沒法長久撐持，只要稍有疏神，終須傷在他兩兄弟爪下。

廳上旁觀羣雄之中，許多人忍不住呼喝：「兩個打一個，算是英雄呢還是狗熊？」「兩個大男人合鬥一個年輕姑娘，可眞是要臉得緊！」「人家姑娘是空手，這兩位爺們手指上可帶著兵刃呀！」「小兄弟，你上去相助一臂之力，說不定人家大姑娘對你由感生情呢，哈哈！」

正嘈鬧間，倪不大和倪不小突然同時「咦」的一聲呼叫，並肩躍在左首，凝目望向福康安，臉上充滿驚喜的神色。衆人一齊順著他二人目光瞧去，但見福康安笑吟吟的坐在椅中，一手拉著一個孩兒，低聲跟兩人說話。這兩個孩兒生得玉雪可愛，相貌全然相同，顯然也是一對雙生兄弟，但與倪不大、倪不小兄弟相比，二俊二醜，襯托得加倍分明。衆人看了，又都樂了。

胡斐和程靈素卻同時心頭大震，這兩個孩兒正是馬春花的兒子，不知如何又給福康安奪了回來？胡程二人跟著便想：「孩兒既給他奪回，那麼我們的行藏也早便給他識破了。」程靈素向胡斐使個眼色，示意須當及早溜走。胡斐點了點頭，心想：「對方若已識破，自然暗中早有布置，此時已走不脫了。只能隨機應變，再作道理。」

倪不大、倪不小兄弟仔細打量那兩個孩兒，如痴如狂，直似神不守舍。桑飛虹笑道：「這兩個孩兒很好，你們可要收他們做弟子麼？」這兩句話，正說中了倪氏兄弟的心事。

武林之中，徒固擇師，師亦擇徒。要遇上一位武學深湛的明師固是不易，但要收一個聰明穎悟、勤勉好學的徒弟，也非有極好的機緣不可。「雙子門」的技藝武功必須兩人同練同使，雖然可收兩個年齡身材、性情資質都差不多的徒兒共學，但總是以雙生兄弟最爲佳妙。因雙生兄弟往往神智身體一模一樣，同時心意隱隱相通，臨敵之時，自然而然能發出令人出乎意料之外的威力。因此「雙子門」的武師要收一對得意弟子，可比常人要難上百倍。這時倪氏兄弟見到福康安這對雙生兒子，看來資質根骨，無一不是上上之選，當眞心癢難搔，說不出的又歡喜，又難過。

福康安笑嘻嘻的低聲道：「看這兩位師父，他們也是雙生的同胞兄弟。他兩位的相貌，不是完全相同麼？你們猜，這二人之中，那一位是哥哥？」原來福康安奪回這對孩子後，心下甚喜，忽然見到倪氏兄弟的模樣，忍不住便叫了孩子倆出來瞧瞧。

兩個孩兒凝視著倪氏兄弟，他二人本身是雙生兄弟，另具一種旁人所無的特異感覺，本來極易分辨倪氏兄弟誰大誰小，但這二人同時出世，連體而分，兩個孩兒卻也無法辨別。羣雄瞧瞧大的一對，又瞧瞧小的一對，都笑嘻嘻的低聲談論。

突然之間，倪氏兄弟大喝一聲，猛地裏分從左右向福康安迎面抓來。福康安大吃一驚，尚未想到閃避，站在身旁的兩名衛士早撲了上去迎敵。那知倪氏兄弟的身法極爲怪異，奔到中途，本在左首的倪不大轉而向右，右首的倪不小轉而向左，交叉易位，霎眼間便將兩名衛士拋在身後。他二人襲擊福康安只是虛招，一人伸出左腳，一人伸出右腳，雙足齊飛，砰的一響，踢在福康安座椅的椅腳上，座椅向後仰跌，福康安便摔了出去。衆衛士驚叱之下，有的搶上攔截，有的奔過來擋在福康安身前，更有的伸手過去相扶。倪氏兄弟卻一手一個，已將兩個孩子挾在脅下，返身躍出。

大廳上登時大亂，只聽得砰砰砰砰，啊喲啊喲數聲，四名搶過來攔截的衛士已給倪氏兄弟踢翻。眼見他二人挾著一對孩兒正要奔到廳口，忽然間人影晃動，兩個人快步搶到，伸手襲向二人後心。

這二人所出招數迥不相同。海蘭弼一手抓向倪不小的後頸，又快又準，湯沛卻是向倪不大的後腰拍出一掌綿掌。這兩招剛柔有別，卻均是十分厲害的招數，正是攻敵之不得不救。倪氏兄弟聽得背後風聲勁急，急忙回掌招架，啪啪兩聲，倪不小身子一晃，倪不大腳下一個踉蹌，嘴裏噴出一口鮮血，兩人同時放下了手中孩兒。

便這麼緩得一緩，王劍英和周鐵鷦雙雙搶到，抱起孩兒。王周二人的武功遠在倪氏兄弟之上，這對孩兒一入二人之手，倪氏兄弟再也沒法搶去了。

福康安驚魂略定，怒喝：「大膽狂徒，抓下了。」海蘭弼和湯沛同時搶上兩步，一出擒拿手，一使鎖骨法，分別將倪氏兄弟扣住。倪氏兄弟適才跟他們一交拳掌，均已受了內傷，此時已無法抗拒。

海湯二人拿住倪氏兄弟，正要轉身，忽見簷頭人影一晃，飄下兩個人來。大廳中蠟燭點得明晃晃地，無異白晝，但衆人一見這兩人，無不背上感到一陣寒意，宛似黑夜獨行，在深山夜墓之中撞到了活鬼一般。

這二人身材極瘦極高，雙眉斜斜垂下，臉頰又瘦又長，正似傳說中勾魂拘魄的無常鬼一般，說也奇怪，二人相貌也是一模一樣，竟然又出現了一對雙生兄弟。

他二人出手快極，一個揮掌擊向海蘭弼，另一個擊向湯沛。海湯二人各自出掌相迎。但聽得波波兩聲輕響過去，海蘭弼全身骨節格格亂響，湯沛卻晃了幾晃。

羣雄正自萬分錯愕，一直穩坐太師椅中的「醉八仙」掌門人文醉翁猛地躍起，尖聲驚叫：「黑無常，白無常！」

那雙瘦子手掌和海湯二人相接，目光如電，射到文醉翁臉上，狠狠的瞪了他一眼，文醉翁登時全身顫抖，牙齒互擊，格格作響。那雙瘦子猛地裏掌力急吐，海湯二人各退一步，這對瘦子已搶起倪氏兄弟。右首那人說道：「這二人跟咱兄弟無親無故，瞧在大家都是雙生兄弟份上，救了他們性命。」左首那人抱拳團團一拱手，朗聲道：「紅花會常赫志、常伯志兄弟，向衆位英雄問好！」

海蘭弼和湯沛跟二人對了一掌，均感胸口氣血翻湧，暗自駭異，微一調息，正欲上前再戰，忽聽到「常赫志、常伯志」的姓名，都不禁「咦」的一聲，停了腳步。

常氏兄弟頭一點，抓起倪氏兄弟，上了屋簷，但聽得「啊喲！」「哼！」「哎！」之聲，一路響將過去，漸去漸遠，終於隱沒無聲，那自是守在屋頂的衆衛士一路上給他兄弟驅退，或摔下屋來。

海蘭弼和湯沛都覺掌上有麻辣之感，提起看時，忍不住又都「啊」的一聲，低低驚呼。原來兩人手掌均已紫黑，這才想起西川雙俠「黑無常、白無常」常氏兄弟的黑沙掌天下馳名，知聞已久，今日一會，果然非同小可。

福康安召開這次天下掌門人大會，用意之一，本是在對付紅花會羣雄，豈知衆目睽睽之下，常氏兄弟倏來倏去，如入無人之境。他極是惱怒，沉著臉一言不發，目光向居中的幾隻太師椅瞥去，只見少林寺大智禪師垂眉低目，不改平時神態；武當派無青子臉帶惶惑，似有懼色。那文醉翁直挺挺的站著，一動也不動，雙目向前瞪視，常氏兄弟早已去遠，他兀自嚇得魂不附體，卻已不再發抖。

這一幕胡斐瞧得清清楚楚，他聽到「紅花會」三字，已心中怦怦而跳，待見常氏兄弟說來便來，說去便去，將滿廳武師視如無物，更是心神俱醉，心中只有一句話：「這才是英雄豪傑！」

桑飛虹一直在旁瞧著熱鬧，見到這當口文醉翁還嚇成這般模樣，她少年好事，伸手在他臂上輕輕一推，笑道：「坐下吧，一對無常鬼早去啦！」那知她這麼一推，文醉翁應手而倒，再不起來。桑飛虹大驚，俯身看時，但見他滿臉青紫之色，已膽裂而死，忙叫道：「死啦，死啦，這人嚇死啦！」

大廳上羣雄一陣騷動，這文醉翁先前坐在太師椅中自斟自飲，將誰都不瞧在眼裏，大有「老子天下第一」之概，想不到常氏兄弟一到，只瞪了他一眼，便活生生的將他嚇死。

郭玉堂嘆道：「死有餘辜，死有餘辜！」胡斐問道：「郭前輩，這姓文的生平品行不佳麼？」郭玉堂搖頭道：「豈但是品行不佳而已，奸淫擄掠，無惡不作。我本不該說死人的壞話，但事實俱在，那也難以諱言。我早料到他決不得善終，只是竟會給黑白無常一下子嚇死，可眞意想不到。」另一人插口道：「想是常氏兄弟曾尋他多時，今日冤家狹路，卻在這裏撞見。」郭玉堂道：「這姓文的以前一定曾給常氏兄弟逮住過，說不定還發下過甚麼重誓。」那人搖頭道：「自作孽，不可活。」郭玉堂道：「這叫作是非只爲多開口，煩惱皆因強出頭。他只消稍有自知之明，不去想得甚麼玉龍御杯，躲在人羣之中，西川雙俠也不會見到他啊。」

說話之際，人叢中走出一個老者來，腰間插著一根黑黝黝的大煙袋，走到文醉翁屍身之旁，哭道：「文二弟，想不到你今日命喪鼠輩之手。」

胡斐聽得他罵「西川雙俠」爲鼠輩，心下大怒，低聲道：「郭前輩，這老兒是誰？」郭玉堂道：「這是涼州府『玄指門』掌門人，叫作上官鐵生，自己封了個外號，叫甚麼『煙霞散人』。他和文醉翁一鼻孔出氣，自稱『煙酒二仙』！」胡斐見他一件大褂光滑晶亮，滿是煙油，腰間的煙筒甚是奇特，裝煙的窩兒幾乎有拳頭大小，想是他煙癮奇重，哼了一聲道：「這種煙鬼，還稱得上是個『仙』字？」

上官鐵生抱著文醉翁的屍身乾號了幾聲，站起身來，瞪著桑飛虹怒道：「你幹麼毛手毛腳，將我文二弟推死了？」桑飛虹大出意外，道：「他明明是嚇死的，怎地是我推死的？」上官鐵生道：「嘿嘿，好端端一個人，怎會嚇死？定是你暗下陰毒手段，害了我文二弟性命。」

他見文醉翁一嚇而死，江湖上傳揚開來，聲名不好，「醉八仙」這一門，只怕從此再無抬頭之日。但武林人物爲人害死，便事屬尋常，不致於聲名有礙，因此硬栽是桑飛虹暗下毒手。桑飛虹年歲尚輕，不懂對方嫁禍於己的用意，驚怒之下，辯道：「我跟他素不相識，何必害他？這裏千百對眼睛都瞧見了，他明明是嚇死的。」

坐在太師椅中的蒙古哈赤大師一直楞頭楞腦的默不作聲，這時突然插口：「這位姑娘沒下毒手，我瞧得清清楚楚。那兩個惡鬼一來，這位文爺便嚇死了。我聽得他叫道：『黑無常、白無常！』」他聲音宏大，說到「黑無常、白無常」這六字時，學著文醉翁的語調，更十分古怪。衆人一楞之下，鬨堂大笑。

哈赤卻不知衆人因何而笑，大聲道：「難道我說錯了麼？這兩個無常鬼生得這般醜惡，怪模怪樣的，嚇死人也不希奇。你可別錯怪了這位姑娘。」

桑飛虹道：「是麼？這位大師也這麼說。他是自己嚇死的，關我甚麼事了？」

上官鐵生從腰間拔出旱煙筒，裝上一大袋煙絲，打火點著了，吸了兩口，斗然間一股白煙迎面向她噴去，喝道：「賤婢，你明明是殺人兇手，卻還要賴？」

桑飛虹見白煙噴到，急忙閃避，但爲時不及，鼻中已吸了一些白煙進去，頭腦中微微發暈，聽他出口傷人，再也忍耐不住，回罵道：「老鬼纏夾不清，你硬要說是我殺的，胡亂賴人，不講道理！」左掌虛拍，右足便往他腰裏踢去。

哈赤和尚大聲道：「老頭兒，你別冤枉好人，我親眼目睹，這文爺明明是給那兩個惡鬼嚇死的……」

胡斐見這和尚傻裏傻氣，性子倒也正直，只是他開口「惡鬼」，閉口「惡鬼」，聽來極不順耳，不由得心中有氣，要待想個法兒，給他一點小小苦頭吃吃，忽見西首廳中走出一個青年書生來，筆直向哈赤和尚走去。這人二十五六歲年紀，身材瘦小，打扮得頗爲俊雅，右手搖著一柄摺扇，走到哈赤跟前，說道：「大和尚，你有一句話說錯了，得改一改口。」哈赤瞪目道：「甚麼話說錯了？」

那書生道：「那兩位不是『惡鬼』，是赫赫有名的『西川雙俠』常氏昆仲，相貌雖然特異，但武功高強，行俠仗義，江湖之上，人人欽仰。」胡斐聽得大悅，心道：「這位書生相公能說得出這樣幾句來，人品大是不凡，倒要跟他結交結交。」

哈赤道：「那文爺不是叫他們『黑無常、白無常』嗎？黑無常、白無常又怎麼不是惡鬼？」那書生道：「他二位姓常，名字之中，又是一位有個『赫』字，一位有個『伯』字，因此前輩的朋友們，開玩笑叫他二位爲黑無常、白無常。這外號兒若非有身分的前輩名宿，卻也不是隨便稱呼得的。」

他二人一個瞪著眼睛大呼小叫，一個斯斯文文的給他解說，那一邊上官鐵生和桑飛虹卻已動上了手。莫看桑飛虹適才給倪氏兄弟逼得只有招架閃避，全無還手之力，只因「雙子門」武功兩人合使，太過怪異，這時她一對一的和上官鐵生過招，便絲毫不落下風。上官鐵生看似空手，其實手中那支旱煙管乃鑌鐵打就，竟當作了點穴橛使。他「玄指門」原擅打人身三十六大穴，但桑飛虹身法過於滑溜，始終打不到她穴道，有幾次過於托大，險些還讓她飛足踢中。

但聽得他嗤溜溜的不停吸煙，吞煙吐霧，那根煙管竟給他吸得漸漸的由黑轉紅，原來那大煙斗之中藏著精炭，他一吸一吹，將鑌鐵煙斗漸漸燒紅。這麼一來，一根尋常煙管變成了一件極厲害的利器，離得稍近，桑飛虹便感手燙面熱，衣帶裙角更給煙斗炙焦了。她心中一慌，手腳稍慢，驀地裏上官鐵生一口白煙直噴到她臉上，桑飛虹只感頭腦一陣暈眩，登時天旋地轉，站立不定，晃身摔倒。

那書生站在一旁跟哈赤和尚說話，沒理會身旁的打鬥，忽然聞到一股異香，其中竟混有黑道中所使的迷香在內，不禁大怒。一瞥眼間，見上官鐵生的煙管已點向桑飛虹膝彎穴道，嗤的一聲響，煙燄飛揚，焦氣觸鼻，她裙子已燒穿了一個洞。桑飛虹受傷，大叫一聲，上官鐵生第二下又打向她腰間。

那書生怒喝：「住手！」上官鐵生一怔之間，那書生一彎腰，已除下哈赤和尚的一對鞋子，返身向上官鐵生燒紅了的煙斗上挾去。那書生這幾下出手迅捷異常，哈赤和尚一怔，大叫：「你……你脫了我鞋子幹麼？」喊叫聲中，那書生已用兩隻鞋子的鞋底挾住了那燒得通紅的鑌鐵煙斗，快步繞到上官鐵生身後，將燒紅了的煙斗往他後心燙去。嗤嗤幾聲響，上官鐵生背後衣袖燒焦，他右臂吃痛，只得撒手。那書生連鞋帶煙管往外摔出，搶步去看桑飛虹時，只見她雙目緊閉，昏迷不醒。

啪啪兩響，哈赤的一對鞋子跌在酒席之上，湯水四濺，那煙管卻對準了郭玉堂飛去，力勁勢急。郭玉堂叫聲：「啊喲！」急欲閃避，但煙管來得太快，又出其不意，一時不及躲讓，眼見那通紅炙熱的鐵煙斗便要撞上他面門。胡斐伸手抓起一雙筷子，半空中將煙管挾住了。

這幾下兔起鶻落，變化莫測，大廳上羣豪一呆，這才齊聲喝采。那書生向胡斐點頭一笑，謝他相助，免致無意傷人，轉過頭來，皺眉望著桑飛虹，不知如何解救，一頓之下，向上官鐵生喝道：「這裏大夥兒比武較藝，你怎地使起迷藥來啦？快取解藥出來！」上官鐵生給他奪去煙管，知這書生出手敏捷，自己又沒了兵刃，不敢再硬，只陰陰的道：「誰用迷藥啦？這丫頭定力太差，轉了幾個圈子便暈倒了，又怪得誰來？」旁觀衆人不明眞相，倒也難以編派誰的不是。

卻見西廳席上走出一個腰彎弓背的中年婦人，手中拿著一隻酒杯，含了一口酒，便往桑飛虹臉上噴去。那書生道：「啊，這……這是解藥麼？」那婦人不答，又噴了一口酒，噴到第三口時，桑飛虹睜開眼來，一時不明所以。

上官鐵生道：「哈，這丫頭可不是自己醒了？怎地胡說八道，說我使迷藥？堂堂福大帥府中，說話可得檢點些。」那書生反手一記耳光，喝道：「先打你這下三濫的奸徒。」上官鐵生疾忙低頭，這掌居然沒打中。那書生打得巧妙，這「煙霞散人」卻也躲得靈動。

桑飛虹伸手揉了揉眼睛，已然醒悟，躍起身子，左掌探出，拍向上官鐵生胸口，罵道：「你使迷藥噴人！」上官鐵生斜身閃開，向那中年婦人瞪了一眼，又驚又怒：「此人怎能解我的獨門迷藥？我跟你無冤無仇，何以來多管閒事？」

桑飛虹向那書生點了點頭，道：「多謝相公援手。」那書生指著那婦人道：「是這位女俠救醒你的。」那婦人冷冷的道：「我不會救人。」轉身接過胡斐手中筷子，挾著那根鐵煙管，交在上官鐵生手裏，仍嘶啞著嗓子道：「這次可得拿穩了。」

這一來，那書生、桑飛虹、上官鐵生全都胡塗了，不知這婦人是甚麼路道，她救醒了桑飛虹，卻又將煙管還給上官鐵生，難道她是個濫好人，不分是非的專做好事麼？只見她頭髮花白，臉色蠟黃，體質衰弱，不似身有武功模樣，待要仔細打量，那婦人已轉過身子，回歸席上。這婦人正是程靈素所喬裝改扮。若不是毒手藥王的高徒，也決不能在頃刻之間，便解了上官鐵生所使的獨門迷藥。

哈赤一直不停口的大叫：「還我鞋子來，還我鞋子來！」但各人心有旁騖，誰也沒有理他。哈赤大惱，伸手往那書生背心扭去，喝道：「還我鞋子不還？」那書生身子一側，讓了開去，笑道：「大和尚，鞋子燒焦啦？」哈赤足下無鞋，甚是狼狽，奔到酒席上去撿起，但一對鞋子酒水淋漓，裏裏外外都是油膩，怎能再穿？可是不穿又不成，只得勉強套在腳上，轉頭去找那書生的晦氣時，卻已尋不到他蹤影。

但見上官鐵生和桑飛虹又已鬥在一起。哈赤轉了幾個圈子，不見書生，只得回去坐入太師椅中，喃喃道：「直娘賊，今日也眞晦氣，撞見一對無常鬼，又遇上個秀才鬼。」他千賊萬賊的罵了一陣，見上官鐵生和桑飛虹越鬥越快，一時也分不出高下，無聊起來，便住了口，卻覺腳上油膩膩的十分難受，忍不住又罵了出來。

突然間只聽得衆人哈哈大笑，哈赤瞪目而視，不見有何可笑之處，卻見衆人的目光一齊望著自己，哈赤摸了摸臉，低頭瞧瞧身上衣服，除一雙鞋子之外，並沒甚麼特異，怒道：「笑甚麼？有甚麼好笑？」衆人卻笑得更加厲害了。哈赤心道：「好吧，龜兒子，你們笑你們的，老子可不來理會。」一本正經的坐在椅中，豈知大廳中笑聲越來越響。桑飛虹雖在惡鬥，偶一回頭，也忍不住抿嘴嫣然。

哈赤目瞪口呆，心慌意亂，實不知衆人笑些甚麼，東張西望，情狀更加滑稽。桑飛虹終於耐不得了，笑道：「大和尚，你背後是甚麼啊？」哈赤急躍離椅，回過頭來，只見那書生穩穩的坐在他椅背之上，指手劃腳，做著啞劇，逗引衆人發笑。原來他在椅背上已坐了甚久，默不作聲的做出各種怪模怪樣。

哈赤怒喝：「秀才鬼，你幹麼作弄我？」那書生聳聳肩做個手勢，意謂：「我沒作弄你啊。」哈赤喝問：「那你幹麼坐在這裏？」那書生指指茶几上的八隻玉龍杯，做個取而藏之懷內的手勢，意思說：「我想取這玉龍杯。」哈赤又道：「你要爭奪御杯？」那書生點了點頭。哈赤道：「這裏還有空著的座位，幹麼不坐？」那書生指指廳上的羣豪，左手連搖，右手握拳虛擊己頭，跟著縮肩抱頭，作極度害怕狀。衆人轟笑聲中，哈赤道：「你怕人打，不敢坐，又爲甚麼坐在我椅背上？」那書生虛踢一腳，雙手虛擊拍掌，身子滑下，坐入椅中，意思說：「我將你一腳踢開，佔了你的椅子。」他一滑下，登時笑聲鬨堂。

福康安、安提督等見這場比武鬧得怪態百出，與原意大相逕庭，都感不快，但見這書生刁鑽古怪，哈赤和尚偏又忠厚老實，兩人竟似事先串通了來演一齣雙簧戲一般，也禁不住微笑。這時那對雙生孩兒已由王劍英、王劍傑兄弟護送到了後院，倘若尚在大廳，孩子們喜歡熱鬧，更要哈哈大笑了。

程靈素低聲對胡斐道：「這人的輕功巧妙之極。」胡斐道：「是啊，他身法奇靈，另成一派，倒似乎……」程靈素道：「似乎存心搗蛋來著。」胡斐緩緩點頭。

這時會中有識之士也都已看出，這書生明著是跟哈赤玩鬧，實則是在攪擾福康安這天下掌門人大會，要令他一個莊嚴肅穆的英豪聚會，變成百戲雜陳的胡鬧之場。

只見那書生從懷中取出一柄摺扇指著哈赤，說道：「哈赤和尚，你不可對我無禮。此扇之中，藏著你的老祖宗。」哈赤側過了頭，瞧瞧摺扇，不見其中有何異狀，搖頭道：「不信你瞎說！」那書生突然打開摺扇，向著他一揚，一本正經的道：「你不信？那就清清楚楚瞧一瞧。」眾人一看他的摺扇，無不笑得打跌，原來白紙扇面上畫著一隻極大的烏龜。這隻烏龜肚皮朝天，伸出長長的頭頸，努力要翻轉身來，但看樣子偏又翻不轉，神情十分滑稽。

胡斐忍笑望程靈素一眼，兩人更加確定無疑，這書生乃有備而來，存心搗亂。不由得對他都暗自佩服，在這龍潭虎穴之中，天下英豪之前，這般攪局，實具過人膽識。

哈赤大怒，吼聲如雷，喝道：「你罵我是烏龜？臭秀才當眞活得不耐煩了！」那書生不動聲色，說道：「做烏龜有甚麼不好？龜鶴延齡，我說你長命百歲啊。」哈赤道：「呸，烏龜是罵人的話。老婆偷漢子，便是做烏龜了。」那書生道：「哈哈！原來大和尚還娶得有老婆！不知娶了幾個？」

湯沛見福康安的臉色越來越不善，正要出來干預，突見哈赤怒吼一聲，伸手便往那書生背心抓去。這一次那書生竟然沒能避開，給他提起身子，重重的往地下一摔。原來哈赤是蒙古的摔跤高手，蒙古摔跤之技，共分大抓、中抓、小抓三門，各有厲害絕技。哈赤是中抓門的掌門人，最擅長腰腿之勁，抓人胸背，百發百中。

那書生爲他一抓一摔，眼看要吃個小虧，不料明明見到他是背脊向下，落地時卻雙腳先著。他腿上如同裝上機括，一著地立刻彈起，笑嘻嘻的站著，說道：「你摔我不倒。」哈赤道：「再來！」那書生道：「好，再來！」走近身去，突然伸出雙手，扭住他胸口。衆人都大爲奇怪，哈赤魁梧奇偉，那書生卻瘦瘦小小，何況哈赤擅於摔跤，人人親見，那書生和他相鬥，若不施展輕功，便當以巧妙拳招取勝，怎地竟是以己之短，攻敵之長？

哈赤當即伸手抓書生肩頭，出腳橫掃。那書生向前一跌，摟住了哈赤粗大的脖子，雙足足尖同時往哈赤膝蓋裏踢去。哈赤雙腿一軟，向前跪倒。但他雖敗不亂，反手抓住那書生背心，將他扭過來壓在身下。那書生大叫：「不得了，不得了！」從他腋窩底下探頭出來，伸伸舌頭，裝個鬼臉。

此時大智禪師、胡斐、湯沛、海蘭弼等高手心下都已雪亮，這書生精於點穴打穴，哈赤絕非對手，而且這書生於摔跤之術也甚嫻熟，雖膂力不及哈赤，可是手腳滑溜，扭鬥時每每能脫困而出。他所以不打倒哈赤，顯是對他不存敵意，只是藉著他玩鬧笑樂，要令福康安和四大掌門人臉上無光。

另一邊桑飛虹展開小巧功夫，和上官鐵生遊鬥不休。她鳳陽府五湖門最擅長的武功乃是「鐵蓮功」，鞋尖上包以尖鐵，只要踢中要害，立可取人性命。上官鐵生浪蕩江湖數十年，如何不省得厲害？每見她鞋尖踢來，便即引身閃避。他是江湖上的成名人物，和這年輕姑娘鬥了近百招，竟絲毫不佔上風，眼見她鴛鴦腿、拐子腿、圈彈腿、鉤掃腿、穿心腿、撞心腿、單飛腿、雙飛腿，層出不窮，越來越快，心下焦躁，看來若要取勝，須得重施故技，老氣橫秋的哈哈一笑，說道：「橫踢豎踢，有甚麼用？」裝作漫不在乎，湊口到煙管上去深深吸了一下。

桑飛虹見他吸煙，已自提防，忙搶到上風，防他噴煙。

上官鐵生吸了這口煙後，又拆得數招，漸漸雙目圓瞪，向前直視，眼中露出瘋狗般的兇光，突然「胡胡」大叫，向桑飛虹撲了過去。桑飛虹見了這般神情，心裏怕了，不敢正面與鬥，閃身避開。上官鐵生足不停步的直衝，「胡」的一聲大叫，卻向福康安撲了過去。站在福康安身邊最近的衛士是鷹爪雁行門的曾鐵鷗，忽見上官鐵生犯上，急忙搶上勾住他手腕，向外猛甩。上官鐵生一個踉蹌，跌了出去，眼睛發直，向東首席上衝了過去，亂抓亂打，竟似瘋了。

胡斐斜眼瞧著程靈素，見她似笑非笑，方始明白她適才交還煙管的用意，原來她於頃刻之間，在煙斗之中裝上了另一種厲害迷藥，即以其人之道，還治其人之身，令這一生以迷藥害人的上官鐵生，在自己的煙管中吸進迷藥。這迷藥入腦，登時神智迷亂，如顛如狂，他口中本來所含的解藥全不管用。

東首席上的好手見他衝到，自即出手將他趕開。上官鐵生在地下打了個滾，忽然抱住一張桌子的桌腿，張口亂啃亂咬。眾人見了這等情景，都暗暗驚怖，誰也笑不出來，不知他何以會突然如此。

眾人一時默不作聲，大廳之上，只聽得哈赤在「小畜生、賊秀才」的罵不絕口。那書生道：「我勸你別罵了吧。」哈赤怒道：「我罵你便怎樣？賊秀才！」那書生道：「諒你也不敢罵福大帥，你有種的，便罵一聲賊大帥。」

哈赤氣惱頭上，不加考慮，隨口便大聲罵道：「賊大帥！」話一出口，才知不妙，但已經收不回轉，急得只道：「我……我不是罵他，是……是……罵你！」那書生笑道：「我又不是大帥，你罵我賊大帥幹麼？」哈赤上了這個當，生怕福康安見責，只急得額頭青筋暴現，滿臉通紅，和身撲落。那書生乘他心神恍惚，側身讓過，揪著他右臂借力外送，哈赤一個肥大的身軀飛了出去。

上官鐵生正抱住桌腿狂咬，哈赤摔將下來，騰的一響，恰好壓在他背上。上官鐵生「胡胡」大叫，抱牢他雙臂，一口往他的光頭大腦袋上咬落。哈赤吃痛，振臂欲將他摔開。那知一個人神智胡塗之後，竟會生出平素所無的巨力出來，哈赤的膂力本比他強得多，這時卻脫不出他摟抱，只給他咬得滿頭鮮血淋漓，痛得哇哇急叫。

那書生哈哈大笑，叫道：「妙極，妙極！」他一面鼓掌，一面慢慢退向放著八隻玉龍杯的茶几，突然間衣袖一拂，抓起兩隻玉龍杯，對桑飛虹道：「御杯已得，咱們走吧！」桑飛虹一怔，她和這書生素不相識，但見他對自己一直甚是親切，不自禁的點了點頭，隨著他飛奔出外。福康安身旁的六七名衛士大呼：「捉奸細！捉奸細！」「拿住了！」「拿住偷御杯的賊！」一齊蜂擁著追了出來。

羣豪見這少年書生在衆目睽睽之下，竟爾大膽搶杯欲逃，無不驚駭，早有人跟著衆衛士喝了起來：「放下玉杯！」「甚麼人，這般胡鬧？」「是那一門那一派的混帳東西？」

適才常赫志、常伯志兄弟從屋頂上衝入，救去了貴州雙子門倪氏兄弟，福康安府中衛士在大門外又增添人員，這時聽見大廳中一片吆喝之聲，門外的衛士立時將門堵住。安提督一聲令下，數十名衛士將那少年書生和桑飛虹前後圍住。

那書生笑道：「誰敢上來，我就將玉杯一摔，瞧它碎是不碎。」衆衛士倒也不敢貿然上前，生怕他當眞豁出了性命胡來，將御賜的玉杯摔破了。各人手執兵刃，將二人包圍了個密不通風。桑飛虹受邀來參與這掌門人大會，只是來趕個熱鬧，並無別意，突然間闖出這個大禍來，只嚇得臉色慘白，一顆心幾乎要跳出了腔子。

胡斐與程靈素對望一眼，程靈素緩緩的搖了搖頭。兩人雖對那少年書生甚有好感，但這時身陷重圍之中，如出手相救，只不過白饒上兩條性命，於事無補。眼見這局勢沒法長久僵持，海蘭弼正大踏步走將過去，他一出手，那書生和桑飛虹定然抵擋不住。

那書生高舉玉杯，笑吟吟的道：「桑姑娘，這一次咱們可得改個主意啦，你倘若將玉杯往地下摔去，說不定還沒碰到地上，已有快手快腳的傢伙搶著接了去。咱們不如這樣吧，你聽我叫一二三，叫到『三』字，喀喇一響，就在手中捏碎了。」桑飛虹不由自主的點了點頭，心中卻在暗罵自己，爲甚麼跟他素不相識，卻事事聽他指使。

海蘭弼走上前去，原是打算在他摔出玉杯時快手接過，聽他這幾句話一說，登時停住了腳步。

湯沛哈哈一笑，走到書生跟前，說道：「小兄弟，你貴姓大名啊？今日在天下英雄之前大大的露了一下臉，當眞是聳動武林。你不留下個名兒，那怎麼成？」那書生笑道：「在下一不爲名，二不爲利，只覺這玉杯兒好玩，想拿回家去玩玩，玩得厭了，便即奉還。」

湯沛笑道：「小兄弟，你的武功很特異，老哥哥用心瞧了半天，也瞧不出一個門道來。尊師是那一位啊？說起來或許大家都有交情。年輕人開個小玩笑，也沒甚麼大不了，衝著老哥哥這點小面子，福大帥也不能怪罪，還是入席再喝酒吧。」說著側頭向衆衛士道：「大夥兒退開些！這位兄弟是好朋友，他開個玩笑，卻來這麼興師動衆的，不讓人家笑話咱們太過小氣麼？」衆衛士聽他這麼說，都退開了兩步。

那書生笑道：「姓湯的，我可不上你這笑面老虎的圈套。你再走近一步，我便把玉杯捏碎了。你要是眞有擔當，便讓我把玉杯借回家去，把玩三天。三日之後，一準奉還。」衆人心想：「你拿了玉杯一出大門，卻到那裏再去找你？甚麼三日之後一定奉還，誰來信你？」各人一齊望著湯沛，瞧他如何回答。

只見他又是哈哈一笑，說道：「那又有甚麼打緊？小兄弟，你手裏這隻玉杯嘛，主兒的名份還沒定。老哥哥卻蒙福大帥的恩典先賞了一隻。這樣吧，我自己的那隻借給你，你愛玩到幾時便幾時，甚麼時候玩得厭了，帶個信來，我再來取回就是了。」說著走到放玉杯的几前，先取過一塊鋪在桌上的大錦緞，兜在左手之上，然後取過一隻玉龍杯，放在錦緞上，鄭而重之的走到那書生跟前，說道：「你拿去吧！」

這一著大出人人的意料之外。衆人只道他嘴裏說得漂亮，實則是在想乘機奪回書生手中的玉杯，那知他借杯之言並非虛話，反而又送一隻玉杯過去。

那書生也頗爲詫異，笑道：「你外號兒叫做『甘霖惠七省』，果然慷慨得緊。兩隻玉杯一模一樣，也不用掉了。桑姑娘的玉杯，就算是向這位海大人借的。湯大俠，煩你作個中保。海大人，請你放心，三日之後桑姑娘倘若不交還玉杯，你唯湯大俠是問。」湯沛笑道：「好吧！把事兒都攬在我身上，姓湯的一力承當。桑姑娘，你總不該叫我為難罷？」說著向桑飛虹走近了一步。

桑飛虹囁嚅著道：「我……我……」眼望那少年書生，不知如何回答才是。

湯沛左肘突然一抖，一個肘錐，撞在她右腕腕底。桑飛虹「啊」的一聲驚呼，玉杯脫手向上飛出，便在此時，湯沛右手抓起錦緞上玉杯，左手錦緞揮出，已將那少年上身裹住。右手食指連動，隔著錦緞點中了他「雲門」、「曲池」、「合谷」三處穴道，跟著伸手接住空中落下的玉杯，左足飛出，踢倒了桑飛虹，足尖順勢在她膝彎裏一點。那「雲門穴」是在肩頭，「曲池穴」在肘彎，「合谷穴」在大拇指與食指之間，三穴遭點，那書生自肩至指，一條肩膀軟癱無力，再也不能捏碎玉杯了。

這幾下兔起鶻落，直如變戲法一般，眾人還沒有看清楚怎地，湯沛已打倒二人，手捧三隻玉龍杯，放回几上。待他笑吟吟的坐回太師椅中，大廳上這才采聲雷動。

郭玉堂摸著鬍鬚，不住價連聲讚歎：「這一瞬之間打倒兩人，已極為不易，更難的是三個人手裏都有一隻玉杯，只要分寸拿捏差了厘毫，任誰一隻玉杯都會損傷，那麼這一次大會便不免美中不足，更難得的是這一副膽識。程老弟，你說是不是？」

胡斐點頭道：「難得，難得。」他見了適才猶如雷轟電閃般的一幕，不由得雄心頓起，暗想：「這姓湯的果然藝業不凡，如有機緣，倒要跟他較量較量。」又想：「那少年書生和桑姑娘失手被擒，就算保得性命，也要受盡折磨，怎生想個法兒相救才好。」

這時衆衛士已取過繩索，將那書生和桑飛虹綁了，推到福康安跟前，聽由發落。福康安將手一揮，說道：「押在一旁，慢慢再問，休得阻了各位英雄的興頭。安提督，你讓大家比下去吧！」安提督道：「是！」當即傳下號令，請羣豪繼續比試。

胡斐見這些人鬥來鬥去，沒人有傑出的本領，心中栗六，念著馬春花的兩個兒子不知如何又遭奪回，馬春花不知是否又遭危難，更有那九家半掌門人來是不來？也無心緒去看各人爭鬥。

來來去去又比試了十多人，忽聽得門外衛士大聲叫道：「聖旨到！」

福康安識得當先那人是乾清宮的太監劉之餘，見他走到廳門口，卻不進廳，便在門前站定，展開聖旨宣讀，規矩不對，登時便起了疑心。

第十八章　寶刀銀針

羣豪聽了，均是一愕。福康安府中上下人等卻知皇上心血來潮，便半夜三更也有聖旨，因此不以爲奇，當即擺下香案。福康安站起身來，跪在滴水簷前接旨。自安提督以下，人人一齊跪倒，胡斐當此情景，只得跟著跪下，心中暗暗咒罵。

只聽得靴聲橐橐，院子中走進五個人來，當先一人是個老太監。福康安識得他是乾清宮的太監劉之餘，身後跟著四名內班宿衛。

那劉之餘走到廳門口，卻不進廳，便在門前站定，展開聖旨，宣讀道：「當今萬歲爺乾隆皇帝聖旨：兵部尚書福康安聽旨，適才擒到男女賊人各一，著即帶來宮中，不可有誤便了。欽此！」

福康安登時呆了，心想：「皇上的信息竟如此之快。他要帶兩名賊人去幹甚麼？」

又想：「這聖旨不倫不類，甚麼『當今萬歲爺乾隆皇帝聖旨』，甚麼『不可有誤便了』？」一抬頭，見劉之餘擠眉弄眼，神氣古怪，再想平素太監傳旨，定是往大廳正中向外一站，朝南宣讀，這一次卻是朝裏宣旨。這劉之餘是宮中老年太監，決不能錯了規矩，其中必有緣故，站起身來，說道：「劉公公，請坐下喝茶，瞧一瞧這裏英雄好漢們獻演身手。」劉之餘欣然道：「好極，好極！」突然眉頭一皺，道：「多謝福大帥啦，茶是不喝了，皇上等著要人。」

福康安一瞧這情景，恍然而悟，知他受了身後那幾名衛士的挾制，假傳聖旨，這四名衛士不是反叛，便是假扮的，當下不動聲色，笑問：「陪著你的幾位大哥是誰啊？怎地面生得緊。」劉之餘苦笑道：「這個……那個……嘿嘿，他們是外省新來的。」

福康安更加心中雪亮，內班宿衛日夜在皇帝之側，若非親貴，便是有功勳的世臣子弟，外省來的武人那裏能當？心想：「只有調開這四人，劉太監方不受他們挾持。」說道：「既是如此，四位侍衛大哥便把賊人帶走吧！」說著向綁在一旁的少年書生和桑飛虹一指。

四名侍衛中便有一人走上前來，去牽那書生。福康安道：「且慢！這位侍衛大哥貴姓？」按照常情，福康安對宮中侍衛客氣，稱一聲「侍衛大哥」，但當侍衛的官階比他低得多，必定上前請安。這侍衛卻大剌剌的不理，只說：「俺姓張！」福康安道：「張大哥到宮中幾時了？怎地沒會過？」

那侍衛尚未回答，劉之餘身後一個身材肥胖的侍衛突然右手一揚，銀光閃閃，一件梭子般的暗器射了出來，飛向放置玉龍杯的茶几。這暗器去勢峻急，眼見八隻玉杯要一齊打碎。衆衛士紛紛呼喝，善於發射暗器的便各自出手，只見袖箭、飛鏢、鐵蓮子、鐵蒺藜，七八件暗器齊向銀梭射去。那肥胖的侍衛雙手連揚，也是七八件暗器一齊射去。

只聽得叮叮之聲不絕，衆衛士的暗器紛紛碰落。那銀梭飛到茶几，鉤住了一隻玉龍杯。說也奇怪，這梭子在半空中竟會自行轉彎，鉤住玉龍杯後斜斜飛回，又回到那侍衛手中。衆人眼見這般怪異情景，無不愕然。

胡斐見了那胖侍衛這等發射暗器的神技，大喜之下，忍不住叫道：「趙三哥！」

那胖侍衛正是千臂如來趙半山所喬裝改扮。那個去救書生的侍衛，則是紅花會中的鬼見愁石雙英。這干人早便在福康安府外接應，見那少年書生失手受擒，正好太監劉之餘在府門外經過，便擒了來假傳聖旨。但這些江湖上的豪傑之士終究不懂宮廷和官場規矩，一進福康安府便露出馬腳。趙半山見福康安神色和言語間已然起疑，不待他下令拿人，先下手爲強，發出一枚飛燕銀梭，搶了一隻玉杯。這飛燕銀梭是他別出心裁的一門暗器，梭作弧形，擲出後能飛回手來。

他一搶到玉杯，猛聽得有人叫了聲：「趙三哥！」這叫聲中眞情流露，似乎乍逢親人一般，舉目向叫聲來處瞧去，卻不見有熟識之人。胡斐和他睽別多年，身形容貌均已大變，別說他已喬裝收扮，就算沒改裝，異地乍逢，也未必認得出來。

處身在這龍潭虎穴之中，一瞥間沒瞧見熟人，決無餘裕再瞧第二眼，他雙臂連揚，但聽得嗤嗤之聲不絕，每響一下，便有一枝紅燭爲暗器打熄，頃刻間大廳中黑漆一團。只聽得他大聲叫道：「福康安看鏢！」跟著有兩人大聲慘叫，顯已中了他暗器。但聽得乒乒乓乓，響起一片兵刃之聲，已有兩名衞士搶上將石雙英截住。

趙半山叫道：「走吧，不可戀戰！」他知身處險地，大廳之上高手如雲，一擊不中便當飄然遠引，救人之事，只得徐圖後計，眼下藉著黑暗中一片混亂，尚可脫身，倘若時機一過，連自己也會陷身其中。但這時石雙英已給絆住，跟著又有兩人攻到，再有遷延，別說救人，連他自己也走不脫了。

胡斐當那少年書生爲湯沛擒獲之時，即擬出手相救，只聽上強敵環伺，單是正中太師椅上所坐的那四大掌門，自己對每一個都沒制勝把握，突見趙半山打滅滿廳燈火，毫不猶豫，立即縱身搶到那少年書生身旁。湯沛出手點穴，胡斐看得分明，所點的是「雲門」、「曲池」、「合谷」三穴，這時一俯身間，便往那書生肩後「天宗穴」上一拍，登時解開了他「雲門穴」，待要再去推拿他「天池穴」時，頭頂突然襲來一陣輕微掌風。

胡斐左手翻過，迎著掌風來處還了一掌，只覺敵人掌勢來得快極，啪一聲輕響，雙掌相交。胡斐身子一震，不由得倒退半步，大吃一驚：「此人掌力恁地渾厚！」只得拚全力相抗，但覺對方內力無窮無盡的源源而來。胡斐暗暗叫苦，心想：「比拚掌力，非片刻間可決勝敗，燈燭少時便會點起，看來我脫身不易了。」對掌比拚、心中動念，只電光石火般的一霎間之事，忽聽得那少年書生低聲道：「多謝援手！」竟已躍起。

他這一躍起，胡斐立時醒悟：「我只解了他雲門穴，他的曲池、合谷兩穴，原來是跟我對掌之人解了。那麼此人是友非敵。」他一想到此節，對方也同時想到：「我只解了他曲池、合谷兩穴，尚有雲門穴未解，原來是跟我對掌之人解了。那麼此人是友非敵。」兩人心念相同，當即各撤掌力。

那少年書生抓起躺在身旁的桑飛虹，急步奔出，大聲叫道：「福康安已讓我宰了！少林派眾位好漢攻東邊，武當派眾位好漢攻西邊！大夥兒殺啊！殺啊！」

黑暗中但聽得兵刃亂響，廳上亂成一團，人人心中也亂成一團。

眾衛士聽到福大帥遭害，無不嚇出一身冷汗，又聽得「少林派眾位好漢攻東邊，武當派眾位好漢攻西邊」的喊聲，這兩大門派門人眾多，難道當眞反叛了？

忽聽得周鐵鷦的聲音叫道：「福大帥平安無事，別上賊子的當！」待得眾衛士點亮四周燈燭，趙半山、石雙英，以及少年書生和桑飛虹都已不知去向。

只見福康安端坐椅中，湯沛和海蘭弼擋在身前，前後左右，六十多名衛士如肉屏風般團團保護。在這等嚴密防守之下，便有千百名高手同時攻到，一時三刻之間也傷他不到半根寒毛，何況只是三數個刺客？但也因他手下衛士人人只想到保護大帥，趙半山和那少年書生等才得乘黑逃走。否則他數人武功再強，也決不能這般輕易全身而退。

衆人見福康安臉帶微笑，神色鎮定，大廳上登時安靜；又見少林派掌門人大智禪師和武當派掌門人無青子安坐椅中，神色寧謐，都知那書生這番喊叫，只不過擾亂人心而已。

福康安笑道：「賊子胡言亂語，禪師和道長不必介意。」安提督走到福康安面前請安，說道：「卑職無能，竟讓賊子逃走，請大帥降罪。」福康安將手一擺，笑道：「這都是我累事，算不得是你們沒本事。大家顧著保護我，也不去理會毛賊了。」他心中滿意，覺得衆衛士人人盡責，以他爲重，竭力保護，又道：「幾個小毛賊來搗亂一番，算得甚麼大事？丟了一隻玉龍杯，嗯，那也好，瞧是那一派的掌門人日後去奪回來，再擒獲了這劫杯毛賊，這隻玉龍杯便歸他所有。這一件事又鬥智、又鬥力，比之在這裏單只較量武功，豈不更有意思麼？」

羣豪大聲歡呼，都讚福大帥安排巧妙。胡斐和程靈素對望一眼，心下也不禁佩服福康安大有應變之才，失杯的醜事輕輕掩過，而且一翻手間，給紅花會伏下了一個心腹大患。武林中自有不少人貪圖出名，會千方百計的去設法奪回玉龍杯，不論成功與否，都讓紅花會樹下不少強敵。

福康安向安提督道：「讓他們接下去比試吧！」安提督躬身道：「是！」轉過身來，朗聲說道：「福大帥有令，請各位英雄繼續比試武藝，且瞧餘下的三隻御賜玉杯，歸屬誰手。」他雖說「福大帥有令」，但還是用了一個「請」字，那是對羣豪甚表尊重，以客禮相待之意。

福康安吩咐道：「搬開一張椅子！」便有一名衛士上前，將空著的太師椅搬開了一張，這隻玉龍杯，算是給紅花會奪去了。廳心留下三張空椅。衆人這時方始發覺，「崑崙刀」掌門人西靈道人已不知何時離椅，想是他眼見各家各派武功高出自己之人甚多，與其讓人趕下座位，還不如自行退開，免得出醜露乖。

這時胡斐思潮起伏，心中存著許多疑團：「福康安的一對雙生兒子不知如何又讓他奪回？我冒充華拳門掌門人，是不是已遭發覺？對方遲遲不予揭破，是不是暗中已佈置下極厲害的陷阱？我適才爲那少年書生解穴，黑暗中與人對掌，此人內力渾厚，非同小可，他也出手助那書生，自是大廳上羣豪之一，卻不知是誰？」

他明知在此處多耽得一刻，便多增一分凶險，但一來心中存著這許多疑團未解；二來眼見鳳天南便在身旁，好容易知道了他的下落，豈能又讓他走了？三來也要瞧一瞧餘下的三隻玉龍杯由那派的掌門人所得。

其實，這些都只是他心裏所計較的原因，眞正的原因，卻是在心中隱隱約約覺得的：袁紫衣一定會來。既知她要來，他就決計不走。便有天大危險，也嚇他不走。

這時廳上又有兩對人在比拚武功。四人都使兵刃。胡斐一看，見四人的武功比之以前出手的都高。不久一個使三節棍的敗了下去，另一個使流星鎚的上來。聽那唱名武官報名，是太原府的「流星趕月」童懷道。胡斐想起數月前與鍾氏三雄交手，曾聽他們提過「流星趕月童老師」的名頭。這童懷道在雙鎚上的造詣果然甚爲深厚，只十餘合便將對手打敗了，接著上來的兩人也都不是他敵手。

高手比武，若非比拚內力，往往幾個照面便分勝敗，而動到兵刃，生死決於俄頃，比之較量拳腳更加凶險得多。雙方比試者並無深仇大怨，大都是聞名不相識，功夫上一分高低，稍遜一籌者便即知難而退，誰都不願干冒性命之險而死拚到底。因之在福康安這些只識武學皮毛的人眼中，比試的雙方都自惜羽毛，數合間便有人退下，反不及黃希節、桑飛虹、歐陽公政、哈赤和尚等一干人猛打狠毆的好看。但武功高明之人卻看得明白，出賽者的武功越來越高，要取勝越來越不容易，許多掌門人原本躍躍欲試的，這時都改變了主意，決定袖手旁觀。有時兩個人鬥得似乎沒精打采、平淡無奇，而湯沛、海蘭弼這些高手卻喝起采來。一般不明其理的後輩，不是瞠目結舌，呆若木鷄，便隨聲附和，假充內行。

饒是出賽者個個小心翼翼，但一入場子，總是力求取勝，兵刃無眼，還是有三個掌門人斃於當場，七人身受重傷。總算福康安威勢懾人，死傷者門下的弟子即時不敢發作，但武林中冤冤相報的無數腥風血雨，都已在這一日中伏下了因子。

清朝順治、康熙、雍正三朝，武林中反清義舉此伏彼起，百餘年來始終不息，但自乾隆中葉以後，武林人士自相殘殺之風大盛，顧不到再來反清，讓清廷去了一大隱憂。雖原因多般，這次天下掌門人大會實是一大主因。後來武林中有識之士出力調解彌縫，仍難令各門各派仇怨盡泯。不明白福康安這大陰謀之人，還道滿清氣運方盛，草莽英雄自相攻殺，乃天數使然。

流星趕月童懷道以一對流星雙鎚，在不到半個時辰之內連敗五派掌門高手，其餘的掌門人憚於他雙鎚此來彼往、迅捷循環的攻勢，一時無人再上前挑戰。

便在此時，廳外匆匆走進一名武官，到福康安面前低聲稟告了幾句。福康安點了點頭，那武官走到廳口，大聲道：「福大帥有請天龍門北宗掌門人田老師進見。」廳外又有武官傳呼出去：「福大帥有請天龍門北宗掌門人田老師進見。」

胡斐和程靈素對望一眼，心頭都微微一震：「他也來了！」

過不多時，只見田歸農身穿長袍馬褂，微笑著緩步進來，身後跟著八人。他走到福康安身前，躬身請安。福康安欠欠身，拱手還禮，微笑道：「田老師好，請坐！」

羣豪一見，都想：「天龍門名聞天下，已歷百年，自明末以來，胡苗范田四家齊名，代代均有好手。這姓田的氣派不凡，福大帥對他也優禮有加，與對別派的掌門人不同。卻不知他是否眞有驚人藝業？」每一派與會的均限四人，他卻帶了八名隨從，何況這般大模大樣的遲遲而至，羣豪雖震於他的威名，心中卻均有不平之意。

田歸農和少林、武當兩派掌門人點頭爲禮，看來相互間均不熟識，但他和甘霖惠七省湯沛卻極熟絡。湯沛拍著他肩膀笑道：「賢弟，做哥哥的一直牽記著你，心想怎麼到這當兒還不到來？如果你竟到得遲了，拿不到一隻玉龍杯，做哥哥的這一隻如何好意思捧回家去？你天龍門倘若不得玉杯，那一天你高興起來，找老哥哥來比劃比劃，我除了雙手奉上玉杯，再沒第二句話好說，豈不糟糕？」跟著將福大帥囑令各派比試武功以取御杯的事，向他說了一遍。

田歸農笑道：「兄弟如何敢跟大哥相比？我天龍門倘得福大帥恩典，蒙大哥照拂，能在天下英雄之前不太出醜丟臉，也已喜出望外了。」說著兩人同聲大笑。他話雖說得謙虛，但神色之間，顯是將玉龍杯看作了囊中之物。湯沛和人人都很親熱，但對待田歸農的神情卻又與衆不同。聽他二人稱呼語氣，似乎還是拜把子的兄弟。

胡斐心想：「這姓田的和我交過手，武功雖比這些人都高，卻未必能及得上湯沛和海蘭弼，要說一定奪到玉龍杯，未免是將天下英雄都瞧得小了。」想起他暗算苗人鳳的無恥卑鄙行逕，已自打定了主意：「他不得玉龍杯便罷，倘若僥倖奪得，好歹要他在天下羣雄之前，大大的出個醜。」他和田歸農在苗人鳳家中交過手，以祖傳刀法，打得他口吐鮮血，大敗而走，何況其時胡斐未得苗人鳳的指點，未悟胡家刀法的精義要訣。此刻他單以刀法而論，天下幾乎已無人勝得過他，即是與苗人鳳、趙半山這等一流高手相比，也已不遑多讓，田歸農自然遠非其敵。

當田歸農進來之時，大廳的比試稍停片刻，這時兵刃相擊之聲又作。田歸農坐在椅中，手持酒杯觀鬥，神色極是閒雅，眼看有人勝，有人敗，他只臉帶微笑，無動於中，有時便跟湯沛說幾句閒話。眾人都已看出，他面子上似是裝作高人一等，不屑和人爭勝，實則是以逸待勞，要到最後的當口方才出手，在旁人精疲力竭之餘，再施全力一擊。

流星趕月童懷道坐在太師椅中，見良久無人上來挑戰，突然躍起，走到田歸農身前，說道：「田老師，姓童的領教你高招。」眾人都是一楞。自比試開始以來，總是得勝者坐在太師椅中，由人上前挑戰，豈知童懷道卻走下座來，反去向田歸農求鬥。

田歸農笑道：「不忙吧？」手中仍持著酒杯。童懷道說道：「反正遲早都是一鬥，乘著我這時還有力氣，向田老師領教領教。也免得你養精蓄銳，到最後來撿現成便宜。」他心直口快，想到甚麼，便說了出口，再無顧忌。

羣豪中便有二三十人喝起釆來。這些人見著田歸農這等大剌剌的模樣，早感不忿。

田歸農哈哈一笑，眼見無法推托，向湯沛笑道：「大哥，兄弟要獻醜了。」湯沛道：「恭祝賢弟馬到成功！」

童懷道轉過頭來，直瞪著湯沛，粗聲道：「湯老師，福大帥算你是四大掌門之一，請你作公證來著，這一個『公』字，未免有點兒不對頭吧？」湯沛給他直言頂撞，不免尷尬，強笑道：「在下那裏不公了？請童老師指教。」童懷道說道：「我跟田老師還沒比試，你就先偏了心啦，說甚麼『恭祝賢弟馬到成功。』天下英雄在此，這可是人人聽見的。」

湯沛心中大怒，近二三十年來，人人見了他都是湯大俠前、湯大俠後，從沒一人敢對他如此挺撞，更何況是在大庭廣衆之間這般的直斥其非，但他城府甚深，仍微微一笑，說道：「我也恭祝童老師旗開得勝。」

童懷道一怔，心想兩人比試，一個旗開得勝，一個馬到成功，天下決無是理，但他既這般說，卻也無從辯駁，便大聲道：「湯老師，祝你更加旗開得勝，馬到成功！」

羣豪一聽，一齊轟笑。田歸農向湯沛使個眼色，意思說：「大哥放心，這無禮莽撞之徒，兄弟一定好好的教訓教訓他。」緩步走到廳心，道：「童老師請上吧！」

童懷道見他不卸長袍，手中又無兵刃，愈加憤怒，說道：「田老師要以空手接在下這對流星鎚麼？」

田歸農極工心計，行事便即持重，自忖如能在三招兩式之內空手將他打倒，在天下羣雄之前大顯威風，自是再妙不過，但看對方身軀雄偉，肌肉似鐵，實非易與之輩，笑道：「童老師名滿晉陝，江湖上好漢那一個不知流星趕月的絕技，在下便使兵刃，也未必是童老師對手。」右手一招，他大弟子曹雲奇雙手捧著一柄長劍，呈了上來。

田歸農接過了劍，左手一擺，笑道：「請吧！」童懷道見他劍未出鞘，心想你已兵刃在手，你愛甚麼時候拔劍，那是你自己的事，當下手指搭住鎚鍊中心向下一轉，一對流星鎚直豎上來，那鎚鏈竟如是兩根鐵棒一般。羣豪齊聲稱讚：「好功夫！」

喝采聲中，他左鎚仍豎在半空，右鎚已平胸直擊出去，這一鎚飛到離田歸農胸口約有尺半之處，倏地停留不進，左鎚迅捷異常的自後趕上，直擊田歸農小腹。前鎚虛招誘敵，後一鎚才全力出擊，他一上來便使出「流星趕月」的成名絕技。

田歸農微微一驚，斜退一步，長劍指出，竟連著劍鞘刺了過去。童懷道大怒，心道：「你劍不出鞘，分明瞧我不起。」手上加勁，將一對鐵鎚舞成一團黑光。他這對雙鎚一快一慢，一虛一實，而快者未必眞快，慢者也未必眞慢，虛虛實實，變化多端。田歸農長劍始終不出鞘，但一招一式，仍依著「天龍劍」的劍法使動。

拆得三十餘招，田歸農已摸淸楚對方鎚法路子，陡然間長劍探出，疾點童懷道左腿膝彎「曲泉穴」。這一招並非劍法，長劍連鞘，竟變作判官筆用。童懷道吃了一驚，退後兩步。田歸農長劍橫砸，擊他大腿，這一下卻是將劍鞘當鐵鐧使，這一招「柳林換鐧」，原是鐧法。他在兩招之間，自劍法變爲筆法，又自筆法變爲鐧法。

童懷道心中微慌，左手流星鎚倒捲上來，左手在鎚鍊上一推，鐵鎚向田歸農眉心直撞過去。這是一招兩敗俱傷的打法，拚著大腿受劍鞘一砸，鐵鎚卻也要擊中了他。

田歸農沒料到對方竟不閃避攻著，劍鞘距他大腿不過數寸，卻覺勁風撲面，鐵鎚已飛了過來，若是兩下齊中，對方最多廢了一條腿，自己卻不免腦漿迸裂，百忙中倒轉長劍，往他鎚鍊中搭去。這一下轉攻爲守，登居劣勢。童懷道流星鎚回收，鎚鍊已捲住長劍，往裏一奪，跟著右鎚橫擊過去。

眼見田歸農兵刃受制，若要逃得性命，長劍非撤手不可，只聽得嗤的一聲，青光閃動，長劍竟已出鞘，劍尖顫處，童懷道右腕中劍。原來他以鎚鍊捲住長劍，一拉一奪之下，恰好將劍鞘拔脫。田歸農乘機揮劍傷敵，跟著搶上兩步，左手食指連動，點中他胸口三處要穴。

童懷道全身酸麻，兩枚流星鎚砸將下來，打得地下磚屑紛飛。田歸農還劍入鞘，笑吟吟的道：「承讓！承讓！」坐入了童懷道先前坐過的太師椅中。他雖得勝，但廳上羣豪都覺這一仗贏得僥倖，頗有狡詐之意，並非以眞實本領取勝，因此除了湯沛等人寥寥幾下采聲，誰都沒喝采叫好。

童懷道穴道受點後站著不動，擺著個揮鎚擊人的姿式，橫眉怒目，模樣可笑。田歸農卻不給他解穴，坐在椅中自行跟湯沛說笑，任由童懷道出醜露乖，竟視若無睹。廳上自有不少點穴打穴名家，均感不忿，但誰都知道，只要出去給童懷道解了穴，便是跟田歸農和湯沛過不去。田歸農還不怎樣，那甘霖惠七省湯沛卻名頭太大，那些點穴打穴名家十九是老成持重之輩，都不願爲此而得罪湯沛。但眼見童懷道傻不楞登的擺在那裏，許多人都不禁爲他難受。

西首席上一條大漢霍地站起，手中拖了一根又粗又長的鑌鐵棍，邁步出來，那鐵棍拖過磚地，嗆啷啷直響。他走到田歸農面前，大聲喝道：「姓田的，你給人解開穴道啊，讓他僵在這裏幹甚麼？」田歸農微笑道：「閣下是誰？」那大漢道：「我叫李廷豹，你聽見過沒有？」

他這一下自報姓名，聲如霹靂，震得衆人耳中都嗡嗡作響。羣豪聽得此人便是李廷豹，都微感詫異。李廷豹是五台派掌門大弟子，在山西大同府開設鏢局，以五郎棍法馳名天下，他的「五郎鏢局」在北方諸省頗有聲名。衆人心想他既是出名的鏢頭，自是精明強幹，老於世故，不料竟是這樣的一個莽夫。

田歸農坐在椅中，並不抬身，五台派李廷豹的名字，他自是聽見過的，但他假作訝色，搖頭道：「沒聽見過。閣下是那一家那一派的啊？」李廷豹大怒，喝道：「五台派你聽見過沒有？」田歸農仍然搖頭，臉上卻顯得又抱歉，又惶恐，說道：「是五台？不是七台、八台麼？」他將「八台」兩字，故意唸得跟「王八蛋」的「八蛋」相似，廳上一些年輕人忍不住便笑出聲來。

好在李廷豹倒沒覺察，說道：「是五台派！大家武林一脈，你快解開童老師的穴道。」田歸農道：「你跟童老師是好朋友麼？」李廷豹道：「不是！我跟他素不相識。但你這般作弄人，太不成話。我瞧不過眼。」田歸農皺眉道：「我只會點穴，當年師父沒教我解穴。」李廷豹道：「我不信！」

福康安、安提督等一干人聽著他二人對答，很覺有趣，均知田歸農在作弄這渾人。這些親貴大官看著眾武師比武，原是當作一樁賞心樂事，便如看戲聽曲、瞧變戲法一般，一連串不停手的激烈打鬥之後，有個小丑來插科打諢，倒也令人覺得興味盎然。

田歸農一眼瞥見福康安笑嘻嘻的神氣，更欲湊趣，便道：「這樣吧！你在他膝彎裏用力踢一腳，便解開了他穴道。」李廷豹道：「當眞？」田歸農道：「師父以前這樣教我，不過我自己也沒試過。」

李廷豹提起右足，在童懷道膝彎裏一踢。他這一腳力道用得不大，但童懷道還是應腳而倒，滾在地下，翻了幾個轉身，手足姿式絲毫不變，只是直立變爲橫躺。卻是李廷豹上了當，要救人反而將人踢倒。福康安哈哈大笑，衆貴官跟著笑了起來。羣豪本來有人想斥責田歸農的，見福康安一笑，都不敢出聲了。

笑聲未絕，忽聽得呼呼呼三響，三隻酒杯飛到半空，衆人一齊抬頭瞧去，卻見三杯互相碰撞，乒乓兩聲，撞得粉碎。衆人目光順著酒杯的碎片望下地來，卻見童懷道已然站起，手中握著一隻酒杯，說道：「那一位英雄暗中相助，童懷道終身不忘大德。」說著將酒杯揣在懷中，狠狠瞧了田歸農一眼，急奔出廳。

原來有人擲杯飛空互撞，是要引開各人的目光，當衆人一齊瞧著空中的三隻酒杯之時，他又以一隻酒杯擲去，打在童懷道背心的「筋縮穴」上，解開了他受點的穴道。這一下廳上許多高手都給瞞過，大家均知這一下功夫甚是高明，卻不知是何人出手。

湯沛遊目四顧，隨即拿過兩隻酒杯，斟滿了酒，走到胡斐席前，說道：「這位兄台面生得很哪！請教尊姓大名，閣下飛杯解穴的功夫，在下欽佩得緊。」

胡斐適才念著童懷道是鍾氏三雄的朋友，又見田歸農辱人太甚，動了俠義心腸，雖知身在險地，卻忍不住出手爲他解開穴道，那知湯沛目光銳利，竟然瞧破。胡斐說道：「在下是華拳門的，敝姓程，草字靈胡。湯大俠說甚麼飛杯解穴，在下可不懂了。」

湯沛呵呵笑道：「閣下何必隱瞞？這一席上不是少了四隻酒杯麼？」胡斐心想：「看來他也不是瞧見我飛擲酒杯，只不過查到我席上少了四隻酒杯而已。」轉頭向郭玉堂道：「郭老師，原來你身懷絕技，飛擲酒杯，解了那姓童的穴道。佩服，佩服！」

郭玉堂最爲膽小怕事，唯恐惹禍，忙道：「我沒擲杯，我沒擲杯。」

湯沛識得他已久，知他沒這個能耐，一看他同席諸人，只華拳門的蔡威成名已久，但素知他暗器功夫甚是平常，將右手的一杯酒遞給胡斐，笑道：「程兄，今日幸會！兄弟敬你一杯。」說著舉杯和他的酒杯輕輕一碰。

只聽得乒的一響，胡斐手中的酒杯忽地碎裂，熱酒和瓷片齊飛，都打在胡斐胸口。原來湯沛在這一碰之中，暗運潛力，胡斐的武功如何，這只一碰便可試了出來。不料兩杯相碰，華拳門掌門人程靈胡的內功卻平庸之極，酒杯粉碎之下，酒漿瓷片都濺向他一邊。湯沛手中酒杯固完好無損，衣上也不濺到半點酒水。湯沛微笑道：「對不起！」自行回歸入座，心想：「這小老兒稀鬆平常，那麼飛杯解穴的卻又是誰？」

只見田歸農和李廷豹已在廳心交起手來。田歸農手持長劍，青光閃閃，這次劍已出鞘，不敢再行托大。李廷豹使開五郎棍法，一招招「推窗望月」、「背棍撞鐘」、「白猿問路」、「橫攔天門」，只見他圈、點、劈、軋、挑、撞、撒、殺，招熟力猛，極有威勢。羣豪瞧得暗暗心服，才知五郎鏢局近年來聲名甚響，李總鏢頭果有過人的技藝。田歸農的天龍劍自也是武林中一絕，激鬥中漸佔上風，但要迅即取勝，看來卻還不易。

酣鬥之中，田歸農忽地衣襟一翻，唰的一聲，左手從長衣下拔出一柄刀來。這刀比常刀短了尺許，光芒閃爍不定，遠遠瞧去，如寶石，如琉璃，如清水，如寒冰。

李廷豹使一招「倒反乾坤」，反棍劈落，田歸農以右手長劍一撥。李廷豹鐵棍向前直送，正是一招「青龍出洞」，這一招從鎖喉槍法中變來，乃奇險之著。但他使得純熟，時刻分寸，無不拿捏恰到好處，正是從奇險中見功力。田歸農卻不退閃，左手短刀上撩，噹的一響，鑌鐵棍斷爲兩截。田歸農乘他心中慌亂，右手劍急刺而至，在他手腕上一劃，筋脈已斷。

李廷豹大叫一聲，拋下鐵棍。他腕筋既斷，一隻右手從此便廢了。他一生只練五郎棍，棍棒功夫必須雙手齊使，右手一廢，等如武功全失。霎時之間，想起半生苦苦掙來的威名毀於一旦，鏢局只好關門，自己錢財來得容易，素無積蓄，一家老小立時便陷入凍餒之境；又想起自己生性暴躁，生平結下冤家對頭不少，別說仇人尋上門來無法對付，便平日受過自己氣的同行後輩、市井小人，冷嘲熱諷起來又怎能受得了？他是個直肚直腸之人，只覺再多活一刻，這口氣也嚥不下去，左手拾起半截鐵棍，蓦的一聲，擊在自己腦蓋之上，登時斃命。

大廳上衆人齊聲驚呼，站立起來，大家見他提起半截鐵棍，都道必是跟田歸農拚命，那料到竟會自戕而死。這一個變故，驚得人人都說不出話來。

安提督搖頭道：「掃興，掃興！」命人將屍身抬了下去。

李廷豹如是在激鬥中給田歸農一劍刺死，那也罷了，如此這般逼得他自殺，衆人均感氣憤。西南角上一人站了起來，大聲說道：「田老師，你用寶刀削斷鐵棍，勝局已定，何必又再斷他手筋？」田歸農道：「兵器無眼，倘若在下學藝不精，給他掃上一棍，那也是沒命的了。」那人冷笑道：「如此說來，你是學藝很精的了？」田歸農道：「不敢！老兄要是不服，儘可下場指教。」那人道：「很好！」

這人使的也是長劍，下場後竟不通姓名，唰唰兩劍，向田歸農當胸直刺。田歸農仍右劍左刀，拆不七八合，噹的一聲，寶刀又削斷了他長劍，跟著一劍刺傷了他左胸。

羣豪見他出手狠辣，接二連三的有人上來挑戰，這些人大半不是爲了爭奪玉龍杯，只覺李廷豹死得甚慘，要挫折一下田歸農的威風。可是他左手寶刀實在太過厲害，不論甚麼兵刃，碰上了便即斷折，到後來連五行輪、獨腳銅人這些怪異兵刃也都出場，仍然無一能當他寶刀的鋒銳。

有人出言相激，說道：「田老師，你武功也只平平，單靠了一柄寶刀，那算的是甚麼英雄？你有種的，便跟我拳腳上見高下。」田歸農笑道：「這寶刀是我天龍門世代相傳的鎮門之寶。今日福大帥要各家各派較量高下。我是天龍門的掌門人，不用本門之寶，卻用甚麼？」

他出手之際，也眞不留情面，寶刀一斷人兵刃，右手長劍便毀人手足，連敗十餘人後，旁人眼見上去的不是斷手，便是折足，無不身受重傷，雖有自恃武功能勝於他的，但想不出抵擋他寶刀的法門，個個畏懼束手。

湯沛見無人再上來挑戰，呵呵笑道：「賢弟，今日一戰，你天龍門威震天下，我做哥哥的臉上也有光采。來來來，我敬你一杯慶功酒！」

胡斐向程靈素瞧了一眼，程靈素緩緩搖頭。胡斐自也十分惱恨田歸農的強横，但一來不敢洩露身分，適才飛杯擲解童懷道穴道，幾乎已讓湯沛看破；二來這柄寶刀如此厲害，實是生平從所未見的利器，倘若上去相鬥，先已輸了七成。又想：「當日他率衆去苗人鳳家中之時，何以不攜這柄寶刀？那時如他寶刀在手，說不定我已活不到今日了。」他不知天龍門這把寶刀由南北二宗輪値執掌，當時尙在南宗掌門人手中。

只見田歸農得意揚揚的舉起酒杯，正要湊到唇邊，忽聽得嗤的一聲，一粒鐵菩提向他酒杯飛了過去，有人發暗器要打破他酒杯。

田歸農視若不見，仍舉杯喝酒。曹雲奇叫道：「師父，小心！」田歸農待那鐵菩提飛到身前，伸出手指，嗒的一聲輕響，將鐵菩提彈出廳門。衆人見他露了這手，雖不屑他的爲人，卻也有人禁不住叫了聲：「好！」

那粒鐵菩提疾飛而出，廳門中正好走進一個人來。那人見暗器飛向自己胸口，也伸指一彈，說道：「便這般迎接客人麼？」那鐵菩提經他一彈，立時發出尖銳的破空之聲，向田歸農飛回。從聲音聽來，這一彈的指力著實驚人，比田歸農厲害多了。

田歸農一驚，不敢伸手去接，閃身避開。他身後站著一名衛士，聽得風聲，鐵菩提已到身前，不及閃讓，忙伸手抄住，但聽喀的一響，中指骨已然折斷，只疼得「啊」的一聲大叫。衆人見小小一枚鐵菩提，竟能在一彈之下將人指骨折斷，此人指力的凌厲，委實罕見罕聞，一齊注目向他瞧去。

只見此人極瘦極高，左手拿著隻虎撐，肩頭斜掛藥囊，一件青布長袍洗得褪盡了顏色，拖著雙破爛泥濘的布鞋，裝束打扮，便是鄉鎮間常見的走方郎中，但目光炯炯，顧盼似電，五官奇大，粗眉、大眼、大鼻、大口、雙耳招風、顴骨高聳，頭髮已然花白，至少已有五十來歲，臉上生滿了黑斑。他身後跟著二人，似是他弟子或廝僕，神態恭謹。

胡斐和程靈素見了當先那人還不怎樣，一看到他身後二人，卻都吃了一驚，原來一個老書生，正是程靈素的大師兄慕容景岳；另一個駝背跛足的女子，便是她三師姊薛鵲。胡斐和程靈素對瞧一眼，都大爲詫異：「怎麼他們兩個死對頭走到了一起？薛鵲的丈夫姜鐵山卻又不在？」程靈素見胡斐眼光中露出疑問之色，知他是問那個走方郎中是誰，便緩緩的搖了搖頭，她可也不認識。

忽聽得「啊喲」一聲慘叫，那指頭折斷的衛士跌倒在地，不住打滾，將一隻手掌高高舉起。衆人初時均感奇怪：「既然身爲福大帥的衛士，自有相當武功，怎地斷了一根指頭也抵受不起？」待見到他那隻手掌其黑如墨，才知是中了劇毒。

這次天下各家各派掌門人大聚會，福府衆衛士雄心勃勃，頗有和各派好手一爭雄長之意，要顯得在京中居官的好漢確有眞才實學，決不輸於各地的草莽豪傑。這手指折斷的衛士歸周鐵鷦該管，他見此人如此出醜，眉頭一皺，上前喝道：「起來，起來！這一點兒苦頭也挨不起，太不成話啦！」那人對周鐵鷦很懼怕，忙道：「是，是！」掙扎著待要站起，突然身子一晃，暈了過去。

周鐵鷦從酒席上取過一雙筷子，挾起那顆鐵菩提一看，見上面刻著個「柯」字，臉色微變，朗聲說道：「蘭州柯子容柯三爺，你越來越長進啦。這鐵菩提上餵的毒藥，可厲害得緊哪！」

人叢中站起一個滿臉痲子的大漢，說道：「周老爺你可別血口噴人。這枚鐵菩提是我所發，那是不錯，我只是瞧不過人家狂妄自大，要打碎人家手中酒杯。我柯家暗器上決計不許餵毒，世代相傳，向爲禁例，柯子容再不肖，也不敢壞了祖宗家規。」

周鐵鷦見聞廣博，也知柯家擅使七般暗器，但向來嚴禁餵毒，當下沉吟不語，只道：「這可奇了！」

柯子容道：「讓我瞧瞧！」走過來拿起那枚鐵菩提一看，道：「這是我的鐵菩提啊，這上面怎會有毒……啊喲！」突然間大叫一聲，將鐵菩提投在地下，右手連揮，似乎受到烈火燒炙一般。只見他臉色慘白，要將受傷的手指送到口中吮吸，周鐵鷦疾出一掌，斫中他的小臂，叫道：「吸不得！」擋住他手指入口，看他大拇指和食指兩根手指時，都已腫了起來，色如淡墨。柯子容全身發顫，額角上黃豆大的汗珠一滴滴的滲了出來。

那走方郎中向著慕容景岳道：「給這兩人治一治。」慕容景岳道：「是！」從懷中取出一盒藥膏，走過去在柯子容和那衛士手上塗了一些。柯子容顫抖漸止，那衛士也醒了轉來。

羣豪這才醒悟，柯子容發鐵菩提打田歸農的酒杯，田歸農隨手彈出，又給那走方郎中彈回。但走方郎中就這麼一彈，已在鐵菩提上餵了極厲害的毒藥。這等下毒的本領，江湖上恐怕只有一人。廳上不少人已在竊竊私語：「莫非是毒手藥王？」

周鐵鷦走近前去，向那走方郎中一抱拳，說道：「閣下尊姓大名？」那人微微一笑，並不回答。慕容景岳道：「在下慕容景岳，這是拙荊薛鵲。」頓了一頓，才道：「這位是咱夫婦的師父，石先生，江湖上送他老人家一個外號，叫作『毒手藥王』！」

這「毒手藥王」四字一出，旁人還都罷了，與會衆人大都知道「毒手藥王」乃當世使毒的第一高手，就算慕容景岳不說，也早猜到是他。但這四個字聽在程靈素和胡斐耳中，實詫異無比。程靈素更爲氣惱，不但這人假冒先師名頭，而這句話出諸大師兄之口，尤令她悲憤難平。另一件事也讓她甚是奇怪：三師姊薛鵲原是二師兄姜鐵山之妻，兩人所生的兒子也已長大成人，何以這時大師兄卻公然稱她爲「拙荊」？她料知這中間必已發生極重大變故，眼下難以查究，唯有靜觀其變。

周鐵鷦雖然勇悍，但聽到「毒手藥王」的名頭，還是不禁變色，抱拳說了句：「久仰！久仰！」石先生伸出手去，笑道：「閣下尊姓大名，咱倆親近親近。」周鐵鷦霍地退開一步，抱拳道：「在下周鐵鷦，石前輩好！」他膽子再大，也決不敢去跟毒手藥王拉手。

石先生呵呵大笑，走到福康安面前，躬身一揖，說道：「山野閒人，參見大帥！」這時福康安身旁的衛士已將毒手藥王的來歷稟告了他，福康安眼見他只手指輕彈鐵菩提，便即傷了兩人，知道此人極是了得，微微欠身，說道：「先生請坐！」

石先生帶同慕容景岳、薛鵲夫婦在一旁坐了。附近羣豪紛紛避讓，誰也不敢跟他三人挨近，霎時之間，他師徒三人身旁空蕩蕩地淸出了一大片地方。

一名武官走了過去，離石先生五尺便即站定，將爭奪御杯以定門派高下的規矩說了，話一說完，立即退開，唯恐沾染到他身上的一絲毒氣。

石先生微笑道：「尊駕貴姓？」那武官道：「敝姓巴。」石先生道：「巴老爺，你何必見我如此害怕？老夫的外號叫作『毒手藥王』，雖會使毒，也會用藥治病啊。巴老爺臉上隱佈青氣，腹中似有蜈蚣蟄伏，若不速治，十天後只怕性命難保。」那武官大吃一驚，將信將疑，道：「肚子裏怎會有蜈蚣？」石先生道：「巴老爺最近可曾和人爭吵？」

北京城裏做武官的，跟人爭吵乃家常便飯，那自然是有的，那姓巴的武官驚道：「有啊！難道……難道那狗賊向我下了毒手？」石先生從藥囊中取出兩粒青色藥丸，說道：「巴老爺倘若信得過，不妨用酒呑服了這兩粒藥。」那武官給他說得心中發毛，更不多想，接過藥丸丟在嘴裏，拿起一碗酒，骨嘟嘟的喝了下去，過不多時，便覺肚痛，胸口煩惡欲嘔，「哇」的一聲，嘔了許多食物出來。

石先生搶上三步，伸手在他胸口按摩，喝道：「吐乾淨了！別留下了毒物！」那武官拚命嘔吐，一低頭，只見嘔出來的穢物之中有三條兩寸長的蟲子蠕蠕而動，紅頭黑身，正是蜈蚣。那武官大叫：「三條……三條蜈蚣！」一驚之下，險些暈去，忙向石先生拜倒，謝他救命之恩。廊下僕役上來清掃穢物。羣豪無不嘆服。

胡斐不信人腹中會有蜈蚣，但親眼目睹，卻不由得不信。程靈素在他耳邊低聲道：

「別說三條小蜈蚣，我叫你肚裏嘔出三條青蛇出來也成。」胡斐道：「怎麼？」程靈素道：「給你服兩粒嘔吐藥丸，我袖中早就暗藏毒蟲。」胡斐低聲道：「是了，乘我嘔吐大作、肚痛難當之際，將毒蟲丟在穢物之中，有誰知道？」程靈素微微一笑，道：「他搶過去給那武官按摩胸口，倘若沒這一著，戲法就不靈。」

胡斐低聲道：「其實這人武功很了得，大可不必玩這等玄虛。」程靈素語聲放到極低，說道：「大哥，這大廳之上，我最懼怕此人。你千萬得小心在意。」胡斐自跟她相識以來，見她事事胸有成竹，從未說過「懼怕」兩字，此刻竟說得這般鄭重，可見這石先生確實非同小可，又想此人冒了她先師之名出來招搖，敗壞她先師名頭，她終究不能袖手不理。

只聽得石先生笑道：「我雖收了幾個弟子，可是向來不立甚麼門派。今日就跟各位前輩學學，也來開宗立派，僥倖捧得一隻銀鯉杯回家，也好讓弟子們風光風光。」緩步走將過去，大模大樣的在田歸農身旁太師椅中一坐，卻那裏是得一隻銀鯉杯爲已足，顯是要在八大門派中佔一席地。

他這麼一坐，憑了「毒手藥王」數十年來的名聲，手彈鐵菩提的功力，傷人於指顧間的下毒手法，這隻玉龍杯就算拿定了，誰也不會動念去跟他挑戰，可也沒誰動念去跟他說話。

一時之間，大廳靜了一片。少林派的掌門方丈大智禪師忽道：「石先生，無嗔和尚跟你怎麼稱呼？」石先生道：「無嗔？不知道，我不認得。」臉上絲毫不動聲色。大智禪師雙手合什，說道：「阿彌陀佛！」石先生道：「怎麼？」大智禪師又宣了一聲佛號：「阿彌陀佛！」石先生便不再問。

自他師徒三人進了大廳，程靈素的目光從沒離開過他三人，只見石先生慢慢轉過頭去，和田歸農對望一眼。兩人神色木然，目光中全無示意，程靈素心念一動，已然明白：「他兩人早已相識。田歸農知道我師父名字，知道『無嗔大師』才是眞正的『毒手藥王』。這位少林高僧卻也知道。」忽又想到：「田歸農用來毒瞎苗人鳳的斷腸草，是這人給的。」

田歸農寶刀鋒利，石先生毒藥厲害，坐穩了兩張太師椅，八隻玉龍杯之中，只一隻還沒主人。

羣豪均想：「是否能列入八大門派，全瞧這最後一隻玉龍杯由誰搶得。」眞所謂人同此心，頃刻之間，人叢中躍出七八人來，一齊想去坐那張空椅，三言兩語，便分成四對鬥了起來。少時敗者退下，勝者或接續互鬥，或和新來者應戰。此來彼往的激鬥良久，只聽得門外更鼓打了四更，相鬥的四人敗下了兩人，只賸下兩個勝者互鬥。

這兩人此時均以渾厚掌力比拚內力，久久相持不決，比的是高深武功，外形看來卻平淡無奇。福康安很不耐煩，接連打了幾個呵欠，自言自語：「瞧得悶死人了！」這句話聲音甚輕，但正在比拚內功的兩人卻都淸淸楚楚的聽入耳中。兩人臉色齊變，各自撤掌，退後三步。一個道：「咱們又不是耍猴兒戲的，到這裏賣弄花拳繡腿，叫官老爺們喝采！」另一個道：「不錯！回家抱娃娃去吧！」兩人說著呵呵而笑，攜手出了大廳。

胡斐暗暗點頭：「這二人武功甚高，識見果然也高人一等。只可惜亂哄哄之中沒聽到他們的名字。」轉頭問郭玉堂時，他也不識這兩個鄉下土老兒一般的人物。

郭玉堂說道：「他們上來之時，安提督問他們姓名門派，兩人都笑了笑沒說。」胡斐心想：「這兩位高手猶如神龍見首不見尾，連姓名也沒留下。」

他正低了頭和郭玉堂悄聲說話，程靈素忽然輕輕碰了碰他手肘，胡斐抬起頭來，只聽得一名武官唱名道：「這位是五虎門掌門人鳳天南鳳老爺！」但見鳳天南手持鍍金鋼棍，走上去在空著的太師椅中一坐，說道：「那一位前來指教。」

胡斐大喜，心想：「這廝的武功未達一流高手之境，居然也想來奪玉龍杯，先讓他出一番醜，再來收拾他。」只見鳳天南接連打敗兩人，正自得意洋洋，一個手持單刀的人上去挑戰。這人的武藝可就高了，只三招一過，胡斐心道：「這惡賊決不是對手！」

果然鳳天南吼叫連連，迭遇險招。那使單刀的似乎不爲已甚，只盼他知難而退，並不施展殺手，因此雖有幾次可乘之機，卻都使了緩招。但鳳天南只不住倒退，並不認輸，突然間橫棍疾掃，那使單刀的身形一矮，金棍從他頭頂掠過。他正欲乘勢進招，忽地叫聲：「啊喲！」就地一滾，跟著躍起，但落下時右足一個踉蹌，站立不定，又摔倒在地，怒喝：「你使暗器，不要臉！」

鳳天南拄棍微笑，說道：「福大帥又沒規定不得使暗器。上得場來，兵刃拳腳，毒藥暗器，悉聽尊便。」

那使單刀的捲起褲腳，只見膝頭下「犢鼻穴」中赫然揷著一枚兩寸來長的銀針。這「犢鼻穴」正當膝頭之下，俗名膝眼，兩旁空陷，狀似牛鼻，因以爲名，乃大腿和小腿之交的要緊穴道，此穴中針，這條腿便不管用了。羣豪都好生奇怪，適才兩人鬥得甚緊，鳳天南絕無餘暇發射暗器，又沒見他抬臂揚手，這枚銀針不知如何發出？

那使單刀的拔下銀針，恨恨退下。又有一個使鞭的上來，這人的鐵鞭使得猶如暴風驟雨一般，二十餘招之內，一招緊似一招，竟不讓鳳天南有絲毫喘息之機。他見鳳天南棍法並不如何了得，但那無影無蹤的銀針甚是難當，因此上殺招不絕，決不讓他緩手來發射暗器，那知鬥到將近三十招時，鳳天南棍法漸亂，那使鞭的卻又「啊喲」一聲大叫，倒退開去，從自己小腹上拔出一枚銀針，傷口血流如注，傷得竟是極重。

廳上羣豪無不驚詫，似鳳天南這等發射暗器，實生平從所未聞。若說是旁人暗中相助，衆目睽睽之下，總會有人發見。眼下這兩場相鬥，都是鳳天南勢將不支之時，突然之間對手中了暗器。難道鳳天南竟會行使邪法，心念一動，銀針便從天外飛到？偏有幾個不服氣的，接連上去跟他相鬥。一人全神貫注的防備銀針，不提防給他金棍擊中肩頭，身負重傷，另外三人卻也都爲他無影銀針所傷。一時大廳上羣情聳動。

胡斐和程靈素眼見鳳天南接二連三以無影銀針傷人，凝神觀看，竟瞧不出絲毫破綻。胡斐本想當鳳天南興高采烈之時，突然上前將他殺死，一來爲佛山鎭上鍾阿四全家報仇，二來好顯揚華拳門的名頭，但瞧不透這銀針暗器的來路，只有暫且袖手，倘若貿然上前爭鋒，一個措手不及，非但自取其辱，且有性命之憂。

程靈素猜到他心意，緩緩搖了搖頭，說道：「這隻玉龍杯，咱們不要了吧？」胡斐向蔡威和姬曉峯道：「這位鳳老師的武功，還不怎樣，只是……」姬曉峯點頭道：「是啊，他放射的銀針可實在邪門，無聲無息，無影無蹤，竟沒半點先兆，直至對方一聲慘叫，才知是中了他暗器。」蔡威道：「除非是頭戴鋼盔，身穿鐵甲，才能跟他鬥上一鬥。」

蔡威這句話不過是講笑，那知廳上衆武官之中，當眞有人心懷不服，命人去取了上陣用的鐵甲，全身披掛，手執開山大斧，上前挑戰。

這武官名叫木文察，官居總兵，當年隨福康安遠征青海，搴旗斬將，立過不少汗馬功勞，乃清軍中的一員出名的滿洲猛將，這時手執大斧走到廳中，威風凜凜，殺氣騰騰，同僚袍澤齊聲喝采。福康安賜酒一杯，先行慰勞。

兩人一接上手，棍斧相交，噹噹之聲，震耳欲聾，兩般沉重的長兵器攻守抵拒，捲起陣陣疾風，燭光也給吹得忽明忽暗。木文察身穿鐵甲，轉動究屬極不靈便，但仗著膂力極大，開山巨斧舞將開來，威不可當。鳳天南的純鋼粗棍上鍍了黃金，使開來時一片金光，極具威勢。周鐵鷦、曾鐵鷗和王劍英、王劍傑四人站在福康安身前，手中各執兵刃，生怕巨斧或是金棍脫手甩出，傷及大帥。

鬥到二十餘合，鳳天南攔頭一棍掃去，木文察頭一低，順勢揮斧去砍對方右腿，忽聽得啪的一聲輕響，旁觀羣豪「哦」的一下，齊聲呼叫。兩人各自躍開幾步，但見地下墮著一個紅色絨球，正是從木文察頭盔上落下，絨球上插著一枚銀針，閃閃發亮。

想是木文察低頭揮斧之時，鳳天南發出無影銀針，只因顧念他是福大帥愛將，不敢傷他身子。那絨球以鉛絲繫在頭盔之上，須得射斷鉛絲，絨球方能落下，兩人相距雖近，但倉卒間竟能射得如此之準，不差毫厘，實是了不起的暗器功夫。

木文察一呆之下，已知對方手下容情，這一針倘若偏低數寸，從眉心間貫腦而入，這時焉有命在？縱然全身鐵甲，又有何用？他心悅誠服，雙手抱拳，說道：「多承鳳老師手下留情。」鳳天南恭恭敬敬的請了個安，說道：「小人武藝跟木大人相差甚遠，這些發射暗器的微末功夫，在疆場之上可絕無用處。倘若咱倆騎馬比試，小人早給大人一斧劈下馬來了。」木總兵笑道：「好說，好說。」

福康安聽鳳天南說話得體，不敢恃藝驕其部屬，心下甚喜，說道：「這位鳳老師的玩藝兒很不錯。」將手中的碧玉鼻煙壺遞給周鐵鷦，道：「賞了他吧！」鳳天南忙上前謝賞。木文察貫甲負斧，叮叮噹噹的退了下去。羣豪紛紛議論。

人叢中忽然站起一人，朗聲道：「鳳老師的暗器功夫果然了得，在下來領教領敎。」衆人回頭一看，只見他滿臉痲皮，正是適才發射鐵菩提而中毒的柯子容。他手上塗了藥膏後，毒性已解。

他蘭州柯家以七般暗器開派，叫做「柯氏七青門」。那七種暗青子？便是袖箭、飛蝗石、鐵菩提、鐵蒺藜、飛刀、鋼鏢、喪門釘，號稱「箭、蝗、菩、藜、刀、鏢、釘」七絕。雖七種暗器都是常見之物，但他家傳的發射手法與衆不同，刀中夾石，釘中夾鏢，而且數種暗器能在空中自行碰撞，射出時或正或斜，令人極難擋避。若在空曠之處相鬥，還能竄開數丈，然後看準暗器來路，或加格擊，或行躲閃，但在這大廳之上，地位窄小，卻極難對付了。

鳳天南將鼻煙壺鄭而重之的用手帕包好，放入懷中，顯得對福康安尊敬之極，這才朗聲說道：「這位柯老師要跟在下比試暗器，大廳之上，暗器飛擲來去，倘若誤傷了各位大人，可吃罪不起。」

周鐵鷦笑道：「鳳老師不必多慮，儘管施展便是。咱們做衛士的，難道儘吃飯不管事麼？」鳳天南含笑抱拳，說道：「得罪，得罪！」胡斐心想：「無怪這惡賊獨霸一方，歷久不敗。他交結官府，確然手段高明。」

柯子容除下長袍，露出全身黑色緊身衣靠。他這套衣褲甚是奇特，到處都是口袋和帶子，這裏盛一袋鋼鏢，那裏插三把飛刀，自頭頸以至小腿，沒一處不裝暗器，胸前固然有袋，背上也有許多小袋，衣袖、褲腳上，更全是暗器。

福康安哈哈大笑，說道：「虧他想得出這套古怪裝束，周身倒如刺蝟一般。」

柯子容左手一翻，從腰間取出一隻形似水杓的兵器，杓口鋒利，有如利刃。那是他家傳的獨門兵器，有個特別名稱，叫作「石沉大海」。這「石沉大海」一物二用，本身有三十六路招數，用法介乎單刀和板斧之間，但另有一般妙用，可以抄接暗器。敵人不論何種暗器發射過來，他這鐵杓一兜一抄，便接了過去，宛似石沉大海般無影無蹤，他反可從杓中取過敵人暗器，隨即還擊。這「石沉大海」不屬於十八般兵器之列，乃旁門兵刃，江湖上也有稱之爲「借箭杓」的，意謂可借敵人之箭而用。

他這兵器一取出，廳上羣豪倒有一大半不識得。鳳天南笑道：「柯老師今日可讓我們大開眼界。」胡斐卻想：「同是暗器名家，趙三哥瀟洒大方，身上不見一枚暗器，卻是取之不盡，用之不竭，這姓柯的未免顯得小家氣了。」

柯子容鐵杓斜翻，劈向鳳天南肩頭。鳳天南側身讓開，還了一棍，兩人便鬥將起來。那柯子容口說是跟他比試暗器，但杓法精妙，步步進逼，竟不放射暗器。

鬥了一陣，柯子容叫道：「看鏢！」颼的一響，一枚鋼鏢飛擲而出。鳳天南年紀已然不輕，多年來養尊處優，身材也極肥胖，但少年時的功夫竟沒絲毫擱下，縱躍靈活，輕輕一閃，便讓開了鋼鏢。柯子容又叫：「飛蝗石，袖箭！」這次是兩枚暗器同時射出。鳳天南低頭避開一枚，以金棍格開一枚。柯子容又叫：「鐵蒺藜，打你左肩！飛刀，削你右腿！」果然一枚鐵蒺藜擲向他左肩，一柄飛刀削向他的右腿。鳳天南先行得他提示，輕輕易易的便避過了。

眾人心想，這柯子容忒也老實，怎地將暗器的種類去路，一一先跟對手說了？那知他擲出八九枚暗器後，口中呼喝越來越快，暗器也越放越多，呼喝卻非每次都對了。有時呼喝用袖箭射左眼，其實卻是飛蝗石打右胸。眾人這才明白，他口中呼喝乃擾敵心神，接連多次呼喝不錯，突然夾一次騙人的叫喚，對方極易上當。若暗器去路和呼喝全然不同，對方便可根本置之不理，惡在對的多而錯的少，偶爾在六七次正確的呼喝中夾上一次使詐，那就甚爲難防。

郭玉堂道：「柯家七青門的暗器功夫，果是另有一功，看來他口中的呼喝，也是從小練起，其厲害之處，實不輸於鋼鏢飛刀。他這『七青門』之名，要改爲『八青門』才合。」姬曉峯道：「但這般詭計多端，不是名門大派的手段。」

程靈素拿著一根旱煙袋，顫巍巍的假裝從煙袋中抽吸幾下，噴了股淡淡的煙霧出來，說道：「那鳳老師怎地還不發射銀針？這般搞下去，終於要上了這姓柯的大當為止。」姬曉峯道：「我瞧這姓鳳的似乎成竹在胸，他發射暗器貴精不貴多，一擊而中，便足制勝。」程靈素「嗯」的一聲，道：「比暗器便比暗器，這柯子容囉裏囉唆的纏夾不清。」

這時大廳上空，十餘枚暗器飛舞來去，好看煞人。周鐵鷦等嚴加戒備，保護大帥。安提督等大官身側，也各有高手衛士防衛。眾衛士不但防柯子容發射的鏢箭飛來誤傷，還恐羣豪之中混有刺客，乘亂發射暗器，竟向大帥下手。

程靈素忽道：「這姓柯的太過討厭，我來開他個玩笑。」只聽得柯子容叫道：「鐵蒺藜，打你左臂！」程靈素學著他的聲調語氣，也叫道：「肉饅頭，打你嘴巴！」右手在煙斗上湊了一下，隨手一揚，一枚小小暗器果然射向他嘴巴。這暗器飛去時並無破空之聲，看來份量甚輕，只是上面帶有一絲火星。

俗語道：「肉饅頭打狗，有去無回。」眾人聽到「肉饅頭，打你嘴巴」七字，已覺好笑，何況她學的聲調語氣，跟柯子容的呼喝一般無二，早有數十人笑了起來。

柯子容見暗器來得奇怪，提起「借箭杓」一抄，兜在杓中，左手便伸入杓中撿起，欲待還敬，突然間「嘭」的一聲巨響，那暗器炸了開來。衆人大吃一驚，柯子容更全身跳起。但見紙屑紛飛，鼻中聞到一陣硝礦氣息，卻那裏是暗器，竟是一枚孩童逢年過節玩耍的小爆竹。衆人一呆之下，隨即全堂哄笑。柯子容全神貫注在鳳天南身上，生恐他偷發無影銀針，雖遭此侮弄，卻目不斜視，不敢搜尋投擲這枚爆竹之人，只罵：「有種的便來比劃比劃，誰跟你鬧這些頑童行逕？」

程靈素站起身來，笑嘻嘻的走到東首，又取出一枚爆竹，在煙斗中點燃了，叫道：「大石頭，打你七寸。」常言道：「打蛇打七寸」，蛇頸離首七寸，乃毒蛇致命之處，這一次竟是將他比作了毒蛇。衆人哄笑聲中，那爆竹飛擲過去。這一會他再不上當。程靈素這爆竹又擲得似乎太早，柯子容彈出一枚喪門釘，將爆竹打回，嘭的一響，爆竹在空中炸了。

程靈素又擲一枚，叫道：「青石板，打你硬殼。」那是將他比作烏龜了。柯子容心想：「你是要激怒我，好讓那姓鳳的乘機下手，我不上你當。」彈出一枚喪門釘，將爆竹彈開，仍在半空炸了。

安提督笑著叫道：「兩人比試，旁人不得滋擾。」又見柯子容這兩枚喪門釘跌落時和安放玉龍杯的長几相距太近，對身旁的兩名衛士道：「過去護著御杯，別讓暗器打碎了。」兩名衛士應道：「是！」走過去擋在御杯之前。

程靈素笑嘻嘻的回歸座位，笑道：「這傢伙機伶得緊，上了一會當，第二次不肯伸手去接爆竹。」胡斐暗自奇怪：「二妹明知鳳天南是我對頭，卻偏去作弄那姓柯的，不知是甚麼用意？」

柯子容見人人臉上均含笑意，急欲挽回顏面，暗器越射越多。鳳天南手忙腳亂，已難支持，突然伸手在金棍頭上一抽。柯子容只道他要發射銀針，忙縱身躍開，卻見他從金棍中抽出一條東西，順勢一揮，那物如雨傘般張了開來，成爲一面輕盾。這輕盾極軟極薄，似是一隻紙鷂，盾面黑黝黝地，不知是用人髮還是用甚麼特異質料編織而成，盾上繪著五個虎頭，張口露牙，神態威猛。衆人一見，都想：「他是五虎門掌門人，這盾牌上便繪了『五虎門』的名稱。」

只見他一手揮棍，一手持盾，將柯子容源源射來的暗器盡數擋開。那些鏢箭刀石雖來勢強勁，竟打不穿這面輕軟盾牌，看來輕盾的質地堅韌之極。

胡斐一見到他從棍中抽出輕盾，登時醒悟，自罵愚不可及：「他在金棍中暗藏機關，這等明白的事，先前如何猜想不透？他這銀針自然也是裝在金棍之中，激鬥時只須一按棍上機括，銀針激射而出，誰能躲閃得了？人人只道發射暗器定須伸臂揚手，他卻只須在棍上一捏，銀針射出，自是神不知鬼不覺了。」

想明此節，精神一振，忌敵之心盡去，但見鳳天南邊打邊退，漸漸退向一列八張太師椅之前。猛聽得柯子容大聲慘叫，鳳天南縱聲長笑。柯子容倒退數步，手按胯下，慢慢蹲下身去，再也站不起來。鳳天南卻笑吟吟的坐入太師椅中。兩名衛士上前去，扶起柯子容，只見他咬緊牙關，伸手從胯下拔出一枚銀針，針上染滿鮮血。銀針雖細，因是打中下陰要穴，受傷不輕。他已不能行走，在兩名衛士攙扶下踉蹌而退。

湯沛忽然鼻中一哼，冷笑道：「暗箭傷人，非爲好漢！」鳳天南轉過頭去，說道：「湯大俠可是說我麼？」湯沛道：「我說的是暗箭傷人，非爲好漢。大丈夫光明磊落，何以要幹這等勾當？」鳳天南霍地站起喝道：「咱們講明了是比劃暗器，暗器暗器，難道還有明的麼？」

湯沛道：「鳳老師要跟我比劃比劃，是不是？」鳳天南道：「湯大俠名震天下，小人豈敢冒犯？這姓柯的想是湯大俠的至交好友了？」湯沛沉著臉道：「不錯，蘭州柯家跟在下有點兒交情。」鳳天南道：「旣是如此，小人捨命陪君子，湯大俠劃下道兒來吧！」兩人越說越僵，眼見便要動手。

胡斐心道：「這湯沛雖然交結官府，卻還有是非善惡之分。」

安提督走了過來，笑道：「湯大俠是比試的公證，今日是不能大顯身手的。過幾日小弟作東，那時請湯大俠露一手，讓大夥兒開開眼界。」湯沛笑道：「那先多謝提督大人賞酒了。」轉頭向鳳天南橫了一眼，提起自己的太師椅往地下一蹬，再提起來移在一旁，和鳳天南遠離數尺，這才坐下，似不屑與他靠近。

這一移椅，只見靑磚上露出了四個深深的椅腳腳印，廳上燭光明亮如同白晝，站得較近的都瞧得淸淸楚楚，這一手功夫看似不難，其實是蘊蓄著數十年修爲的內力。霎時之間，廳上采聲雷動。站在後面的人沒瞧見，急忙查問，等得問明白了，又擠上前來觀看。

鳳天南冷笑道：「湯大俠這手功夫帥極了！在下再練二十年也練不成。可是天外有天，人上有人，在眞正武學高手看來，那也平平無奇。」湯沛笑道：「鳳老師說得半點也不錯，在武學高手瞧來，眞一文錢也不值。不過只要能勝得過鳳老師，我也心滿意足了。」

安提督笑道：「你們兩位儘鬥甚麼口？天快亮啦！七隻玉龍杯，六隻已有了主兒。咱們今晚定了玉龍杯的名分，明晚再來爭金鳳杯和銀鯉杯。還有那一位英雄，要上來跟鳳老師比劃？」他提起嗓子連叫三遍，大廳上靜悄悄地沒人答腔。

安提督向鳳天南道：「恭喜鳳老師，這隻玉龍杯歸了你啦！」

胡斐自在福康安府中見到袁紫衣成了尼姑圓性，心中一直鬱鬱，此刻眼淚一流，觸動心事，再也忍耐不住，嗚嗚咽咽的哭了起來。程靈素和圓性如何不明白他因何傷心？圓性給他這麼一哭，眼圈也早紅了。

第十九章　相見歡

忽聽得一人叫道：「且慢，我來鬥一鬥鳳天南。」只見一個形貌委瑣的黃鬍子中年人空手躍出，唱名的武官唱道：「西嶽華拳門掌門人程靈胡程老師！」

鳳天南站起身來，雙手橫持金棍，說道：「程老師使甚麼兵刃？」

胡斐森然道：「那難說得很。」突然猱身直上，欺到端坐在太師椅中的田歸農身前，左手食中兩根手指「雙龍搶珠」，戳向田歸農雙目。

這一著人人都大出意料之外。田歸農雖大吃一驚，應變仍是奇速，揮出長劍，擋在面前。胡斐抽出單刀，展開胡家刀法，頃刻間連砍三十六刀，田歸農奮力抵擋，只聽得噹噹噹噹連響，他劍招也頗爲迅捷，架開來刀，便想去抽腰間寶刀來削斷對方兵刃。

胡斐刀交左手，使開左手刀法，招招奇變橫生，盡從對方意想不到的方位砍削出去。田歸農緩不出手來去拔寶刀，心下暗驚，饒是他身經百戰，這門左手刀法也只聽父親說過，未曾在對戰之時臨敵，當下打醒十二分精神迎戰。胡斐右手戳、挖、點、刺，盡是攻擊對手左眼，田歸農不住倒退，嚓的一聲，左肩中刀。胡斐攻他左眼，目的便是令他左邊露出空隙，這一刀砍中他左肩，單刀拖回時故意放緩。田歸農一喜，忙伸左手入長衣之下，拔出天龍寶刀，向胡斐單刀削來。

胡斐等待的正是這一削，單刀凝立，右手疾如電閃，已搭上他左臂，順手一勒，碰到他握住寶刀的手指，展開小擒拿手中的「九曲折骨法」，一扭一扳，喀喇一聲響，田歸農左肩中刀後失了勁力，給他迅速絞扭，無力拗脫，五根手指中登時斷了三根，天龍寶刀已給胡斐夾手奪去。胡斐乘著他痛得尖聲大叫之際，左掌重重擊出，正中對方胸口，田歸農仰天後翻，口噴鮮血。

廳上羣雄多半忿恨田歸農氣盛，見他敗得如此狼狽，四周采聲大起。胡斐乘勢轉身，青光閃處，手中天龍寶刀砍向鳳天南手中的金棍。

刀是寶刀，招是快招，只聽得嚓嚓嚓三聲輕響，跟著嘡啷啷兩聲，鳳天南的鍍金鋼棍中間斷下兩截，掉在地下。胡斐在瞬息之間連砍三刀，鳳天南未及變招，手中兵刃已變成四段，雙手各握著短短的一截金棍，鞭不像鞭，筆不像筆，尷尬異常。

鳳天南驚惶之下，急忙向旁躍開三步。便在此時，站在廳門口的汪鐵鶚朗聲說道：

「九家半總掌門到。」

胡斐心頭一凜，抬頭向廳門看去，登時驚得呆了。只見門中進來一個妙齡尼姑，緇衣芒鞋，手執雲帚，正是袁紫衣。只是她頭上已無一根青絲，腦門處戒疤鮮明。

胡斐雙眼一花，還怕是看錯了人，迎上一步，看得淸淸楚楚，鳳眼櫻唇，卻不是袁紫衣是誰？

霎時間胡斐只覺天旋地轉，心中亂成一片，說道：「你……你是袁……」

袁紫衣雙手合什，黯然道：「小尼圓性。」

胡斐兀自沒會過意來，突然間背心「懸樞穴」「命門穴」兩處穴道疼痛入骨，腳步一晃，摔倒在地。袁紫衣怒喝：「住手！」急忙搶上，攔在胡斐身後。

自胡斐奪刀斷棍、九家半總掌門現身，以至胡斐受傷倒地，只頃刻之間的事。廳上衆人盡皆錯愕之際，已奇變橫生。

程靈素見胡斐受傷，心下大急，急忙搶出。袁紫衣俯身正要扶起胡斐，見程靈素縱到，當即縮手，低聲道：「快扶他到旁邊！」右手雲帚在身後一揮，似是擋架甚麼暗器，護在胡程二人身後。

程靈素半扶半抱的攙著胡斐，快步走回席位，淚眼盈盈，說道：「大哥，你怎樣了？」胡斐苦笑道：「背上中了暗器，是懸樞和命門。」程靈素忙捋起他長袍和裏衣，

見他懸樞和命門兩穴上果然各有一個小孔，鮮血滲出，暗器已深入肌骨，

袁紫衣道：「那是鍍銀的鐵針，沒毒，你放心。」舉起雲帚，先從帚絲叢中拔出一枚銀針，然後將雲帚之端抵在胡斐懸樞穴上，輕輕向外一拉，起了一枚銀針出來，跟著又起出了他命門穴中的銀針。原來雲帚絲叢之中裝著一塊極大磁鐵。

胡斐道：「袁姑娘……你……你……」袁紫衣低聲道：「我一直瞞著你，是我不好。請你別見怪！」頓了一頓，又道：「我自幼出家，法名叫做『圓性』。我說『姓袁』，一則是我娘的姓，二則是將『圓性』兩字顚倒過來。『紫衣』，那便是緇衣芒鞋的『緇衣』！」胡斐怔怔的望著她，欲待不信此事，但眼前的袁紫衣明明是個妙尼，隔了半晌，才道：「你……你爲甚麼要騙我？」

圓性低垂了頭，雙眼瞧著地下，輕輕的道：「我奉師父之命，從回疆到中原來，單身一個尼姑，長途投宿打尖甚是不便，因此改作俗家打扮。我頭上裝的是假髮，飲食不沾葷腥，想是你沒瞧出來。」胡斐不知說甚麼好，終於輕輕嘆了口氣。

安提督朗聲說道：「還有那一位來跟五虎門鳳老師比試？」胡斐這時心神恍惚，黯然魂銷，對安提督的話竟聽而不聞。安提督連問了三遍，見無人上前跟鳳天南挑戰，向福康安道：「回大帥：這七隻玉龍御杯，便賞給七位老師？」福康安道：「很好，很好！」

其時天已黎明，窗格中射進朦朧微光，經過一夜劇爭，七隻玉龍杯的歸屬才算定

局。廳上羣豪紛紛議論：「紅花會搶去的那隻玉龍杯，不知誰有本事去奪了來？」「任他本領再強，也不能跟紅花會鬥啊。」「紅花會陳總舵主武功絕頂，還有無塵道人、趙半山、文泰來、常氏兄弟，那一個不是響噹噹的腳色？誰想去奪杯，那不是老壽星上吊，嫌命長麼？」

又有人瞧著圓性竊竊私議：「怎麼這個俏尼姑竟是九家半總掌門？眞是邪門。」「是那九家半？怎麼還有半個掌門人的？」「她如當眞武功高強，怎地又不去奪一隻玉龍杯？」「嘿，人家鳳老師的銀針，她惹得起麼？他手中金棍給砍成了四段，還能施放銀針，敗中取勝，了不起。」另一個不服氣，說道：「那也不見得！華拳門那黃鬍子聽到九家半總掌門進來，吃了一驚，這才中了暗器。否則的話，鳳天南一定不是他對手。你瞧他打敗田歸農，身手何等了得！華拳門這等厲害！」

這時兩名侍衛聽了湯沛吩咐，已扶起田歸農，坐入一張太師椅中。田歸農胸前鮮血淋漓，甚是狼狽。

安提督走到長几之旁，捧起了托盤，往中間一站，朗聲說道：「萬歲爺恩典，欽賜玉龍御杯，著少林派掌門人大智禪師、武當派掌門人無靑子道長、三才劍掌門人湯沛、黑龍門掌門人海蘭弼……嗯，是華拳門掌門人程老師呢，還是天龍門……」說到這裏，俯首到湯沛耳邊請問。湯沛道：「是田歸農！」安提督點點頭，道：「公證人說，是天龍門掌門人田歸農……」又低聲向石先生問道：「石老師，貴門派和大名怎麼稱呼？」石先生微微一笑，說道：「草字萬嗔，至於門派嘛，就叫作藥王門吧。」安提督續道：「……藥王門掌門人石萬嗔、五虎門掌門人鳳天南收執。謝恩！」

聽到「謝恩」兩字，福康安等官員一齊站起。武林羣豪中有些懂禮數的便站了起來，有些卻坐著不動，直到衆衛士喝道：「都站起來！」這才紛紛起立。大智禪師和無青子各以僧道門中規矩行禮。湯沛、海蘭弼等跪下磕頭。

羣豪中有人叫道：「田歸農也算贏家嗎？」但安提督不予理睬，待各人跪拜已畢，笑道：「恭喜，恭喜！」將托盤遞了過去。

大智禪師等七人每人伸手取了一隻玉龍杯。

突然之間，七人手上猶似碰到了燒得通紅的烙鐵，實在拿揑不住，一齊鬆手。乒乒乓乓一陣清脆的響聲過去，七隻玉杯同時在青磚地上砸得粉碎。

這一下變故，不但七人大驚失色，自福康安以下，無不羣情聳動，齊問：「怎樣？怎樣？」頃刻之間，七人握過玉杯的手掌都又焦又腫，炙痛難當，不住的在衣服上拂擦。海蘭弼伸指到口中吮吸止痛，突然間大聲怪叫，舌頭上也劇痛起來。

胡斐向程靈素望了一眼，微微點頭。他此時方才明白，原來程靈素在擲打柯子容的第二枚和第三枚爆竹之中，裝上了赤蠍粉之類的毒藥，爆竹在七隻玉龍杯上空炸開，毒粉便散在杯上。這個布置意謀深遠，絲毫不露痕跡，此刻才見功效。

程靈素吞煙吐霧，不住的吸著旱煙管，吸了一筒，又裝一筒，半點也沒得意之色。她左掌中暗藏藥丸，遞了兩顆給胡斐，兩顆給圓性，低聲道：「吞下！」兩人知她必有深意，依言服了。

這時人人的目光都瞧著那七人和地下玉杯的碎片，驚愕之下，大廳上寂靜無聲。

圓性忽地走到廳心，雲帚指著湯沛，朗聲說道：「湯沛，這是皇上御賜的玉杯，你如此膽大妄爲，竟敢暗施詭計，盡數砸碎。你心存不軌，和紅花會暗中勾結，要搗亂福大帥的天下掌門人大會。你這般大逆不道，目無君上，天下英雄都容你不得！」

她一字一句，說得清脆響朗。一番話辭意嚴峻，頭頭是道，又說他跟紅花會暗中勾結。衆人正茫無頭緒，忽聽她斬釘截鐵的說了出來，正所謂先入爲主，無不以爲實是湯沛所爲。福康安心中怒極，手一揮，王劍英、周鐵鷦等高手衛士都圍到了湯沛身旁。

饒是湯沛一生經歷過不少大風大浪，此刻也臉色慘白，既驚且怒，身子發顫，喝道：「小妖尼，你血口噴人，胡說八道！你……你不想活了？」圓性冷笑道：「我是胡說八道之人麼？」她向著王劍英說道：「八卦門的掌門人王老師。」轉頭向周鐵鷦道：「鷹爪雁行門的掌門人周老師，你們都認得我是誰。這九家半的總掌門我是不當的了。

可是我是胡說八道之人呢，還是有擔當、有身分之人？請你們兩位且說一句。」

王劍英和周鐵鷦自圓性一進大廳，心中便惴惴不安，深恐她將奪得自己掌門之位的眞情抖露出來。他二人是福康安身前最有臉面的衛士首領，又是北京城中武師的頂兒尖兒人物，倘若衆人知悉他二人連掌門之位也讓人奪了去，今後怎生做人？這時聽得圓性稱呼自己爲本門掌門人，又說「這九家半的總掌門我是不當的了」，那顯是點明，給她奪去的掌門之位重行歸還原主，當眞是如同臨刑的斬犯遇到皇恩大赦一般，心中如何不喜？圓性這麼相詢，又怎敢不順著她意思回答？何況他二人聽了她這番斥責湯沛的言語之後，原也疑心八成是湯沛暗中搗鬼，否則好端端地七隻玉杯，怎會陡然間一齊摔下跌碎。

王劍英當即恭恭敬敬的說道：「您武藝超羣，在下甚爲敬服，爲人又寬宏大量，實是當世武林中的傑出人才。」周鐵鷦日前給她打敗，心下雖十分記恨，但確實怕她當衆抖露醜事，也道：「在下相信您言而有信，顧全大體，尊重武林同道的顏面，若非萬不得已，決不揭露成名人物的陰私。」他這幾句話其實說的都是自己之事，求她顧住自己面子，但在旁人聽來，自然都以爲句句說的是湯沛。

衆人聽得福康安最親信的兩個衛士首領這般說，他二人又都對這少年尼姑這般恭謹，口口聲聲的以「您」相稱，那裏還有懷疑？

福康安喝道：「拿下了！」王劍英、周鐵鷦和海蘭弼一齊伸手，便要擒拿湯沛。

湯沛使招「大圈手」，內勁吞吐，逼開了三人，叫道：「且慢！」向福康安道：「福大帥，小人要跟她對質幾句，只消她能拿得出眞憑實據，小人甘領大帥罪責，死而無怨。否則這等血口噴人，小人實是不服。」

福康安素知湯沛的名望，說道：「好，你便和她對質。」

湯沛瞪視圓性，怒道：「我和你素不相識，何故這等妄賴於我？你究是何人？」

圓性道：「不錯，我和你素不相識，何苦平白無端的冤枉你？只是我跟紅花會有深仇大恨。你既加盟入了紅花會，混進掌門人大會中來搗鬼，我便非揭穿你的陰謀詭計不可。你交友廣闊，相識遍天下，交結旁的朋友，也不關我事，你交結紅花會匪徒，我卻容你不得。」

胡斐在一旁聽著，心下存著老大疑團，他明知圓性和紅花會衆英雄淵源甚深，這砸碎玉杯之事，又明明是程靈素所做的手腳，卻不知她何以要這般誣陷湯沛？他轉了幾個念頭，猛然想起，圓性曾說她母親遭鳳天南逼迫離開廣東之後，曾得湯沛收留，後來又死在湯沛府上。難道她母親之死，竟和湯沛有關？

他自從驀地裏見到那念念不忘的俊俏姑娘竟是個尼姑，便即神魂不定，始終無法靜下來思索，腦海中諸般念頭此去彼來，猶似亂潮怒湧，連背上的傷痛也忘記了。

福康安十年前曾爲紅花會羣雄所擒，大受折辱，心中恨極了紅花會人物，這一次招集各派掌門人聚會，主旨之一便是為了對付紅花會，這時聽了圓性一番言語，心想這姓湯的愛交江湖豪客，紅花會的匪首個個是武林中的厲害腳色，如跟他私通款曲，結交來往，那是半點不奇，若無交往，反倒希奇了。

湯沛說道：「你說我結交紅花會匪首，是誰見來？有何憑證？」

圓性向安提督道：「提督大人，這奸人湯沛，有跟紅花會匪首來往的書信。你能設法查對筆跡真假麼？」安提督道：「可以！」轉頭向身旁的武官吩咐了幾句。那武官走向一旁方桌，翻開卷宗，取出幾封信來，乃是湯沛寫給安提督的書信，信中答應來京赴會，並作會中比武公證。

湯沛暗忖自己結交雖廣，但行事向來謹細，並不識得紅花會人物，這尼姑就算捏造書信，筆跡一對便知真偽，當下只微微冷笑。

圓性冷冷的道：「甘霖惠七省湯沛湯大俠，你帽子之中，藏的是甚麼？」

湯沛一愕，說道：「有甚麼了？帽子便是帽子。」他取下帽子，裏裏外外一看，絕無異狀，為示淸白，便交給了海蘭弼。海蘭弼看了看，交給安提督。安提督也仔細看了看，道：「沒甚麼啊。」圓性道：「請提督大人割開來瞧瞧。」

滿洲風俗，遇有盛宴，例有大塊白煮豬肉，各人以自備解手刀片割而食，因此安提督身邊亦攜有解手刀。他聽圓性這般說，便取出刀子，割開湯沛小帽的線縫，只見帽內所襯棉絮之中，果然藏有一信。安提督「哦」的一聲，抽了出來。

湯沛臉如土色，道：「這……這……」忍不住想過去瞧瞧，只聽唰唰兩聲，王劍英和周鐵鷦抽刀攔住。安提督展開信箋，朗聲讀道：

「下走湯沛，謹拜上陳總舵主麾下：所囑之事，自當盡心竭力，死而後已，蓋非此不足以報知遇之大恩也。唯彼傖既大舉集衆，會天下諸門派掌門人於一堂，自必戒備森嚴。下走若不幸有負所託，便當血濺京華，以此書此帽拜見明公耳。下走在京，探得……」

他讀到這裏，臉色微變，便不再讀下去，將書信呈給了福康安。

福康安接過來看下去，只見信中續道：

「……探得彼傖身世隱事甚夥，如能相見，一一面陳。舉首西眺，想望風采。何日重囚彼酋於六和塔頂，再擄彼傖於紫禁城中，不亦快哉！」

福康安愈讀愈怒，幾欲氣破胸膛。

十年前乾隆皇帝在杭州微服出遊，曾爲紅花會羣雄設計擒獲，因於六和塔頂，後來福康安又在北京禁城中爲紅花會所俘。這兩件事乾隆和福康安都引爲畢生奇恥大辱，凡是當年預聞此事的官員侍衛，都已給乾隆逐年來藉故斥逐誅戮。此兩事又因關涉到紅花會總舵主陳家洛的身世隱事，是以紅花會亦秘而不宣，江湖上知者極少。事隔十年，福康安創痛漸淡，豈知湯沛竟在信中又揭開了這個大瘡疤。福康安又想：信內「探得彼傖身世隱事甚夥」云云，又不知包含著多少醜聞陰私？福康安是乾隆的私生子，單是這一件事，膽敢提到一句的人便足以滅門殺身。

福康安雖向來鎮靜，這時也已氣得臉色焦黃，雙手顫抖，隨手接過安提督遞上來湯沛的另一封書信，一看之下，兩封信上的字跡並不十分相似，但盛怒之際，已無心緒去細加核對。

湯沛見自己小帽之中竟會藏著一封書信，驚惶之後微一凝思，便即恍然，知是圓性暗中做下的手腳；自是她處心積慮，買了頂一模一樣的小帽，僞造書信，縫在帽中，然後在自己睡覺或洗澡之際換了一頂。

他聽安提督讀信讀了一半，不禁滿背冷汗，心想今日大禍臨頭，再見他竟爾不敢再讀書信的後半，卻呈給了福康安親閱，可想而知，後面是更加大逆不道的言語。他心想：「今日要辯明這不白之冤，惟有查明這小尼姑的來歷。」側頭細看圓性，驀地一驚：「這尼姑好生面熟，從前見過的。」陡然想起，叫道：「你……你是銀姑，銀姑的女兒！」圓性冷笑道：「你終於認出來了。」

湯沛大叫：「福大帥，這尼姑是小人的仇家。她設下圈套，陷害於我。大帥，你千萬信她不得。」圓性道：「不錯，我是你的仇家。我母親當年走投無路，來到你家投靠。你這人面獸心的湯大俠，見我母親美貌，竟使暴力侵犯於她，害得我母親懸樑自盡。這事可是有的？」

湯沛心知若在天下英雄之前承認了這件醜行，自然從此聲名掃地，再也無顏見人，但權衡輕重，寧可直認此事，好令福康安相信這小尼姑是挾仇誣陷，便點頭道：「不錯，確有此事。」

羣豪對湯沛本來都甚是敬重，當他是位扶危解困、急人之難的大俠，雖聽他和紅花會勾結，但紅花會羣雄聲名極好，武林中衆所仰慕，湯沛即使入了紅花會，也絲毫無損於其「大俠」兩字令譽，這時卻聽得他親口直認逼姦難女，害人自盡，不由得大譁。許多直性子的登時便大聲斥責，有的罵他「僞君子」，有的罵他「衣冠禽獸」，有的說他自居「大俠」，欺世盜名，不識羞恥。

圓性待人聲稍靜，冷冷的道：「我一直想殺了你這禽獸，爲我母親報仇，可是你武功太強，我鬥你不過，只有日夜在你屋頂窗下窺伺。嘿嘿，天假其便，給我聽到你跟紅花會趙半山、常氏兄弟、石雙英這些匪首陰謀私議。適才搶奪玉龍杯的那個少年書生，便是紅花會總舵主陳家洛的書僮心硯，是也不是？」衆人一聽，又一陣嘈亂。

福康安也即想起：「此人正是心硯。他好大的膽子，竟不怕我認他出來！」

湯沛道：「我怎認得他？倘若我跟紅花會勾結，何以又出手擒住他？」

圓性嘿嘿冷笑，說道：「你手腳做得如此乾淨利落，要是我事先沒聽到你們暗中密議，也決計想不到這陰謀。我問你，你湯大俠的點穴手法另具一功，你下手點了人家穴道之後，本來旁人再也無法解得開。可是適才你點了那紅花會匪徒的穴道，何以大廳上燈火齊熄？那匪徒身上的穴道又何以忽然解了，得以逃去？」

湯沛張口結舌，顫聲道：「這個……這個……想是暗中有人解救。」

圓性厲聲道：「暗中解救之人，除了湯沛湯大俠，天下再無第二個。當時除你之外，還有誰站在那人的身邊？」胡斐心想：「她言辭鋒利，湯沛委實百口難辯。那少年書生的穴道，明明是我解的。但我只解了一半，另一半不知是何人所解，但想來決不會是湯沛。」

圓性又朗聲道：「福大帥，我偷聽到這湯沛和紅花會匪徒計議定當，假裝將那匪徒心硯擒獲，放在你身旁，再由另一批匪徒打滅燭火，那心硯便乘亂就近向你行刺。這批匪徒意料之中，衆衛士見那書生已給點了穴道，動彈不得，自不會防他行刺。天幸福大帥洪福齊天，逢凶化吉。衆衛士又忠心耿耿，防衛周密，燭火滅熄之後，明知危險，仍立即不顧自身，一齊擋在大帥身前保護，賊人的奸計才不得逞。」

湯沛大叫：「你胡說八道，那有此事？」

福康安回想適才的情景，對圓性之言不由得信了個十足十，暗叫：「好險！」向王劍英和周鐵鷦道：「你們很好，待會重重有賞。」

圓性乘機又道：「王大人，周大人，適才賊人的奸計是不是這樣？」王劍英和周鐵鷦均想：「這小尼姑是得罪不得的。何況我們越說得凶險，保護大帥之功越高，回頭封賞越大。」於是一個說：「那書生確是曾撲到大帥身前來，幸好未能成功。」另一個說：「黑暗之中，的確有人過來，功夫厲害得很，我們只好拚了命抵擋……卻沒想到竟是湯沛，當眞凶險得緊。」

湯沛暗暗叫苦，只是不認，福康安不住冷笑，暗自慶幸。圓性回頭向著鳳天南上上下下的打量。

鳳天南是她親生之父，可是曾逼得她母親顚沛流離，受盡了苦楚，最後不得善終。她從胡斐手中救過他三次，本已下定決心，要想取他性命，為苦命的亡母報仇，但想到他是自己親生之父，終究下不了手。她既誣陷了湯沛，原可再將鳳天南扳陷在內，但向他瞧了兩眼，終是不忍，一時拿不定主意。

湯沛狡獪多智，瞧出她心懷猶疑，又見她眼光不住溜向鳳天南，兩下裏一湊合，登即料定這事全是鳳天南暗中布下的計謀，叫道：「鳳天南，原來是你從中搗鬼！你要我暗中助你，令你五虎門在掌門人大會中壓倒羣雄，這時卻又叫你女兒來陷害於我。」

鳳天南驚道：「我女兒？她……她是我女兒？」羣豪聽了兩人之言，無不驚奇。

湯沛冷笑道：「你還在這裏假痴假呆，裝作不知。你瞧瞧這小尼姑，跟當年的銀姑有甚麼分別？」鳳天南雙眼瞪著圓性，怔怔的說不出話來，但見她雖作尼姑裝束，但瓜子臉蛋，秀眉美目，宛然便是昔日的漁家女銀姑。

原來當年銀姑帶了女兒從廣東佛山逃到江西南昌，投身湯沛府中爲傭。湯沛外表道貌岸然，一副善長仁人的模樣，實則行止甚是不端，見銀姑美貌，便對她強暴。銀姑無力反抗，羞憤之下，懸樑自盡。

圓性卻蒙峨嵋派中一位輩份甚高的尼姑救去，帶到天山，自幼便給她落髮，授以武藝。那位尼姑的住處和天池怪俠袁士霄及紅花會羣雄相去不遠，平日切磋武學，時相過從。圓性天資極佳，她師父的武功原已極爲高深繁複，但她貪多不厭，每次見到袁士霄，總纏著他要傳授幾招，而從陳家洛、霍青桐直至心硯，紅花會羣雄無人不是多多少少的傳過她一些功夫。天池怪俠袁士霄老來寂寞，對她傳授尤多。袁士霄於天下武學，幾乎說得上無所不知，何況再加上十幾位明師，是以圓性藝兼各派之所長，她人又聰明機警，以智巧補功力不足，若不是年紀太輕，內功修爲尙淺，直已可躋一流高手之境。

這一年圓性稟明師父，回中土爲母報仇，鴛鴦刀駱冰便託她帶來白馬，遇到胡斐時贈送於他。只趙半山將胡斐誇得太好，圓性少年性情，心下不服，這才有途中和胡斐數度較量之事。不料兩人見面後惺惺相惜，心中情苗暗茁。圓性待得驚覺，已柔腸百轉，難以自遣了。她自行制約，不敢多和胡斐見面，只暗中跟隨。後來見他結識了程靈素，她既自傷，亦復寬慰，自己是方外之人，終身注定以青燈古佛為伴，她自幼蒙師父教養長大，十六歲上曾立下重誓，要作師父的衣缽傳人，師恩深重，決計不敢有背。見程靈素聰明智慧，猶勝於己，對胡斐更一往情深，胡斐得以為侶，原亦大佳。因此上留贈玉鳳，微通消息，但暗地裏卻已不知偷彈了多少珠淚，自傷身世，傷痛不禁……

她此番東來報仇，大仇人是甘霖惠七省湯沛，心想若暗中行刺下毒，原亦不難，但此人一生假仁假義，沽名釣譽，須得在天下好漢之前揭破他的假面具，那比將他一劍穿心更加痛快。

適逢福康安正要召開天下掌門人大會，分遣人手前往各地，邀請各家各派的掌門人赴京與會。圓性查知福康安此舉的用意，一來是收羅江湖豪傑，以功名財帛相羈縻，用以對付紅花會羣雄；二來是挑撥離間，使各派武師相互爭鬥，不致共同反抗滿清。她細細籌劃，要在掌門人大會之中先揭露湯沛的眞相，再殺他為母報仇，如能在會中大鬧一場，使福康安奸計不逞，那不但幫了紅花會諸伯叔一個大忙，不枉他們平日的辛苦教導，抑且造福天下武林，消弭一場無窮大禍。

在南昌湯沛老家，他門人子姪固然不少，便養在家中的閒漢門客也有數十人之多，要混進他府中極為不易，但到了北京，湯沛住的不過是一家上等客店，圓性改作男裝，進出客店，誰也不在意下。她偷聽了湯沛幾次談話，知他熱中功名，亟盼乘機巴結上福康安，就此平步青雲，暗中又與鳳天南勾結，於是設下計謀，僞造書信，偷換小帽。再加上程靈素碎玉龍杯、胡斐救心硯等幾件事一湊合，湯沛便有蘇張之舌也已辯解不來。

湯沛此刻病急亂投醫，便如行將溺死之人，就碰到一根稻草，也必緊抓不放，叫道：「鳳天南，你說，她是不是你的女兒？」鳳天南緩緩點了點頭。

湯沛大聲道：「福大帥，他父女倆設下圈套，陷害於我。」鳳天南怒道：「我爲甚麼要害你？」湯沛道：「只因我逼死了你妻子。」鳳天南冷笑道：「你逼死的那個女子，誰說是我妻子？鳳某到了手便丟，這種女子……」說到這裏，忽見圓性冷森森的目光凝視著自己，不禁打個寒戰，當即住口。

圓性冷冷的道：「鳳老爺，你在廣東佛山鎮上，逼得我娘走投無路，逃到江西南昌這位湯大俠府上，給他橫施強暴，終於懸樑自盡。我娘的一條性命，是你們兩個合力害死的，是不是？」鳳天南囁嚅道：「我們身處江湖之人，身上有幾條人命，誰都免不了……」

突然間圓性「啊」的一聲痛呼，彎下身去，她立即轉身，揮出雲帚，向身後的湯沛拂去。湯沛從身邊抽出青鋼劍，揮劍還刺。圓性腳下踉蹌，退了幾步。胡斐忙搶上一步，問道：「怎麼？」圓性道：「我背心中了暗器！」

胡斐大怒，揮動天龍寶刀，一刀向湯沛砍去。湯沛知他刀利，不敢招架，閃身避開。兩人一交上手，出的全是狠辣招數。程靈素搶上扶開圓性，用她雲帚上的磁石起出她背上所中銀針。程靈素在旁早瞧得仔細，叫道：「大哥，無影銀針是湯沛腳尖上放的！留心他腳尖！」原來這無影銀針，正是湯沛裝在靴中的巧妙暗器。

胡斐左手刀著著進擊，提防湯沛腳下發射銀針。湯沛功力較胡斐為深，但胡斐刀法精奇，手中的寶刀又無堅不摧，湯沛也甚為忌憚。再鬥數合，湯沛見福府衛士慢慢圍將上來，雙腳足跟在地下連登數下，十餘枚銀針接連射出，胡斐右躍閃開，只聽得「啊唷」連聲，已有七八名衛士給銀針射中。

湯沛轉身衝向窗口，一劍「野馬回頭」向後斬出，阻擋敵人攻來。胡斐揮刀上削，噹的一聲，青鋼劍斷為兩截。胡斐背上傷處刺痛，但想捨命也要給圓性報此大仇，奮力揮掌拍出，重重一拳擊在湯沛背心。湯沛身子一晃，哇的一聲，噴出一口鮮血。他知這一下受傷不輕，不敢停留，乘著胡斐一拍的外推之勢，破窗逃出。只聽得「啊喲！哎唷！」砰砰砰數響，屋頂跌下三名衛士，都是企圖阻攔湯沛而遭他擊落。周鐵鷦、曾鐵鷗躍上屋頂追趕，曙光初露中已不見湯沛去向。兩人追了數條街道，忌憚湯沛了得，不敢遠追，廢然而回。

先前胡斐背上中針，略一定神之後，已知那銀針決非鳳天南所發，當時他刀斷金棍，正面對著鳳天南，圓性進來時他心神恍惚，背心便中銀針，那定是在他身後之人偷襲。他見湯沛初時和鳳天南爭吵，說他「暗箭傷人，不是好漢」，始終沒疑心到湯沛身上，料想若不是海蘭弼所爲，便是那個委委瑣瑣的武當掌門無青子作了手腳，那料得到湯鳳二人先前假意爭吵，其實是故意布下疑陣，掩人耳目。

原來鳳天南當年在佛山鎭稱霸之時，結交官府，又廣交各路土霸雄豪，與湯沛也向有交情，平時頗有交往。鳳天南曾在湯沛家中住過幾天，無意中聽到兩個僕人談到廣東佛山的風土人情，不由得關心，賞了那兩僕十幾兩銀子，細問情由，竟探聽到了銀姑之事。鳳天南對銀姑猶如過眼雲煙，自不將這事放在心上，一笑了之，也不跟湯沛提起。

後來發生鍾阿四一事，鳳天南遭胡斐苦苦追逼，不得已毀家北逃，在義堂鎭以大宅田地贈送胡斐，到了北京後又使了不少銀子，請了周鐵鷦出面，只想化解仇怨，但胡斐不肯罷休。鳳天南心想，此人不除，自己這一生寢食難安，便去跟湯沛商量，如湯沛能設法除了胡斐，他回到佛山重整基業，每年送他一萬兩銀子，且隱隱約約提到銀姑之事，暗示湯沛若不相助，說不得要將此事抖露出來。湯沛交結朋友，花費極大。他爲了博仁義之名，又不能像鳳天南這般開賭場、霸碼頭，公然的巧取豪奪，聽鳳天南答應每年相送一萬兩銀子，自不免心動，再加上顧忌銀姑之事敗露，於是答允相助。

湯沛甚工心計，靴底之中，裝有極爲精巧的銀針暗器，他行路足跟並不著地，足跟若在地下一碰，足尖上便有銀針射出，當眞是無影無蹤，人所難測。他想既然相助鳳天南，索性大助一番，讓他捧一隻玉龍杯回到佛山，聲威大振之下，每年的酬金自也不止是一萬兩銀子了。鳳天南在會中連敗高手，全是湯沛暗放銀針。銀針既細，他踏足發針之技又巧妙異常，雖衆目睽睽，竟沒一人發覺。

不料變生不測，平空闖了一個小尼姑進來，一番言語，將湯沛緊緊的纏在網裏，竟絲毫抗辯不得。他危急之中，突然發覺這尼姑是鳳天南的女兒，不管三七二十一，便將這事說出來。他想逼死弱女、比武作弊事小，勾結紅花會、圖謀叛變的罪名卻極大，兩害相權取其輕，當下便向鳳天南父女反擊，並乘著圓性轉身對鳳天南說話時，發針向她背心偷襲。

鳳天南見衆衛士與胡斐都專注於擒拿湯沛，圓性又身中銀針，此時不走，更待何時？一轉身便欲溜出，卻見一人縱身而上，張開一隻鋼杓，攔在面前，正是柯子容。只聽他大聲喝道：「鳳天南，湯沛暗發銀針傷我，算是你贏了我嗎？」鳳天南更不打話，將雙手所持的兩根斷棍同時擲出，一擊柯子容面門，一擊他手中鋼杓。這兩根斷棍是他鍍金鋼棍的一截，適才爲胡斐以寶刀斬斷，雖只尺許來長，但棍身厚實，沉重異常，他用力擲出，勢道淩厲。柯子容舉箭杓一擋，噹的一聲，杓柄早斷，忙低頭急躍，閃避另一斷棍。鳳天南奪路急奔，推開幾名阻在身前的武師和衛士，發足向側門奔去。

眼見再奔得幾步，鳳天南便可逃出福府，圓性遙遙望見，急叫：「胡大哥……這惡人要逃走了！快殺了他！」胡斐見湯沛逃走，正自沮喪，聽得圓性叫喚，見鳳天南已奔近側門，自己背上有傷，如發足急趕，未必追他得上，緊急中不及多思，吸一口氣，右臂運力，將天龍寶刀出力擲出，呼呼風響，一道白光星馳電掣般向鳳天南後心飛去。鳳天南只顧逃生，聽得腦後風聲勁急，忙向前竄出，嗤的一聲，天龍刀正中其背，刀刃鋒銳無倫，將他一條右臂連著半片胸背一齊削了下來。

衆人驚呼聲中，只見鳳天南俯身在地，不住顫抖，背心鮮血狂湧，連肺葉也翻了出來，眼見是不活了。

胡斐這些日來一直想的就是要手刃鳳天南，爲佛山鎮上鍾阿四一家報仇。此刻見到他終於遭到報應，死得慘不堪言，心中驀地感到一陣淒涼：「鍾阿四全家早就都給這惡霸殺了，我此刻雖殺了這大惡人，鍾小二他們也活不轉了。我爲鍾家報了大仇，他們也未必知道，我這般殺人，到底該是不該？」只聽得背後圓性的聲音說道：「胡大哥，多謝你爲我娘報了大仇！」

這時廳上早已亂成一團，衆衛士傳令呼喝，要擒拿叛逆，人人在大帥面前要顯得忠心爲主，奮不顧身。

福康安心想：「這湯沛必定另有同謀之人，那小尼姑多半也知他信內之言，雖說奸謀由她揭露，卻也不能留下活口，任她宣洩於外。」低聲向安提督道：「關上了大門，誰都不許出去，拿下了逐個兒審問。」

胡斐見勢不對，縱身搶到圓性和程靈素身邊，低聲道：「快走！遲了便脫不了身啦！」圓性突然伸指在蔡威脅下一戳，跟著又在他肩頭和背心重穴上連點兩指。蔡威登時跌倒。

姬曉峯一怔，道：「你……」圓性道：「胡大哥，是此人洩露機密，暗中將福康安的兩個兒子送了回去。」胡斐「啊」的一聲，怒道：「此人如此可惡！」伸足在蔡威背心上重重踢了一腳，這一腳雖不取了他性命，但蔡威自此筋脈大損，已與廢人無異。

胡斐俯身在他耳邊問道：「你有沒說那兩個孩子是我搶來的？福大帥剛才怎麼不派人拿我？」蔡威怕他再下毒手傷害自己，只得實說：「我叫人把孩子送交福府，說是少林派送去的！」胡斐料想他不敢自承華拳門，推在少林派頭上，一時倒無可查究。混亂之中，他二人對付蔡威，旁人也未知覺。

胡斐對姬曉峯道：「姬兄快走。一切多謝。華拳門掌門人便請你當了。」姬曉峯見情勢不對，拱了拱手，搶步出門。胡斐以華拳門掌門人身份，空手奪了田歸農手中寶刀，飛刀殺了鳳天南，又擊傷湯沛，令華拳門在武林中聲譽鵲起，實則算得上已爲華拳門奪得一隻、甚至兩隻玉龍杯了。姬曉峯心下暗暗感激。

只聽安提督叫道：「大家各歸原座，不可嘈吵！」

程靈素裝了一筒煙，狂噴了幾口，跟著又走到廳左廳右，一面噴煙，一面掂起了腳在人叢中東張西望。忽然有人叫道：「啊喲，肚子好痛！」叫聲甫歇，四周都有人叫了起來：「啊喲，啊喲！肚痛，肚痛。」程靈素回到胡斐和圓性身邊，使個眼色，彎了腰大叫：「啊唷，肚子好痛，好痛，中了毒啦！」

那自稱「毒手藥王」的石萬嗔肚中也劇烈疼痛，忙取出一束藥草，打火點燃了。他點燃藥草，原是意欲解毒，程靈素早料到了此著，躲在人叢中叫道：「毒手藥王放毒，毒手藥王放毒！」胡斐跟著叫道：「快，快制住他，毒手藥王要毒死福大帥。」

一片混亂之中，衆人那裏還能分辨到底毒從何來，心中震於「毒手藥王」的威名，認定他一出手便是下毒，何況自己肚中正痛不可當，眼見他手中藥草已經點燃，燒出白煙，料想這煙自然劇毒無比，中者立斃，誰也不敢走近制止。只聽颼颼颼響聲不絕，四面八方的暗器都向石萬嗔射了過去。

那石萬嗔的武功也眞了得，雖在霎時之間成爲衆矢之的，竟臨危不亂，一矮身，掀翻一張方桌，橫過來擋在身前，只聽噼噼啪啪，猶似下了一層密密的冰雹，數十枚暗器盡數打上桌面。他大聲叫道：「有人在茶酒之中下了毒藥，與我何干？」

此番前來赴會的江湖豪客之中，原有許多人想到福康安召集天下掌門人聚會，只怕暗中安排下陰謀毒計，要將武林中好手一網打盡。須知「儒以文亂法，俠以武犯禁」，歷來人主大臣，若不能網羅文武才士以為己用，便欲加之斧鉞而誅滅，以免為患民間，扇動天下，自來便是如此。這時聽到石萬嗔大叫：「有人在茶酒之中下了毒藥。」一個個心驚肉跳，至於福康安自己和眾衛士其實也肚中疼痛，旁人自然不知。

片刻間廳上更加大亂，許多人低聲互相招呼：「快走，快走，福大帥要毒死咱們！」「要命的快逃！」「快回寓所去服解毒藥物。」

程靈素自福康安的二子在大廳上現身，她便在思索何人洩漏了秘密，又尋思如何和胡斐逃離險地，待見袁紫衣點倒蔡威，聲稱是他通風報訊，當即在煙管中裝了藥物，噴出毒煙，大廳上人人吸進，無一倖免。她來到福府之前，早就攜帶了毒煙藥物，以作脫身之用。這毒煙不是致命之物，但吸進者少不免頭疼腹痛，痛上大半個時辰方罷。石萬嗔在會中現身，非她事前所知，但這一湊合，她的巧計更易見效，不但眾衛士疑心石萬嗔下毒，更使羣豪以為福康安有意暗害，紛紛奪門而走。

胡斐料知馬春花經此變故，已難痊可，只想殺了福康安為馬春花報仇，但這時王劍英、周鐵鷦等早已保護福康安退入後堂。福康安傳下號令，緊閉府門，誰都不許出去，一面急召太醫，服食解毒藥物。

羣豪見府中衛士要關閉府門，更加相信福康安存心加害，此時面臨生死關頭，也顧不得背負一個「犯上作亂」的罪名，當即蜂擁而出。衆衛士舉兵刃攔阻，羣豪便即還手衝門。自大廳以至府門須經三道門戶，每一道門邊都乒乒乓乓的鬥得甚爲激烈。這次大會聚集了武林各家各派的高手，雖眞正第一流的淸高之士並不赴會，但到來的卻也均非尋常，衆人齊心外衝，衆衛士如何阻攔得住？

安提督按住了肚子，向大智禪師、無靑子等一干高手說道：「奸人搗亂會場，各位但請安坐勿動。福大帥愛才下士，求賢若渴，對各位極是禮敬。各位千萬不可起疑。」

程靈素縱聲大叫：「毒死福大帥的兇手，你們怎地不捉？」衆衛士大驚，都問：「福大帥給毒死了嗎？」程靈素一扯圓性和胡斐的衣袖，低聲道：「快走！」三人衝向廳門。

出門之際，胡斐和圓性不自禁都回過頭來，向屍橫就地、給人踐踏了一陣的鳳天南看去。胡斐心想：「你一生作惡，今日終遭此報。」圓性的心情卻亂得多：「你害得我可憐的媽媽好苦。可是你……你終究是我親生的爹爹。」胡斐見那柄鋒利的天龍寶刀上染滿了鮮血，抛在鳳天南的屍身之旁，便想去俯身拾起，一瞥眼見圓性神色淒苦，便不忍過去拾刀。

三人奔出大門，幾名衛士上來攔阻。圓性揮軟鞭捲倒一人，胡斐左掌拍在一人肩頭，掌力一吐，將那衛士震出數丈，跟著右腳反踢，又踢飛了一名衛士。

此刻天已大明，府門外援兵陸續趕到。三人避入了一條小胡同中。胡斐道：「馬姑娘失了愛子，不知如何？」圓性道：「那姓蔡的老頭派人將馬姑娘和兩個孩兒送去給福康安，我途中攔截，一人難以分身，只救了馬姑娘出來。」胡斐道：「那好極了。多謝你啦！」

圓性道：「我將馬姑娘安置在城西郊外一座破廟裏，往返轉折，因此到得遲了。」胡斐沉吟道：「蔡威這賊不知如何得悉馬姑娘的眞相，難道我們露了破綻麼？」程靈素道：「定是他偷偷去查問馬姑娘。馬姑娘昏昏沉沉之中，便說了出來。」

胡斐道：「必是如此。」圓性道：「若不是程家妹子施這巧計，只怕你我難以平安出此府門。」胡斐點了點頭道：「咱們今日搞散福康安的大會，教他圖謀成空，只可惜讓湯沛逃了。」轉頭對圓性道：「這惡賊已身敗名裂，袁姑娘……你的大仇已報了一半，咱們合力找他，終不成他能逃到天邊。」

圓性黯然不語，心想我是出家人，現下身分已顯，豈能再長時跟你在一起。

程靈素道：「少時城門一閉，到處盤查，再要出城便難了。咱們還是趕緊出城。」

當下三人回到下處取了隨身物品，胡程二人除去臉上喬裝，牽了駱冰所贈的白馬。程靈素笑道：「胡大爺，你贏來的這所大宅，只好還給那位周大人啦。」胡斐笑道：

「他幫了咱們不少忙，且讓他升官之後，再發筆財。」他雖強作笑語，但目光始終不敢和圓性相接。

三人料想追兵不久便到，忙趕到城門，幸好閉城令尚未傳到。出得城來，由圓性帶路，來到馬春花安身的破廟。那座廟宇遠離大路，殘瓦頹垣，十分破敗，大殿上神像青面凹首，腰圍樹葉，手裏拿著一束青草在口中作咀嚼之狀，卻是嘗百草的神農氏。圓性道：「程家妹子，到了你老家來啦，這是座藥王廟。」

三人走進廂房，見馬春花臥在炕上的稻草之中，氣息奄奄，見了三人也不相識，只不住口的低聲叫喚：「我的孩兒呢，我的孩兒呢？」

程靈素搭了搭她脈搏，翻開她眼皮瞧了瞧。三人悄悄退出，回到殿上。程靈素低聲道：「不成啦！她受了震盪，又吃驚嚇，再加失了孩子，三件事夾攻，已活不到明日此刻。便我師父復生，只怕也已救她不得。」

胡斐瞧了馬春花的情狀，便程靈素不說，也知已命在頃刻，想起商家堡中昔日之情，不禁怔怔的掉下淚來。他自在福康安府中見到袁紫衣成了尼姑圓性，心中一直鬱鬱，此刻眼淚一流，觸動心事，再也忍耐不住，嗚嗚咽咽的哭了起來。

程靈素和圓性如何不明白他因何傷心？程靈素道：「我再去瞧瞧馬姑娘。」緩步走進廂房。圓性給他這麼一哭，眼圈也早紅了，強自忍住便欲奪眶而出的眼淚，顫聲道：

「胡大哥，多謝你待我的一片……一片……」說到這裏，淚水再也難忍。

胡斐淚眼模糊的抬起頭來，道：「你……你難道不能……不能還俗嗎？待殺了那姓湯的，報了父母大仇，求求你，不要再做尼姑了。」

圓性搖頭道：「千萬別說這樣褻瀆我佛的話。我當年對師父立下重誓，皈依佛祖。身入空門之人，再起他念，已是犯戒，何況……何況其他？」自從她在粵湘道上與胡斐相遇伸量、湘妃廟中良夜共處之後，這些日來柔腸百轉，甚麼「他念」都想過了，結果只歸結到自己生來命苦，痛哭良久，此時眼淚也幾乎已流乾了，伸袖抹了抹眼，長長嘆了口氣。

兩人呆對半晌，心中均有千言萬語，卻不知從何說起。

圓性低聲道：「程姑娘人很好，你要好好待她。你以後別再想著我，我也永遠不會再記得你。」胡斐心如刀割，嗚咽道：「程姑娘只是我義妹，我永遠永遠心裏要記著你，想著你。」圓性道：「徒然自苦，復有何益？」一咬牙，轉身走出廟門。

胡斐追了出去，顫聲問道：「你……你去那裏？」圓性道：「你何必管我？此後便如一年之前，你不知世上有我，我不知世上有你，豈不乾淨？」胡斐道：「我不要乾淨！我只要跟你在一起！」話聲甚是固執。圓性柔聲道：「我們命裏沒這福氣……」話沒說完，拂袖出門。

胡斐一呆，見她飄然遠去，竟始終沒轉頭回顧。胡斐身子搖晃，站立不定，坐倒在廟門外的一塊大石上，凝望著圓性所去之處，唯見一條荒草小路，黃沙上印著她淺淺的足印。他心中一片空白，似乎在想千百種物事，卻又似甚麼也沒想。

也不知過了多少時候，忽聽得前面小路上隱隱傳來一陣馬蹄聲。胡斐一躍而起，第一個念頭便是：「她又回來了！」但立即知道是空想，圓性去時並未騎馬，何況來的又非一乘一騎。但聽蹄聲並非奔馳甚急，似乎也不是追兵。

過了片時，蹄聲漸近，九騎馬自西而來。胡斐凝目看去，見馬上一人相貌俊秀，四十歲不到年紀，卻不是福康安是誰？

胡斐登時狂怒不可抑止，暗想：「此人執掌天下兵馬大權。清廷欺壓百姓，除了當今皇帝乾隆之外，罪魁禍首，便要數到此人了。他對馬姑娘負情薄義，害得她家破人亡，命在頃刻。他以兵部尚書之尊，忽然來到郊外，隨身侍從自必都是一等一的高手，我雖只二妹相助，也要挫挫他的威風。縱使殺他不了，便嚇他一嚇，也是好的。」昂首走到路心，雙手在腰間一叉，怒目向著福康安斜視。那九人忽見有人攔路，一齊勒馬。

福康安不動聲色，顯是有恃無恐，只說聲：「勞駕！」胡斐戟指罵道：「你做的好事！你還記得馬春花麼？」

福康安臉色憂鬱，似有滿懷心事，淡淡的道：「馬春花？我不記得了，那是誰啊？」

胡斐更加憤怒，冷笑道：「嘿嘿，你跟馬春花生下兩個兒子，不記得了麼？你派人殺死她的丈夫徐錚，不記得了麼？你母子兩人串通，下毒害死了她，也不記得了麼？」

福康安緩緩搖了搖頭，說道：「尊駕認錯人了。」他身旁一個獨臂道人笑道：「這是個瘋子，在這裏胡說八道，甚麼馬春花、牛秋花。」

胡斐更不打話，縱身躍起，左拳便向福康安面門打去。這一拳乃是虛勢，不待福康安伸臂擋架，右手五指成虎爪之形，拿向他胸口。他知如一擊不中，福康安左右衛士立時便會出手，因此這一拿既快且準，有如星馳電掣，實是他生平武學的力作，料想福康安身旁的衛士本事再高，也決計不及搶上來化解這一招迅雷不及掩耳的虎爪擒拿。

福康安「噫」的一聲，逕不理會他左拳，右手食指和中指陡然伸出，成剪刀之形，點向他右腕的「會宗穴」和「陽池穴」，出手之快，指法之奇，胡斐生平從所未見。

在這電光石火般的一瞬之間，胡斐心頭猛地一震，立即變招，五指勾攏，便去抓他兩根點穴的手指，只消抓住了一扭，非教他指骨折斷不可。豈知福康安武功俊極，竟不縮手，其餘三根手指一伸，翻成掌形，手臂不動，掌力已吐。

凡伸拳發掌，必先後縮，才行出擊，但福康安這一掌手臂已伸在外，竟不彎臂，掌力便即送出，招數固奇幻之極，內力亦雄渾無比。

胡斐大駭，這時身當虛空，無法借力，危急中左掌疾拍，砰的一響，和福康安雙掌相交，剎那間只感胸口氣血翻騰，借勢向後飄出兩丈有餘。他吸一口氣，吐一口氣，便在半空之中，氣息已然調勻，身子挺直，神清氣爽，輕飄飄的落在地下，穩穩站定。

只聽得八九個聲音齊聲喝采：「好！」

看那福康安時，但見他身子微微一晃，隨即坐穩，臉上閃過一絲驚訝，立時又回復了先前鬱鬱寡歡的神氣。

胡斐自縱身出擊至飄身落地，當眞只一霎眼間，可是這中間兩人虛招、擒拿、點穴、扭指、吐掌、拚力、躍退、調息，實已交換了七八式最精深的武學變化。相較之下雖似平手，但一個出盡全力搏擊，一個隨手揮送，瀟洒自如，胡斐顯已輸了一籌。然一個身在半空，一個穩坐馬背，難易有別，其間輸贏又不如何明顯了。

胡斐萬料不到福康安竟有這等精湛超妙的武功，怔怔的站著，又驚奇，又佩服，臉上卻又掩不住憤怒之色。

那獨臂道人笑道：「傻小子，知道認錯人了嗎？還不磕頭賠罪？」

胡斐側頭細看，這人明明是福康安，只裝得滿臉風塵之色，又換上了一身敝舊衣衫，但始終掩不住那股發號施令、統率豪雄的尊貴氣象，如這人相貌跟福康安極像，那也罷了，難道連大元帥的氣度風華也能學得如此神似？心想：「這一干人如此打扮，必是另有陰謀，我可不上這個當。」縱聲叫道：「福康安，你武功很好，我比你不上。可是你做下這許多傷天害理之事，我明知不是你敵手，也終究放你不過。」

福康安淡淡的道：「小兄弟，你武功很俊啊。我不是福康安。請問你尊姓大名？」胡斐怒道：「你還裝模作樣，戲耍於我，難道你不知道我名字麼？」

福康安身後一個四十來歲的高大漢子朗聲說道：「小兄弟，你氣概很好，當眞是少年英雄，佩服，佩服。」胡斐向他望了一眼，但見他雙目中神光閃爍，威風凜凜，顯是一位武功極強的高手，油然而生欽服之心，說道：「閣下如此英雄豪傑，當世罕有，在下拜服之至，卻何苦爲滿洲韃子作鷹犬？」那大漢微微一笑，說道：「北京城邊，天子腳下，你膽敢說這樣的話，不怕殺頭麼？」胡斐昂然道：「今日事已至此，殺頭便殺，又怕怎地？」

胡斐本來生性謹細，絕非莽撞之徒，只是他究屬少年，血氣方剛，眼看馬春花爲福康安害得這等慘法，激動了俠義之心，一切全豁了出去，甚麼也不理會了。

也說不定由於他念念不忘的美麗姑娘忽然之間變成了個尼姑，令他覺得世情慘酷，人生悲苦，要大鬧便大鬧一場，最多也不過殺頭喪命，又有甚麼大不了？

他手按刀柄，怒目橫視著這馬上九人。那獨臂道人一縱下馬，也沒見他伸手動臂，眼前青光一閃，他手中已多了一柄長劍，拔劍手法之快，實是生平從所未見。

胡斐暗暗吃驚：「怎地福康安手下竟收羅了這許多高手人物？昨日掌門人大會之中，如有這些人在場鎮壓，說不定便鬧不成亂子。」他生怕獨臂道人挺劍刺來，斜身略閃，拔刀在手。那道人笑道：「看劍！」但見青光閃動，在一瞬之間，竟已連刺八劍。

這八劍迅捷無比，胡斐那裏瞧得清劍勢來路，只得順勢揮刀招架。他家傳的胡家刀法非同小可，那獨臂道人八劍雖快，仍一一讓他擋住。八劍刺，八刀擋，噹噹噹噹噹噹噹噹，連響八下，清晰繁密，乾淨利落，胡斐雖略感手忙腳亂，但第九刀立即自守轉攻，迴刀斜削出去。那獨臂道人長劍一掠，刀劍粘住，卻半點聲音也不發出來。

馬上諸人又齊聲喝采：「好劍法，好刀法！」

福康安道：「道長，走吧，別多生事端了。」那道人不敢違拗主子之言，應道：「是！」可是他見胡斐刀法精奇，鬥得興起，頗為戀戀不捨，翻身上馬，說道：「好小子，刀法不錯啊！」胡斐心中欽佩，道：「好道長，你的劍法更好！」跟著冷笑道：「可惜，可惜！」

那道人瞪眼道：「可惜甚麼？我劍法中有甚麼破綻？」胡斐道：「可惜你劍法中毫無破綻，為人卻有大大的破綻。一位武林高手，卻去做滿洲權貴的奴才。」

那道人仰天大笑，說道：「罵得好，罵得好！小兄弟，你有膽子再跟我比比劍麼？」胡斐道：「有甚麼不敢？最多是比你不過，給你殺了。」那道人道：「好，今晚三更，我在陶然亭畔等你。你要是怕了，便不用來。」

胡斐昂然道：「大丈夫只怕英雄俠士，豈怕鷹犬奴才！」

那些人都大拇指一翹，喝道：「說得好！」縱馬而去，有幾人還不住的回頭相顧。

當胡斐和那獨臂道人刀劍相交之時，程靈素已從廟中出來，她先前怕胡斐和圓性有話要說，故意不出來打擾，待見到福康安時也大爲吃驚，見九人遠去，說道：「大哥，怎地福康安到了這裏？今晚你去不去陶然亭赴約？」

胡斐沉吟道：「難道他眞的不是福康安？那決計不會。我罵他那些衞士侍從是鷹犬奴才，他們怎地並不生氣，反讚我說得好？」程靈素又問：「今晚去不去赴約？」胡斐道：「自然去啊。二妹，你在這裏照料馬姑娘吧。」程靈素搖頭道：「馬姑娘是沒甚麼可照料的了。她神智已失，支撐不到明天早晨。你約鬥強敵，我怎能不去？」

胡斐道：「你拆散了福康安苦心經營的掌門人大會，此刻他必已查知原委。你和我同去，豈不凶險？」程靈素道：「你孤身赴敵，我怎能放心？有我在旁，總是多個幫手。」胡斐知她決定了的事無法違拗，這義妹年紀雖小，心志實比自己堅強得多，也只得由她。

程靈素輕聲問道：「袁……袁姑娘，她走了嗎？」胡斐點點頭，心中一酸，轉過身來，走入廟內，進了廂房，只聽馬春花微弱的聲音不住在叫：「孩子，孩子！福公子，

福公子，我要死了，我只想再見你一面。」胡斐又是一陣心酸：「情之爲物，竟如此不可理喻。福康安這般待她，可是她在臨死之時，還這樣的念念不忘於他。」

兩人走出數里，找到一家農家，買了些白米蔬菜，做了飯飽餐一頓，回來在神農廟中陪著馬春花，等到初更天時，便即動身。胡斐和程靈素商量，福康安手下的武士邀約比武，定然不懷善意，不如早些前往，暗中瞧瞧他們有何陰謀佈置。

那陶然亭地處荒僻，其名雖曰陶然，實則是一尼庵，名叫「慈悲庵」，庵中供奉觀音大士。胡斐和程靈素到得當地，但見四下裏白茫茫的一片，都是蘆葦，西風一吹，蘆絮飛舞，有如下雪，滿目盡是肅殺蒼涼之氣。

忽聽「啊」的一聲，一隻鴻雁飛過天空。程靈素道：「這是一隻失羣的孤雁了，找尋同伴不著，半夜裏還在匆匆忙忙的趕路。」忽聽蘆葦叢中有人接口說道：「不錯。地匝萬蘆吹絮亂，天空一雁比人輕。兩位眞是信人，這麼早便來赴約了。」

胡程二人吃了一驚，均想：「我們還想來查察對方的陰謀佈置，豈知他們一早便已伏下了暗樁，這人出口成詩，當非泛泛之輩。」胡斐朗聲道：「奉召赴約，敢不早來？」

只見蘆葦叢中長身站起一個滿臉傷疤、身穿文士打扮的秀才相公，拱手說道：「幸會，幸會。還是請兩位稍待，敝上和衆兄弟正在上祭。」胡斐隨口答應，心下好生奇怪：「福康安半夜三更的，到這荒野之地來祭甚麼人？」

驀地裏聽得一人長聲吟道：

「浩浩愁，茫茫劫。短歌終，明月缺。鬱鬱佳城，中有碧血。碧亦有時盡，血亦有時滅，一縷香魂無斷絕。是耶？非耶？化爲蝴蝶。」

吟到後來，聲轉嗚咽，跟著有十餘人的聲音，或長嘆，或低泣，中間還夾雜著幾個女子的哭聲。

胡斐聽了那首短詞，只覺詞意情深纏綿，所祭的墓中人顯是一個女子，而且「碧血」云云，又當是殉難而死，靜夜之中，聽著那淒切的傷痛之音，觸動心境，竟也不禁悲從中來，便想大哭一場。

過了一會，悲聲漸止，只見十餘人陸續走上一個土丘。

胡斐身旁的那秀才相公叫道：「道長，你約的朋友到啦。」那獨臂道人說道：「妙極，妙極！小兄弟，咱們來拚鬥三百合。」說著縱身奔下土丘。胡斐便迎了上去。

那道人奔到離胡斐尚有數丈之處，忽地縱身躍起，半空拔劍，藉著這一躍之勢，疾刺過來。這一刺出手之快，勢道之疾，當眞威不可當。胡斐見他如此凶悍，激起了少年人的剛強之氣，也立即縱身躍起，半空拔刀。那道人尚未落地，兩人在空中一湊合，噹噹噹噹四響，刀劍撞擊四下，兩人同時落下地來。

這中間那道人攻了兩劍，胡斐還了兩刀。兩人四腳一著地，立時又是噹噹噹噹噹噹六響。土丘之上，采聲大作。

那道人劍法凌厲，迅捷無倫，在常人刺出一劍的時刻之中，往往刺出了四五劍。胡斐心想：「你會快，難道我便不會？」展開「胡家快刀」，也是在常人砍出一刀的時刻之中砍出了四五刀。相較之下，那道人的劍刺還是快了半分，但劍招輕靈，刀勢沉猛，胡斐的刀力，卻又比他重了半分。

兩人以快打快，甚麼騰挪閃避，攻守變化，到後來全說不上了，直是閉了眼睛狠鬥，只聽得叮叮噹噹刀劍碰撞，如冰雹亂落，如衆馬奔騰，又如數面羯鼓同時擊打，繁音密點，快速難言。

那獨臂道人快攻狠鬥，大呼：「痛快，痛快！」劍招越來越凌厲。胡斐暗暗心驚，陡逢強敵，將生平所學盡數施展出來，刀法之得心應手實爲從所未有，自己獨個兒練習之時，那有這等快法？他這胡家刀法精微奇奧之處甚多，不逢強敵，數招間即足取勝，其妙處不顯，這時給那獨臂道人一逼，才現出刀法中的綿密精巧來。

那獨臂道人一生不知經歷過多少大陣大仗，當此快鬥之際，竭力要尋這少年刀法中的破綻，只見他刀刀攻守並備，不求守而自守，不務攻卻暗藏攻著，每一招之後，均伏下精妙後招，那裏有絲毫破綻可尋？

這獨臂道人的功力經驗實比胡斐深厚得多，倘若並非快鬥，胡斐和他見招拆招，自求變化，獨臂道人此時已然得勝。但越打越快之後，胡斐來不及思索，只將平素練熟了一套「快刀」使將出來應付。這路「快刀」乃明末大俠「飛天狐狸」所創，傳到胡斐之父胡一刀手上，又加了許多變化妙著。胡斐學刀時心存強敵，練得精熟，此刻持之臨敵，與胡一刀親自出陣已無多大分別，所差者只火候而已。

不到一盞茶時分，兩人已拆解了五百餘招，其快可知。時刻雖短，但那道人已額頭見汗，胡斐全力以赴，亦汗流浹背，兩人都可聽到對方粗重的呼吸。

劇鬥正酣，胡斐和那獨臂道人都起了惺惺相惜之意，只是劍刺刀劈，招數綿綿不絕，誰也不能先行罷手，亦不能稍有容讓。

刀劍相交，叮噹聲中，忽聽得一人長聲唿哨，跟著遠處傳來兵刃碰撞和吆喝之聲。那獨臂道人一聲長笑，托地跳出圈子，叫道：「且住！小兄弟，你刀法很高，這當口有敵人來啦！」

胡斐一怔之間，只見東北角和東南角上影影綽綽，有六七人奔了過來。黑夜中刀光一閃一爍，這些人手中都持著兵刃。又聽得背後傳來吆喝之聲，胡斐回過頭來，見西北方和西南方也均有人奔到，約略一計，少說也有二十人之譜。

獨臂道人叫道：「十四弟，你回來，讓二哥來打發。」那指引胡斐過來的書生手持一根黃澄澄的短棒模樣兵刃，本在攔截西北方過來的對手，聽到獨臂道人的叫喚，答應了一聲，手中兵刃一揮，竟發出嗚嗚聲響，反身奔上小丘，和衆人並肩站立。

月光下胡斐瞧得分明，福康安正站在小丘上，他身旁的十餘人中，還有三四個是女子。胡斐大喜：「四面八方來的這些人都和福康安爲敵，不知是那一家的英雄好漢？瞧這些人的輕身功夫，武功都非尋常。我和他們齊心協力，將福康安這奸賊擒住，豈不是好？」但轉念又想：「福康安這惡賊想不到武功竟然奇高，我及不上他，手下那些人又均是硬手，瞧他們這般肆無忌憚的模樣，莫非另行安排下陰謀？」

正自思疑不定，只見四方來人均已奔近，眼看之下，更加大惑不解，奔來的二十餘人之中，半數是身穿血紅僧袍的藏僧，餘人穿的均是清宮衛士服色。他縱身靠近程靈素，低聲道：「二妹，咱們果然陷入了惡賊的圈套，敵人裏外夾攻，難以抵擋。咱們向正西方衝！」

程靈素尚未回答，清宮衛士中一個黑鬚大漢越衆而出，手持長劍，大聲說道：「是無塵道人麼？久仰你七十二路追魂奪命劍天下無雙，今日正好領教。」那獨臂道人冷冷的道：「你既知無塵之名，尚來挑戰，可算得大膽。你是誰？」

胡斐聽了那黑鬚衛士的話，禁不住脫口叫道：「是無塵道長？」無塵笑道：「正是！趙三弟誇你少年英雄，果然不錯。」胡斐驚喜交集，道：「可是……可是，那福康安……我趙三哥呢？」

那黑鬚大漢回答無塵的話道：「在下德布。」無塵道：「啊，你便是德布。我在回疆聽人言道：最近皇帝老兒找到了一隻牙尖爪利的鷹犬，叫作甚麼德布，稱做甚麼『滿洲第一勇士』，是個甚麼御前侍衛的頭兒。便是你了？」他連說三個「甚麼」，只把德布聽得心頭火起，喝道：「不錯！你既知我名，還敢到天子腳下來撒野，當眞活得不耐煩了……」

他「不耐煩了」四字剛脫口，寒光一閃，無塵長劍已刺向身前。德布橫劍擋架，噹的一響，雙劍相交，嗡嗡之聲不絕，顯是兩人劍上勁力均甚渾厚。無塵讚了聲：「也還可以！」劍招源源遞出。德布的劍招遠沒無塵快捷，但門戶守得極是嚴密，偶而還刺一劍，卻也十分狠辣，那『滿洲第一勇士』的稱號，果然並非倖致。

胡斐曾聽圓性說過，紅花會二當家無塵道人劍術之精，算得天下第一，想不到自己竟能跟他拆到數百招不敗，不由得心頭暗喜，自忖：「幸虧我不知他便是無塵道長，否則震於他的威名，心中一怯，只怕支持不到一百招便敗下來了。」又想：「他是紅花會英雄，趙三哥的朋友，然則那福康安，難道我當眞認錯了人？」

正自凝神觀看無塵和德布相鬥，兩名清宮侍衛欺近身來，喝道：「拋下兵器！」胡斐道：「幹甚麼？」一名侍衛道：「你膽敢拒捕麼？」胡斐道：「拒捕便怎樣？」那侍衛道：「小賊大膽！」舉刀砍來。胡斐閃身避開，還了一刀。不料另一名侍衛手中一柄鐵鎚驀地裏斜刺打到，擊在胡斐的刀口上，此人膂力甚大，兵器又是奇重。胡斐和無塵力戰之餘，手臂隱隱酸麻，拿揑不住，單刀脫手，直飛起來。那人一鎚迴轉，便向他背心橫擊。

胡斐兵刃離手，卻不慌亂，身形一閃，避開了他鐵鎚，順勢一個肘槌，撞正他腰眼。那人大聲叫道：「啊喲，好小子！」痛得手中鐵鎚險些跌落。跟著又有兩名侍衛上來夾攻，一個持鞭，一個挺著一枝短槍。

程靈素叫道：「大哥，我來幫你。」抽出柳葉刀，欲待上前相助。胡斐道：「不用，且瞧瞧你大哥空手入白刃的手段。」程靈素見他在四個敵人之間遊走閃避，情勢似乎甚險，但聽他說得悠閒自在，又知他武功了得，便站在一旁，挺刀戒備。

胡斐展開從小便學會的「四象步法」，東跨一步，西退半步，在四名高手侍衛之間穿來插去。他這「四象步」按著東青龍、西白虎、北玄武、南朱雀四象而變，每象七宿，又按二十八宿之形再生變化。敵人的四件兵刃有輕有重，左攻右擊，可是他步法奇妙，往往在間不容髮之際避過敵人兵刃，有時相差不過數寸之微，可就是差著這麼幾寸，便即夷然無損。程靈素初時還擔著老大心事，但越瞧越放心，到後來瞧著他精妙絕倫的步法，竟感心曠神怡。

這四名侍衛都是滿洲人，未入淸宮之時，號稱「關東四傑」，實是一流高手。胡斐憑著「四象步」自保，可是幾次乘隙反擊，卻也未曾得手，一轉念間，已明其理，適才和無塵道人劇鬥，耗力太多，這時元氣未復，一到動用眞力，不免差之厘毫。他一經想通，當即平心靜氣，只避不攻，在四名侍衛夾擊之下緩緩調息。

那邊無塵急攻數十招，都給德布一一擋開，不禁焦躁，暗道：「十年不來中原，今日首次出手便即不利。難道當眞老了，不中用了？」其實無塵適才與胡斐快招比拼，時刻雖短，耗勁甚大，而這德布的武功亦確大有過人之處。何況無塵不過心下焦躁，德布卻已背上冷汗淋漓，越打越怕，但覺對手招數神出鬼沒，出劍之快，實非人力之所能及，暗想自己縱橫天下，從未遇到過這般勁敵，待要認輸敗退，卻想今日一敗，這「賜穿黃馬掛、御前侍衛班領、滿洲第一勇士、統領大內十八高手」一長串的銜頭卻往那裏擱去？把心一橫，豁出了性命奮力抵擋。

無塵見胡斐赤手空拳，以一敵四，自己手中有劍，卻連一個敵人也拾奪不下，他生性最是好勝，愈老彌甚，當下一劍快似一劍，著著搶攻。德布見敵人攻勢大盛，劍鋒織成了一張光幕，自己週身要害盡在他劍光籠罩之下，自知不敵，數度想要招呼下屬上來相助，但一想到「大夥兒齊上」這五個字一出口，一生英名便付於流水，硬是強行忍住，心想自己方當壯年，這獨臂道人年事已高，劍招雖狠，自己只要久戰不屈，拖得久了，對方氣力稍衰，便有可乘之機。

無塵高呼酣戰，精神愈長。衆侍衛瞧得心下駭然，但見兩人劍光如虹，使的是甚麼招數早已分辨不清。小丘上衆人靜觀兩人劇鬥，見無塵漸佔上風，都想：「道長英風如昔，神威不減當年，可喜可賀！」

猛聽得無塵大叫一聲：「著！」噹的一響，一劍刺在德布胸口，跟著又是喀喇一聲，手中長劍折斷。原來德布衣內穿著護胸鋼甲，這一劍雖然刺中，他卻毫無損傷，反而折了對方長劍。無塵一怔之下，德布已挺劍刺中他右肩。

小丘上衆人大驚，兩人疾奔衝下救援。只聽得無塵喝道：「牛頭擲叉！」手中半截斷劍飛出，刺入了德布咽喉。德布大叫一聲，往後便倒。

無塵哈哈大笑，叫道：「是你贏，還是我贏？」德布頸上中了斷劍，雖不致命，卻已鬥志全失，顫聲道：「是你贏！」無塵笑道：「你接得我這許多劍招，又能傷我肩頭，大是不易！好，瞧在你刺傷我一劍的份上，饒了你性命！」

兩名侍衛搶上扶起德布，退在一旁。無塵得意洋洋，肩傷雖然不輕，卻漫不在乎，緩緩走上土丘，讓人爲他包紮傷口，兀自指指點點，評論胡斐的步法。

胡斐內息綿綿，只覺精力已復，深吸一口氣，猛地搶攻，霎息間拳打足踢，但聽得「啊喲！」「哎呀！」四聲呼叫，單刀、鐵鎚、鋼鞭、花槍，四般兵刃先後飛出。胡斐飛足踢倒兩人，拳頭打暈一人，跟著左掌掌力猛吐，將最後一名衛士打得口噴鮮血，十幾個觔斗滾了出去。

但聽得小丘上衆人采聲大作。無塵的聲音最是響亮：「小胡斐，打得妙啊！」

土丘上采聲未歇，又有五名侍衛欺近胡斐身邊，卻都空手不持兵刃。左邊一人道：「大家空手鬥空手！」胡斐道：「好！」剛說得一個「好」字，突覺雙足已讓人緊緊抱住，跟著背上又有一人撲上，手臂如鐵，扼住了他頭頸，同時又有一人抱住了他腰，另外兩人便來拉他雙手。

原來這一次德布所率領的「大內十八高手」傾巢而出。那「大內十八高手」，乃是「四滿、五蒙、九藏僧」。乾隆皇帝自與紅花會打了一番交道後，從此不信漢人，近身侍衛一個漢人也不用，都是選用滿洲、蒙古、西藏的勇士充任。這四滿、五蒙、九藏僧，尤爲大內侍衛中的精選。這五個蒙古侍衛擅於摔跤相撲之技，胡斐一個沒提防，已給纏住。

他一驚之下，隨即大喜：「這擒拿手法，正是我家傳武功之所長。」雙手既給拉住，身子向後仰跌，雙手順勢用勁，自外朝內一合，砰的一聲，拉住他雙手的兩名侍衛腦門碰腦門，同時昏暈。胡斐雙手脫縛，反過來抓住扼在自己頸中的那隻手，一扭之下，喀的一聲，那人腕骨早斷，跟著喀喀兩響，又扭斷了抱住他腰那侍衛的臂骨。

這五名蒙古侍衛摔跤之技熟練精湛，漢滿蒙回藏各族武士中極少敵手。摔跤講究的是將對手摔倒壓住，胡斐這般小巧陰損的斷骨擒拿，卻是摔跤的規矩所不許。兩名侍衛骨節折斷，大是不忿，雖已無力再鬥，卻齊聲怒叫：「犯規，犯規！」倒也叫得理直氣壯。胡斐笑道：「你們五個打我一個，犯不犯規？」

兩名蒙古侍衛一想不錯，五個打一個確是先壞了規矩，「犯規」兩字便喊不出口了。餘下那人兀自死命抱住胡斐雙腿，一再運勁，要將他摔倒。胡斐喝道：「你放不放手？」那人叫道：「自然不放。」胡斐左手抓下，揑住了他背心上「大椎穴」。那人登時全身痳軟，雙手只得鬆開。胡斐提起他身子，右手跟著抓住他腰，雙手使勁，「嘿」的一聲，將他擲出數丈之外。但聽得撲通一響，水花飛濺，他落下之處，卻是生長蘆葦的一個爛泥水塘。那人摔得頭昏腦脹，陷身污泥，哇哇大叫。

胡斐與四名滿洲侍衛遊鬥甚久，打發這五名蒙古侍衛卻兔起鶻落，乾淨利落。衆人但見五名侍衛一擁而上，拖手拉足，將他擒住，跟著便砰嘭、喀喇、啊喲、「犯規，犯規！」、撲通、「哇哇！」諸般怪聲不絕。四名侍衛委頓在地，一名侍衛飛越數丈，投身水塘。這一次小丘上衆人不再喝采，卻轟然大笑。

鬨笑聲中，紅雲閃處，九名藏僧已各挺兵刃將胡斐團團圍住。這九人兵刃各不相同，或使戒刀，或使錫杖，更有金色粗杵，奇形怪狀，胡斐從未見過。眼見這九名藏僧氣度凝重，人人一言不發，瞧著這合圍之勢，步履間既輕且穩，實是勁敵。九僧錯錯落落，東站一個，西站一個，似是布成了陣勢。

胡斐手中沒有兵刃，不禁心驚，急速轉念：「向二妹要刀呢，還是奪敵人的戒刀？」忽聽得小丘上一人喝道：「小兄弟，接刀！」一柄鋼刀自小丘上擲了下來，破空之聲，嗚嗚大作，足見這一擲的勁道大得驚人。胡斐心想：「趙三哥的朋友果然個個武藝精強。要這麼一擲，我便辦不到。」

這一刀飛來，首當其衝的兩名藏僧竟不敢用兵刃去砸，分向左右急躍閃開。胡斐心念快如電光般的一閃：「這陣法不知如何破得？他二人閃避飛刀，正好乘機擾亂。」

他念頭轉得極快，那單刀也來得極快。他心念甫動，白光閃處，一柄背厚刃薄的鋼刀挾著威猛異常的破空之聲已飛到面前。胡斐卻不接刀，手指在刀柄上一搭，輕輕撥動。那鋼刀飛來之勢猛極，到他面前兀自力道強勁，給他撥得掉過方向，激射而上，呼呼聲響，直衝上天。

九名藏僧均感奇怪，情不自禁的抬頭而望。胡斐所爭的便在這稍縱即逝的良機，欺身搶到手持戒刀的藏僧身畔，一伸手已將他戒刀奪過，霎時間展開「胡家快刀」，手起刀落，一陣猛砍快剁，迅捷如風。這時下手竟不容情，九名藏僧無一得免，不是斷臂，便是折足。九僧各負絕藝，只因一時失察，中了誘敵分心之計，頃刻之間，盡皆身受重傷，慘呼倒地。這一場胡斐可說勝得極巧，也勝得極險。

一輪快刀砍完，頭頂那刀剛好落下，他擲開戒刀，伸手接住，刀一入手，只覺甚是沉重，比尋常單刀重了兩倍有餘，想見刀主膂力奇大，月光下映照一看，只見刀柄上刻著三字：「奔雷手」。胡斐大喜，縱聲叫道：「多謝文四爺擲刀相助！」

驀地背後一個蒼老的聲音叫道：「看劍！」話聲未絕，風聲颯然，劍頭已至背心。胡斐一驚：「此人劍法如此凌厲！」急忙迴刀擋架，豈知敵劍已然撤回，跟著又是一劍刺到。胡斐反手再擋，又擋了個空。

他急欲轉身迎敵，但背後敵人的劍招來得好不迅捷，竟逼得他無暇轉身。他心中大駭，急縱而前，躍出半丈，左足一落地，待要轉身，不料敵人如影隨形，劍招又已遞到。這人在背後連刺五劍，胡斐接連擋了五次空，始終沒法回身見敵之面。

胡斐惡鬥半宵，和快劍無雙的無塵道人戰成平手，接著連傷四滿、五蒙、九藏僧大內十八高手，不料到後來竟給人一加偷襲，逼得難以轉身。

這是已處必敗之勢，他惶急之下，行險僥倖，但聽得背後敵劍又至，這一次竟不招架，向前一撲，俯臥向地，跟著一個翻身，臉已向天，揮刀橫砍，盪開敵劍。

只聽敵人讚道：「好！」左掌拍向他胸口。胡斐也左掌拍出，雙掌相交，只覺敵人掌力柔和渾厚，但柔和之中，隱藏著一股辛辣的煞氣。胡斐猛然想起一事，脫口叫道：

「原來是你！」那人也叫道：「原來是你！」

兩人手掌相交，均即察覺對方便是在福康安府暗中相救少年書生心硯之人，各自向後躍開數步。胡斐凝神看時，見那人白鬚飄動，相貌古雅，手中長劍如水，卻是武當派掌門人無青子，不由得一怔，一時不知他是友是敵。

只聽無塵道人笑道：「菲青兄，你說我這小兄弟武功如何？」無青子笑道：「能跟追魂奪命劍鬥得上幾百招，天下能有幾人？老道當眞孤陋寡聞，竟不知武林中出了這等少年英雄。」說著長劍入鞘，上前拉著胡斐的手，好生親熱。胡斐見他英氣勃勃，那裏還是掌門人大會中所見那個昏昏欲睡的老道，甚以為奇。

無塵從小丘上走了下來，笑道：「小兄弟，這個牛鼻子，出家以前叫做綿裏針陸菲青。你叫他一聲大哥吧。」胡斐一驚，心道：「『綿裏針陸菲青』當年威震天下，成名已垂數十年，想不到今日有幸和他交手。」急忙拜倒，說道：「晚輩胡斐，叩見兩位道長。」他身子稍偏，連無塵也拜在其內，忽聽身後一個聲音道：「按理說，你原是晚輩，可是，好兄弟，他們兩位都是我的拜把子老哥啊。」

胡斐一躍而起，只見身後一人長袍馬掛，肥肥胖胖，正是千臂如來趙半山。胡斐對這位義兄別來常自思念，伸臂緊緊抱住，叫道：「三哥，你可想煞小弟了。」

趙半山拉著他轉過身來，讓月光照在他臉上，凝目瞧了半晌，喜道：「兄弟，你終於長大成人了。做哥哥的今日親眼見你連敗大內十八高手，實在歡喜得緊。」

胡斐心中也歡喜不盡。這時清宮衆侍衛早已逃得乾乾淨淨。他拉了程靈素過來，和無塵、趙半山等引見。

趙半山道：「兄弟，程家妹子，我帶你們去見我們總舵主。」胡斐吃了一驚，道：「陳總舵主……他……他老人家也來了麼？」無塵笑道：「他早挨過你一頓痛罵啦，甚麼傷天害理，甚麼負心薄倖，只罵得他狗血淋頭。哈哈！我們總舵主一生之中，只怕從未挨過這般厲害的臭罵。」胡斐這一驚更是非同小可，顫聲道：「那……那福康安……」

陸菲青微笑道：「陳總舵主的相貌和福康安果然很像，別說小兄弟和他二人都不相熟，便是日常見面之人，也會認錯。」無塵笑道：「想當年在杭州城外，總舵主便曾假扮了福康安，擒住那個甚麼威震河朔王維揚……」

胡斐十分惶恐，道：「三哥，你快帶我去跟陳總舵主磕頭賠罪。」趙半山笑道：「不知者不罪。總舵主跟你交了一掌，很稱讚你武功了得，又說你氣節凜然，背地裏說了你許多好話呢。」

兩人還未上丘，陳家洛已率羣雄從土丘上迎了下來。胡斐拜倒在地，說道：「小人瞎了眼珠，冒犯總舵主，實是罪該……」

陳家洛不等他說完，忙伸手扶起，笑道：「『大丈夫只怕英雄俠士，那怕鷹犬奴才？』我今日一到北京，便聽到這兩句痛快淋漓之言。小兄弟，便憑你這兩句話，我們便不枉了萬里迢迢的走這一遭。」

當下趙半山拉著胡斐一一給羣雄引見。胡斐對這干人心儀已久，今晚親眼得見，喜慰無已，對文泰來擲刀相助、駱冰贈送寶馬，更連連稱謝，恭恭敬敬的交還了文泰來的鋼刀，從地下拾起清宮侍衞遺下的一柄單刀，插入腰間刀鞘。他自己的單刀為鐵鎚所擊，刀口捲邊，已然無用。跟著心硯過來向他道謝在福康安府中解穴相救之德。無塵逸興橫飛，指手劃腳，談論適才和胡斐及德布兩人的鬥劍，說今晚這兩場架打得酣暢過癮，生平少有。

陸菲青笑道：「道長，說到武功，咱們這位小兄弟的確十分了得。可是還有一位少年英雄，比他更厲害十倍，你是決計鬥他不過的。」無塵又高興，又不服，忙問：「是誰？是誰？這人在那裏？」陸菲青搖頭道：「你決非對手，我勸你還是別找他的好。」無塵道：「呸！咱老哥兒倆分手多年，一見面你就來胡吹。我不信有這等厲害人物。」

陸菲青道：「昨晚福康安府中，天下各門各派掌門人大聚會，會中高手如雲，各有各的能耐，各有各的絕技。這話不錯吧？」無塵道：「不錯便怎樣？」陸菲青道：「心硯老弟去搗亂大會，失手受擒。趙三弟這等本事，也只搶得一隻玉龍杯。西川雙俠常氏兄弟駕臨，只救了兩個人出來。可是那位少年英雄哪，只不過眼睛一霎，便從七位高手的手中搶下了七隻玉龍杯，摔在地下砸得粉碎。他只噴得幾口氣，便叫福康安的掌門人大會煙飛灰滅，風消雲散。道長，你鬥不鬥得過這位少年英雄？」

程靈素知他在說自己，臉兒飛紅，躲到了胡斐身後。黑夜之中，人人都在傾聽陸菲青說話，誰也沒對她留心。

一個少年美婦道：「師父，我們只聽說那掌門人大會給人攪散了局，到底是怎麼回事？請你快說吧！」這美婦是金笛秀才余魚同之妻李沅芷。

陸菲青於是將一位「少年英雄」如何施巧計砸碎七隻玉龍杯、如何噴煙下毒、使得人人肚痛、因而疑心福康安毒害天下英雄，如何眾人在混亂中一鬨而散，諸般情由，一一說了。羣雄聽了，無不讚歎。

無塵道：「陸兄，你說了半天，這位少年英雄到底是誰，卻始終沒說。」陸菲青笑道：「遠在天邊，近在眼前，這位程姑娘便是。」拉著胡斐的手，將他輕輕一拉，露出了程靈素的身子。

羣雄「啊」的一聲，一齊望著她，誰都不信這樣一個瘦弱文秀的小姑娘，竟會將福康安這籌劃經年的天下掌門人大會毀於指掌之間，可是陸菲青望重武林，豈能信口胡言？卻又不由得人不信。

陸菲青於十年前因同門禍變，師兄馬眞、師弟張召重先後慘死，武當派眼見式微，於是他出來接掌門戶，著意整頓。因恐清廷疑忌，索性便出了家，道號無青子，十年來深居簡出，朝廷也就沒加注目。

這次福康安召開掌門人大會，一來武當派自來與少林派齊名，是武林中最大門派之一；二來念著武當名手火手判官張召重昔年為朝廷出力之功，又不知無青子便是當年的叛逆陸菲青，便敦請武當派掌門人下山。陸菲青年紀雖老，雄心猶在，知福康安此舉必將不利於江湖同道，若推辭不去，多惹麻煩，便即孤身赴會，要探明這次大會眞相，俟機行事，及至心硯為湯沛所擒，他便暗中出手相救。

陳家洛、霍青桐等紅花會羣雄自回疆來到北京，卻為這日是香香公主逝世十年的忌辰，各人要到她墓前一祭。

福康安的掌門人大會為人攪散，又和武林各門派都結上了仇，自是惱怒異常，便派德布率隊在城外各處巡查，見有可疑之人立即擒拿格殺。不意陶然亭畔一戰，文泰來、趙半山等尚未出手，大內十八高手已盡數鎩羽。

陳家洛等深知清廷官場習氣。德布等敗得如此狼狽，紅花會人物既未驚動皇親大官，他們回去定然極力隱瞞，無人肯說在陶然亭畔遇敵，決不致調動軍馬前來復仇。此處雖離京城不遠，卻儘可放心逗留。

羣雄和陸菲青故友重逢，和胡斐、程靈素新知初會，自各有許多話說。

言談之間，忽聽得遠遠傳來兩下掌聲，稍停一下，又連拍三下。那書生打扮的「金笛秀才」余魚同拍掌三下相應，一停之後，連拍兩下。無塵道：「五弟、六弟來啦。」

只見掌聲傳來處飛馳過來兩人，身形高瘦。胡斐在福康安府中見過，知是西川雙俠常伯志、常赫志到了。他兄弟身後又跟著兩人，手中各抱著一個孩子，奔到近處，見是雙子門倪不大、倪不小兄弟。他二人手中抱的，竟然是馬春花的一對雙生兒子。

原來倪不大、倪不小看中了這對孩子，寧可性命不要，也非要去奪來不可。常氏兄弟原是雙生兄弟，聽了倪氏兄弟之言，激動心意，乘著掌門人大會一鬨而散的大亂，混入福府內院。其時福康安和衆衛士腹中正自大痛，均道身中劇毒，人人忙於服藥解毒，常氏兄弟又是一等一的高手，毫不費力的打倒了七八名衛士，便又將這對孩子搶了出來。

胡斐見了這對孩子，想起馬春花命在頃刻，不由得又喜又悲，猛地想起一事，對陳家洛道：「總舵主，晚輩有個極荒唐的念頭，想求你一件事。」陳家洛道：「胡兄弟但說不妨。你我今日雖是初會，但神交已久，但教力之所及，無不依從。」

胡斐只覺這番話極不好意思出口，不禁頗爲忸怩，紅了臉道：「晚輩這個念頭，實在異想天開，說出來只怕各位見笑。」陳家洛微笑道：「我輩所作所爲，在旁人看來，那一件不荒唐之極？那一件不異想天開？」

胡斐道：「總舵主既不見怪，我便說了。」指著那兩個孩童說道：「這兩個孩童是福康安的兒子，他們的母親卻已命在垂危。」於是從當年在商家堡中如何和馬春花相遇一段事說起，直說到馬春花中毒不治。只聽得羣雄血脈賁張，無不大爲憤怒。依無塵之見，立時便要趕進北京城中，將這無情無義的福康安一劍刺死。

紅花會七當家武諸葛徐天宏道：「昨晚北京鬧了這等大事出來，咱們若再貿然進城，福康安定然刺不到，說不定大夥還難全身而退。」

陳家洛點頭道：「此刻福康安府門前後，不知有多少軍馬把守，如何下得了手？單是要混進城門，便大大不易。我此番和各位兄弟同來，志在一祭，不可爲了洩一時之憤，使衆兄弟有所損折。胡兄弟，你要我做甚麼事？」

胡斐道：「我見總舵主萬里迢迢，從回疆來到北京，只爲了一祭墓中這位姑娘，情深義重，世所罕見。在下昔日曾受這位馬姑娘一言之恩，無以爲報，心中不安。她臨死之際掛念兩事，死難瞑目。一件是想念她兩個愛子，天幸常氏雙俠兩位前輩已救了出來，另一件卻是她想念福康安那奸賊，仍盼和他一敘。雖說她至死不悟，可笑亦復可憐，但情之所鍾……」說到這裏，心下黯然，已不知如何措詞，想到的卻是自己「情之所鍾」的那個變了尼姑的美麗姑娘。

陳家洛道：「我明白啦！你要我假冒那個傷天害理、負心薄倖的福康安，去安慰一下這位多情多義的馬姑娘？」胡斐低聲道：「正是！」

羣雄均覺胡斐這個荒唐的念頭果然異想天開之至，可是誰也笑不出來。

陳家洛眼望遠處，黯然出神，說道：「墓中這位姑娘臨死之際，如能見我一面，那是多麼的快活！可惜終難如願……」轉頭向胡斐道：「好，我便去見見這位馬姑娘。」

胡斐好生感激，暗想陳家洛叱吒風雲，天下英雄豪傑無不推服，自己只是個無名晚輩，今日初會，便求他去做這樣一件荒誕不經之事，話一出口，心中便已後悔，可是他竟一口答允，以後這位總舵主便要自己赴湯蹈火，也是萬死不辭了。

羣雄上了馬，由胡斐在前帶路，天將黎明時到了藥王廟外。

胡斐雙手抱了兩個孩子，伴同陳家洛走進廟去。只見一間陰森森的小房之中，一燈如豆，油已點乾，燈火欲熄未熄。馬春花躺在炕上，氣息未斷。

兩個孩子撲向榻上，大叫：「媽媽，媽媽！」馬春花睜開眼來，見是愛子，陡然間精神一振，也不知那裏來的力氣，將兩個孩子緊緊摟在懷裏，叫道：「孩子，孩子，媽想得你們好苦！」三個人相擁良久，她轉眼見到胡斐，對兩個孩子道：「以後你們跟著胡叔叔，好好聽他的說話……你們……拜了他作義……義……」

胡斐知她心意，說道：「好，我收了他們作義兒，馬姑娘，你放心吧！」馬春花臉露微笑，道：「快……快磕頭，我好……好放心……」兩個孩子跪在胡斐面前，磕下頭去。

胡斐讓他們磕了四個頭，伸手抱起兩人，低聲道：「馬姑娘，你還有甚麼吩咐麼？」馬春花道：「我死了之後，求你……求你將我葬……葬在我丈夫徐……師哥的墳旁……他很可憐……從小便喜歡我……可是我不喜歡……不喜歡他。」

胡斐突然之間，想起了那日石屋拒敵、商寶震在屋外林中擊死徐錚的情景來，心中又是一酸，說道：「好，我一定辦到。」沒料到她臨死之際竟會記得丈夫，傷心之中倒也微微有些喜歡，他深恨福康安，聽馬春花記得丈夫，不記得那個沒良心的情郎，那是再好不過，那知馬春花幽幽嘆了口氣，輕輕的道：「福公子，我再也見不到你了！」

陳家洛進房後一直站在門邊暗處，馬春花沒瞧見他。胡斐搖了搖頭，抱著兩個孩兒悄悄出房。陳家洛緩步走到她床前。

胡斐跨到院子中時，忽聽得馬春花「啊」的一聲叫。這聲叫喚之中充滿了幸福、喜悅、深厚無比的愛戀。

她終於見到了她的「心上人」……

胡斐惘然走出廟門，忽聽得笛聲幽然響起，是金笛秀才余魚同在樹下橫笛而吹。胡斐心頭一震，在很久以前，在山東商家堡，依稀曾聽人這樣纏綿溫柔的吹過。

這纏綿溫柔的樂曲，當年在福康安的洞簫中吹出來，挑動了馬春花的情懷，終於釀成了這一場冤孽。

金笛秀才的笛子聲中，似乎在說一個美麗的愛情故事，卻也在抒寫這場情愛之中所包含的苦澀、傷心和不幸。廟門外每個人都怔怔地沉默無言，想到了自己一生之中甜蜜的淒涼的往事。胡斐想到了那個騎在白馬上的紫衫姑娘，恨不得撲在地上大哭一場。即使是豪氣逼人的無塵道長，也想到了很久很久以前，在很遠很遠的地方，那個美麗而又狠心的官家小姐，騙得他斬斷了自己的一條臂膀……

笛聲悠緩地淒涼地響著。

過了好一會兒，陳家洛從廟門裏慢慢踱了出來。他向胡斐點了點頭。胡斐知道馬春花離開這世界了。她臨死之前見到了心愛的兩個兒子，也見到了「情郎」。胡斐不知道她跟陳家洛說了些甚麼，是責備他的無情薄倖呢，還是訴說自己終生不渝的熱情？除了陳家洛之外，這世上是誰也不知道了。

胡斐拜託常氏雙俠和倪氏昆仲，將馬春花的兩個孩子先行帶到回疆，他料理了馬春花的喪事之後，便去回疆和眾人聚會。

陳家洛率領羣雄，舉手和胡斐、程靈素作別，上馬西去。

胡斐始終沒跟他們提到圓性。奇怪的是，趙半山、駱冰他們也沒提起。是不是圓性已經會到了他們，要他們永遠別向他提起她的名字？

胡斐牽過駱冰所贈的白馬，快步追將上去，說道：「你騎了這馬去吧，你身上有傷，還是……還是……」圓性搖搖頭，縱馬便行。

第二十章　恨無常

忙亂了半晚，胡斐和程靈素到廟後數十丈的小溪中洗了手臉。程靈素從背後包裹中取出燒餅，兩人和著溪中清水吃了。胡斐連番劇鬥，又兼大喜大悲，這時只覺手酸腳軟，神困力倦，躺在溪畔休息了大半個時辰，這才精力稍復，又回去藥王廟。

兩人回進僧舍，輕輕推開房門，只見馬春花死在床上，臉含微笑，神情甚是愉悅。胡斐垂淚道：「她要我將她葬在丈夫墓旁。眼下風聲緊急，到處追拿你我二人。這當兒又那裏找棺木去？不如將她火化了，送她骨灰前去安葬。」程靈素道：「是。」

胡斐彎下腰去，伸手正要將馬春花的屍身抱起，程靈素突然抓住他手臂，叫道：「且慢！」胡斐聽她語音嚴重緊迫，便即縮手，問道：「怎麼？」程靈素尚未回答，胡斐已聽到身後極細微的緩緩呼吸之聲，回過頭來，只見板門之後赫然躲著兩人，卻是程靈素的大師兄慕容景岳和三師姊薛鵲。

便在此時，程靈素左手揚動，一股紫褐色的粉末飛出，打向馬春花所躺的床板底下。胡斐心念一動：「床板底下，一定藏著極厲害的敵人。」

但見薛鵲伸手推開房門，正要縱身出來，胡斐行動快極，右手彎處，抱住了程靈素的纖腰，倒縱出門，竄入房外的廳中，經過房門時飛起一腿，踢在門板之上。那門板砰的一聲向後猛撞，將慕容景岳和薛鵲二人夾在門板和牆壁之間。慕容景岳倒也罷了，薛鵲高高的一個駝背給磚牆擠得痛極，忍不住高聲大叫。

胡斐和程靈素剛在門口站定，只見床底下紫霧瀰漫，那股紫蝎粉已讓人用掌力震了出來，跟著人影閃動，一人長身竄出門外。嗆啷啷、嗆啷啷一陣急響，那人提起手中虎撐，當頭往胡斐頭頂砸下。

胡斐一瞥之下，已看清那人面目，正是自稱「毒手藥王」的石萬嗔。

程靈素叫道：「別碰他身子兵刃！」胡斐對這人早具戒心，知他周身是毒，沾上了一絲半忽便後患無窮，向左滑開三步，避開石萬嗔的虎撐，唰的一聲，單刀出手，一招「諫果回甘」，回頭反擊。這一招迴刀砍得快極，石萬嗔不及躲閃，危急中虎撐挺舉，硬架這一刀，噹的一聲大響，兩人各向後躍開。石萬嗔虎撐中的鐵珠只震得嗆啷啷、嗆啷啷的亂響。

這時慕容景岳和薛鵲已自房中出來，站在石萬嗔身後。石萬嗔和胡斐硬交了這一招，但覺他刀法精奇，膂力強勁，自己右臂震得隱隱酸痲，不再進擊。

胡斐也暗自稱異：「這人擅於用毒，武功竟也這般了得。我這一招『諫果回甘』如此出其不意的反劈，他竟接得下來。」

慕容景岳道：「程師妹，見了師叔怎不快磕頭？」程靈素站在胡斐身旁，冷冷的道：「咱們那裏鑽出個師叔來啦？沒聽見過。」

石萬嗔道：「『毒手神梟』的名字聽見過沒有？你師父難道從來不敢提我嗎？」程靈素道：「『毒手神梟』？這名字倒聽見過的。我師父說他從前確是有過一個師弟，只是他濫用毒藥害人，不守門規，早給師祖逐出門牆了。石前輩，那便是你麼？」石萬嗔微微一笑，淡然道：「咱們這一門講究使用毒藥，既然有了這個『毒』字，又何必假惺惺的硬充好人？姓石的寧可做眞小人，不如你師父這般假裝君子。」

程靈素怒道：「我師父幾時害過一條無辜人命？」石萬嗔道：「你師父害死的人難道少了？他自己自然說他下手毒死之人，個個罪大惡極，死有餘辜，可是在旁人看來，卻也未必如此。至於死者的家人子女，更決不這麼想。」胡斐心中一凜，暗想：「此人這話倒也有幾分道理。」

程靈素道：「不錯。我師父也深悔一生傷人太多，後來便出家做了和尚，禮佛贖罪。他老人家諄諄告誡我們師兄妹四人，除非萬不得已，決不可輕易傷人。晚輩一生，就從沒害過一條人命。」石萬嗔冷笑道：「我瞧你聰明伶俐，倒是我門的傑出人材。掌門人大會中挪幾招，耍得可漂亮啊，連你師叔也險些著了道兒。」

程靈素淡淡的道：「你自稱是我師叔，冒用我師父『毒手藥王』的名頭。要是眞正的『毒手藥王』在世，伸手去拿玉龍杯之時，豈能瞧不出杯上已沾了赤蠍粉？我在大廳上噴那『三蜈五蟆煙』，我師父他老人家怎會懵然不覺？」

這兩句話只問得石萬嗔臉頰微赤，難以回答。他少年時和無嗔大師同門學藝，因使毒無節，多傷好人，給師父逐出了門牆。此後數十年中曾和無嗔爭鬥過好幾次。兩人都是使毒的大行家，雙方所使藥物之烈，毒物之奇，可想而知。數次鬥法，石萬嗔每一回均屈居下風，若不是無嗔大師始終念著同門之誼，手下留情，早取了他性命。在最後一次鬥毒之時，石萬嗔終於爲「斷腸草」薰瞎了雙目。

他逃往緬甸野人山中，以銀蛛絲逐步拔去「斷腸草」毒性，雙眼方得復明，雖重見天日，目力卻已大損。玉龍杯上沾了赤蠍粉，旱煙管中噴出來的煙霧顏色稍有不同，這些細微之處，他便無法分辨。何況程靈素栽培成了「萬毒之王」的七心海棠後，赤蠍粉中混上了七心海棠葉子的粉末，三蜈五蟆煙中加入了七心海棠的花蕊，兩種毒藥的異味全失，毒性卻更加厲害。

石萬嗔在野人山中花了十年功夫，才勉強治愈雙目，回到中原時聽到無嗔大師的死訊，只道斯人一死，自己便可稱雄天下，那料師兄一個年紀輕輕的關門弟子，竟有如此厲害功夫？那晚程靈素化裝成一個龍鍾乾枯的老太婆，當世擅於用毒的高手，石萬嗔無不知曉，他當眞做夢也想不到，這個小老太婆在旁噴幾口煙，便令他栽上個大觔斗。

程靈素這兩句話只問得他啞口無言。慕容景岳卻道：「師妹，你得罪了師叔，還不磕頭謝罪，當眞狂妄大膽。他老人家一怒，立時叫你死無葬身之地。我和薛師妹都已投入了他老人家門下，你乖乖獻出《藥王神篇》，他老人家一喜歡，也收了你這弟子，豈不是好？」

程靈素心中怒極，暗想這師兄師姊背叛師門，投入本派棄徒門下，那是武林中是令人不齒的「欺師滅祖」大罪，不論那一門那一派都必嚴加懲處。她臉上不動聲色，說道：「原來兩位已改投石前輩門下，那麼小妹不能再稱你們爲師兄師姊了。姜師哥呢？他也投入石前輩門下了麼？」慕容景岳道：「姜師弟不識時務，不聽教誨，已爲吾師處死。」

程靈素心裏一酸，姜鐵山爲人梗直，雖行事橫蠻，在她三個師兄姊中卻最爲正派，不料竟死於石萬嗔之手，又問：「薛姊姊，小鐵呢？他很好吧？」薛鵲冷冷的道：「他也死了。」程靈素道：「不知生的是甚麼病？」薛鵲怒道：「是我兒子，要你多管甚麼閒事？」程靈素道：「是，小妹原不該多管閒事。我還沒恭喜兩位呢，慕容大哥和薛三姊幾時成的親啊？咱們同門學藝一場，連喜酒也不請小妹喝一杯。」

慕容景岳、姜鐵山、薛鵲三人一生恩怨糾葛，悽慘可怖。程靈素知道這中間原委曲折，尋思：「二師哥死在石萬嗔手下，想是他不肯背叛先師，改投他門下，但也未必不是出於大師哥從中挑撥。三師姊竟會改嫁大師哥，說不定也有一份謀殺親夫之罪。」嘆道：「小鐵那日中毒，小妹設法相救，也算花過一番心血。想不到他還是死在『桃花瘴』之下，那也算命該如此罷。」

慕容景岳臉色大變，道：「你怎麼知桃……」說到「桃」字，突然住口，和薛鵲對望一眼。程靈素道：「小妹也只瞎猜罷了。」原來慕容景岳有一項獨門下毒功夫，是在雲貴交界之處，收集了「桃花瘴」的瘴毒，製成一種毒彈。姜鐵山、薛鵲夫婦和他交手多年，後來也研出了解毒之法。程靈素深知三人底細，出言試探，慕容景岳一來此事屬實，二來出其不意，便隨口承認了。

程靈素心下更怒，道：「三師姊你好不狠毒，二師哥如此待你，你竟跟大師哥同謀，害死了親夫、親兒。」姜小鐵中了慕容景岳的桃花瘴毒彈，姜鐵山本來能救，他既不救，多半是已先遭毒手，薛鵲又既忍心不救，那麼姜鐵山、姜小鐵父子之死，她雖非親自下手，卻也是同謀。程靈素從慕容景岳衝口而出的幾個字中，便猜知了這場人倫慘變的內情。

薛鵲急欲岔開話頭，說道：「小師妹，我師有意垂顧，那是你運氣。你還不快磕頭拜師？」程靈素道：「我若不拜師，便要和二師哥一樣了，是不是？」慕容景岳道：「那也未必盡然。你有福不享，別人又何苦勉強於你？只那部《藥王神篇》，你該交了出來。我師寬大為懷，你在掌門人大會中冒犯他老人家的過處，也可不加追究了。」

程靈素點頭道：「這話是不錯，但《藥王神篇》乃我師無嗔大師親手所撰，我師謙虛，將該書署名為「無嗔醫藥錄」，咱師兄妹三人既都改投石前輩門下，自當盡棄先師所授功夫，從頭學起。石前輩和先師門戶不同，必定各有所長，否則兩位也不會另拜明師，又有甚麼『有福不會享』、『是我的運氣』這些話了。那《藥王神篇》既已沒甚麼用處，小妹便燒了它吧！」說著從衣包中取出一本黃紙的手抄本來，晃亮火摺，往冊子上點去。

石萬嗔初時聽她說要燒《藥王神篇》，心下暗笑：「這《藥王神篇》是無嗔賊禿畢生心血之所聚，你豈捨得燒了它？」待見她取出抄本和火摺，又想：「你這狡獪的小丫頭，明知你師兄、師姊定要搶奪《藥王神篇》，豈有不假造一本偽書來騙人的？在我面前裝模作樣，那不是班門弄斧麼？」因此雖見她點火燒書，只微笑不語，理也不理。待那抄本為熱氣所薰，翻揚開來，見紙質陳舊，抄本中的字跡宛然是無嗔的手跡，不由得吃了一驚，轉念便想：「啊喲不好！這丫頭多半已將書中文字記得爛熟，此書已於她無用，那可萬萬燒不得！」忙道：「住手！」呼的一掌劈去，一股疾風，登時將火摺撲熄了。

程靈素道：「咦，這個我可不懂了。石前輩的醫藥之術如勝過先師，此書要來何用？如不能勝過先師，又怎能收晚輩為弟子？」

慕容景岳道：「我們這位師父的使毒用藥，比之先師可高得太多了。但大海不擇細流，他山之石，可以攻玉。這部《藥王神篇》既花了先師畢生心血，吾師拿來翻閱翻閱，也可指出其中過誤與不足之處啊。」他是秀才出身，自有一番文謅謅的強辭奪理。

程靈素點頭道：「你學問越來越長進了。哼！兩個躲在門角落裏，一個鑽在床板底下，想要暗算胡大哥和我。石前輩，有一件事晚輩想要請教，若蒙指明迷津，晚輩雙手將《藥王神篇》獻上，並求前輩開恩，收錄晚輩為徒。」

石萬嗔知她問的必是一個刁鑽古怪的題目，自己未必能答，但見《藥王神篇》抓在她的手裏，她一舉手便能毀去，不願就此和她破臉，便道：「你要問我甚麼事？」

程靈素道：「貴州苗人有種『碧蠶毒蠱』……」石萬嗔聽到「碧蠶毒蠱」四字，臉色登時一變，只聽她續道：「將碧蠶毒蠱的蟲卵碾為粉末，置在衣服器皿之上，旁人不知而誤觸了，便中了蠱毒。這是苗人的三大蠱毒之一，是麼？」

石萬嗔點頭道：「不錯。小丫頭知道的事倒也不少。」

他從野人山來到中原，得知無嗔大師已死，無法報仇，便遷怒於他門人，要盡殺之而後快。不料慕容景岳爲人極無骨氣，一給石萬嗔制住便即哀求饒命，並說師父遺下一部《藥王神篇》，落入小師妹之手，願意拜他爲師，引他去奪取。石萬嗔雖恨無嗔大師切骨，但心中對他實大爲敬畏，聽說他有遺著，料想其中於使毒的功夫學問，必有無數寶貴之極的法門，當下便收了慕容景岳爲徒。其後又聽從他的挑撥，殺了姜鐵山父子，收錄薛鵲。石萬嗔和慕容景岳、姜鐵山、薛鵲三人都動過手，見他三人武功固屬平平，使毒的本領也跟他們師父相差極遠，聽說程靈素不過是個十七八歲的姑娘，更毫沒放在心上，料想只要見到了，那還不手到擒來？

在掌門人大會中著了她道兒，石萬嗔仍未服輸，只恨雙目受了「斷腸草」的損傷，眼力不濟，因而沒瞧出赤蠍粉和三蜈五蟆煙。但胡斐在會中所顯露的武功，卻令他頗爲忌憚。他暗暗跟隨在後，當胡斐和程靈素赴陶然亭之約時，師徒三人便躲入藥王廟後院。他三人的主旨是在奪取《藥王神篇》，見紅花會羣雄人多勢衆，一直隱藏在後院，不敢現身。直至胡程二人送別羣雄，又在溪畔飲食休息，他三人才藏身在馬春花房中，只待胡程二人進房，準擬一擊得手。那知程靈素極是精乖，在千鈞一髮之際及時警覺。

這時聽程靈素提到「碧蠶毒蠱」，他才大爲吃驚：「想不到這小丫頭如此了得，她同門的師兄師姊，可遠遠不及了。」便即全神戒備，已無絲毫輕敵之念。

程靈素又道：「碧蠶毒蠱的蟲卵粉末放在任何物件器皿之上，都無色無臭，旁人決計不易察覺。只不過毒粉不經血肉之軀，毒性不烈，有法可解，須經血肉沾傳，方得致命。世上事難兩全，人體一著毒粉，便有一層隱隱的碧綠之色。石前輩在馬姑娘的屍身置毒，倘若只放上她衣衫，倒不易瞧得出來，但爲了做到盡善盡美，卻連她臉上和手上都放置了。」

胡斐聽到這裏，才明白這走方郎中如此險毒，竟在馬春花的屍身上放置劇毒，自己和程靈素勢必搬動她屍體，自必中毒，罵道：「好惡賊，只怕你害人反而害己。」

石萬嗔搖動虎撐，嗆啷啷一陣響聲過去，說道：「小丫頭倒眞有點眼力，識得我的碧蠶毒蠱。漢人之中，除我之外，你是絕無僅有的第二人了，很好，有見識，有本事。你師兄師姊又怎及得上你？」程靈素道：「前輩謬讚。晚輩所不明白的是，先師遺著《藥王神篇》中說道，碧蠶毒蠱放在人體之上，若要不顯碧綠顏色，原不爲難，卻不知石前輩何以捨此法而不用？」

石萬嗔雙眉一揚，說道：「當眞胡說八道。苗人中便是放蠱的祖師，也無此法。你師父從未去過苗疆，知道甚麼？」程靈素道：「前輩既如此說，晚輩本來非信不可，但先師遺著之中，確是傳下一法。卻不知是前輩對呢，還是先師對。」石萬嗔道：「是甚麼法子，你倒說來聽聽。」程靈素道：「晚輩說了，前輩定然不信。是對是錯。一試便知。」石萬嗔道：「如何試法？」

程靈素道：「前輩取出碧蠶毒蠱，下在人手之上，晚輩以先師之法取藥混入，且瞧有無碧綠顏色。」石萬嗔一生鑽研毒藥，聽說有此妙法，將信將疑之餘，確是亟欲一知眞僞，便道：「放在誰的手上作試？」程靈素道：「自是由前輩指定。」

石萬嗔心想：「要放在你的手上，你當然不肯。下在那氣勢虎虎的少年手上，那也不用提起。」微一沉吟，向慕容景岳道：「伸左手出來！」慕容景岳跳起身來，叫道：「這……這……師父，別上這丫頭的當！」石萬嗔沉著臉道：「伸左手出來！」

慕容景岳見師父神色嚴峻，原不敢抗拒，但想那碧蠶毒蠱何等厲害，稍一沾身，便算師父給解藥治愈，不致送命，可是這番受罪，卻定然難當無比。他一隻左手只伸出尺許，立即又顫抖著縮了回去。石萬嗔冷笑道：「好吧，你不從師命，那也由你。」慕容景岳聽到「不從師命」四字，臉色更加蒼白，他拜師時曾立下重誓，倘若違背師命，甘受懲處。他們這種人每日裏和毒藥毒物爲伍，「懲處」兩字說來輕描淡寫，其實中間所包含的慘酷殘忍之處，令人一想到便不寒而慄。

他正待伸手出去，薛鵲忽道：「師父，我來試好了。」坦然伸出了左手。石萬嗔道：「偏不要你！瞧他男子漢大丈夫，有沒這膽子。」

慕容景岳道：「我又不是害怕。我只想這小師妹詭計多端，定然不安好心，犯不著上她的當。」程靈素點頭道：「大師哥果然厲害得緊。從前跟著先師的時候，先師每件事都要受你的氣，眼下拜了位新師父，仍是徒兒強過了師父。」

石萬嗔明知她這番話是挑撥離間，還是冷冷的向慕容景岳橫了一眼。慕容景岳給他這一眼瞧得心中發毛，只得伸出左手。

石萬嗔從懷中取出一隻黃金小盒，輕輕揭開，盒中有三條通體碧綠的小蠶，蠕蠕而動。他用一隻黃金小匙在盒中挑了些綠粉，放在慕容景岳掌心。慕容景岳一條左臂顫抖得更加厲害，臉上盡是又怕又怒、又驚又恨的神色，面頰肌肉不住跳動，眼光中流露出野獸般的光芒，似要擇人而噬。

胡斐心想：「二妹這一著棋，不管如何，總是在他們師徒之間伏了深仇大恨。這慕容景岳日後一有機會，定要向他師父報復今日之仇。」

只見綠粉一放上掌心，片刻間便透入肌膚，無影無蹤，但掌心中隱隱留著一層青氣，似乎揉捏過青草、樹葉一般。

石萬嗔道：「小妞兒，且瞧你的，有甚麼法子叫他掌心不顯青綠之色。」

程靈素不去理他，卻轉頭向胡斐道：「大哥，那日在洞庭湖畔白馬寺我和你初次相見，曾和你約法三章，你可還記得麼？」胡斐道：「記得。」心想：「那日她叫我不可說話，不可跟人動武，不可離開她三步之外，可是這三件事，我一件也沒做到。」程靈素道：「記得就好了，今日你仍當依著這三件事做，千萬不能再忘了。」胡斐點了點頭。

程靈素道：「石前輩，你身邊定有鶴頂紅和孔雀膽吧？這兩項藥物和碧蠶毒蠱既相剋而又相輔。你若不信，請看先師的遺著。」說著翻開那本黃紙小册，送到石萬嗔眼前。石萬嗔看去，果見有一行字寫著：「鶴頂紅、孔雀膽二物，和碧蠶卵混用，無色無臭，唯見效較緩。」他想再看下去，程靈素卻將書合上了。

石萬嗔心想：「無嗔賊禿果是博學，這可須得一試眞僞，倘若所言不錯，那麼這本《藥王神篇》也非假書了。」他畢生鑽研毒藥。近二十年來更加廢寢忘食的用功，以求勝過師兄，實已跡近瘋狂，此時見到這本殘舊的黃紙抄本，只覺便天下所有珍寶聚在一起，亦無如此貴重。他天性殘忍涼薄，和慕容景岳相互利用，本來就無絲毫師徒之情，又想這番在他掌心試置碧蠶毒蠱之後，他日後一有機會，定會反噬，當下全不計及三種劇毒藥物放在一起，事後如何化解，右手食指的指甲一彈，一陣殷紅色的薄霧散入慕容景岳掌心，跟著中指的指甲一彈，又有一片紫黑色薄霧散入他掌心。

程靈素見他不必從懷中探取藥瓶，指甲輕彈，隨手便能將所需毒藥放出，手腳之靈便快捷，尙在自己之上，不禁暗暗驚佩，凝神看他身上，瞧出了其中玄妙。原來他一條腰帶縫成一格格的小格，匝腰一周，不下七八十格，每一格中各藏藥粉。他練得熟了，手掌一伸，指甲中已挑了所需的藥粉。練到這般神不知鬼不覺的地步，眞不知花了多少功夫，如此一舉手便彈出毒粉，對方怎能防備躱避？

那鶴頂紅和孔雀膽兩種藥粉這般散入慕容景岳掌心，當眞如迅雷不及掩耳，那容他有縮手餘地？慕容景岳本已立下心意，決不容這兩種劇毒的毒物再沾自己肌膚，拚著和石萬嗔破臉，也要抗拒，眼見他對自己如此狠毒，寧可向小師妹屈服，師兄妹三人聯手，也勝於此後受他無窮無盡的折磨。那知石萬嗔下毒的手法快如電閃，慕容景岳念頭尚未轉完，兩般劇毒已沾掌心。

但見一紅一紫的薄霧片刻間便即滲入肌膚，手掌心原有那層隱隱的青綠之色，果然登時不見，已跟平常的肌膚毫無分別。

石萬嗔歡叫一聲：「好！」伸手往程靈素手中的《藥王神篇》抓來。程靈素竟不退縮，只微微一笑。石萬嗔手指將和書皮相碰，突然想起：「這丫頭是那賊禿的關門弟子，書上怎能不藏機關？」急忙縮手，心中暗罵：「老石啊老石！你如膽敢小覷了這丫頭，便有十條性命，也要送在她手裏了。」

慕容景岳掌心一陣麻一陣癢，這陣麻癢直傳入心裏，便似有千萬隻螞蟻同時在咬嚙心臟一般，顫聲叫道：「小師妹，快取解藥給我。」程靈素奇道：「咦，慕容先生，你怎會忘了先師的叮囑？本門中人不能放蠱，又有九種沒解藥的毒藥決不能用。」

慕容景岳背上登時出了一陣冷汗，說道：「鶴頂紅，孔……孔……雀膽屬於九大禁藥，你……你怎地用在我身上？這……這不是違背先師的訓誨麼？」

程靈素冷冷的道：「慕容先生居然還記得先師，居然還記得不可違背先師的訓誨，當眞大出小妹的意料之外。碧蠶毒蠱是我放在你身上的麼？鶴頂紅和孔雀膽，是我放在你身上的麼？先師諄諄囑咐咱們，即令遇上生死關頭，也決不可使用不能解救的毒藥，這是本門的第一大戒。石前輩和慕容先生、薛姊姊都已脫離本門，這些戒條，自然不必遵守了。小妹可萬萬不敢忘記啊。」

慕容景岳伸右手抓緊左手脈門，阻止毒氣上行，滿頭冷汗，已說不出話來。薛鵲右手一翻，伸短刀在慕容景岳左手心中割了兩個交叉的十字，圖使毒性隨血外流，明知這法子解救不得，卻也可使毒性稍減，忙問：「小師妹，師父的遺著上怎麼說？他老人家既傳下了這三種毒物共使的法子，定然也有解救之道。」

程靈素道：「薛姊姊所說的『師父』，是指那一位？是小妹的師父無嗔大師呢，還是你們賢夫婦的師父石前輩？」薛鵲聽她辭鋒咄咄逼人，心中怒極毒罵，但丈夫的性命危在頃刻，此時有求於她，口頭只得屈服，說道：「是愚夫婦該死，還望小師妹念在昔日同門之情，瞧在先師無嗔大師的面上，高抬貴手，救他一命。」

程靈素翻開《藥王神篇》，指著兩行字道：「薛姊姊請看，此事須怪不得我。」

薛鵲順著她手指看去，只見册上寫道：「碧蠶毒蠱和鶴頂紅、孔雀膽混用，劇毒入心，無藥可治，戒之戒之。」薛鵲大怒，轉頭向石萬嗔道：「師父，書上明明寫著，這

情卻已聲色俱厲。三種毒藥混用，無藥可治，你卻如何在景岳身上試用？」她雖口稱「師父」，說話的神

《藥王神篇》上這兩行字，石萬嗔其實並沒瞧見，但即使看到了，他也決不致因此而稍有顧忌，這時聽薛鵲厲聲責問，如何肯自承不知，丟這個大臉？只道：「將那書給我瞧瞧，看其中還有甚麼古怪？」

薛鵲怒極，心知再有猶豫，丈夫性命不保，短刀一揮，將慕容景岳的左臂齊肩斬斷。她知那三種毒藥厲害無比，雖自掌心滲入，但這時毒性上行，單是割去手掌已然無用，幸好三藥混用，發作較慢，同時他掌心並無傷口，毒藥並非流入血脈，割去一條手臂，暫時保住了性命，否則必已毒發身亡。薛鵲是無嗔大師之徒，自有她一套止血療傷的本領，片刻間在慕容景岳的傷口上敷藥止血，包紮妥善，手法乾淨利落。

程靈素道：「慕容先生，薛姊姊，非是我有意陷害於你。你兩位背叛師門，改拜師父的仇人爲師，本已罪無可恕，加之害死二師哥父子二人，當眞天人共憤。眼下本門傳人，只小妹一人，兩位叛師的罪行，若不是小妹手加懲戒，難道任由師父一世英名，身後反而栽在他仇人和徒兒的手中？二師哥父子慘遭橫死，若不是小妹出來主持公道，難道任由他二人永遠含冤九泉？」

她身形瘦弱，年紀幼小，但這番話侃侃而言，說來凜然生威。

胡斐聽得暗暗點頭，心想：「這兩人卑鄙狠毒，早該殺了。」只聽她又道：「慕容先生一臂雖去，毒氣已然攻心，一月之內，仍當毒發不治。兩位已叛出本門，遭人毒手，本與小妹無關，只是瞧在先師的份上，這裏有三粒『生生造化丹』，是師父以數年心血製煉而成，小妹代先師賜你，每一粒可延你三年壽命。你服食之後，盼你記著先師的恩德，還請捫心自問：到底是你原來的師父待你好，還是新拜的師父待你好？」說著從懷中取出三粒紅色藥丸，托在手裏。

薛鵲正要伸手接過，石萬嗔冷笑道：「手臂都已砍斷，還怕甚麼毒氣攻心？這三粒『死死索命丹』一服下肚，那才是毒氣攻心呢。」

程靈素道：「兩位倘若相信新師父的話，那麼這三粒丹藥原也用不著了。」說罷便要收入懷中。慕容景岳急道：「不！小師妹，請你給我。」薛鵲道：「多謝小師妹，從今而後，我二人改過自新，重新做人。」低頭走到程靈素身前，取過三枚丹藥，突然身形一晃，怒喝：「石萬嗔，你好毒的……」一句話未說完，俯身摔倒在地。

程靈素和胡斐都大吃一驚，沒見石萬嗔有何動彈，怎地已下了毒手？程靈素彎下腰來，翻過薛鵲身子，要看她如何受害，是否有救，剛將她身子扳轉，突然右手手腕一緊，已給她左手抓住。程靈素立知不妙，左手待要往她頭頂拍落，但右手脈門為她抓住，全身酸麻，已使不出力氣。薛鵲右手握著短刀，刀尖抵在程靈素胸口，喝道：「將

《藥王神篇》放下！」程靈素一念之仁，竟致受制，只得將《藥王神篇》摔在地下。

胡斐待要上前相救，但見薛鵲的刀尖抵正了程靈素心口，只要輕輕向前一送，立時沒命，心中雖急，卻不敢動手。薛鵲緊緊抓著程靈素手腕，說道：「師父，弟子助你奪到《藥王神篇》，請你將碧蠶毒蠱、鶴頂紅、孔雀膽三種藥物，放在這小賤人的掌心，瞧她是不是也救不了自己性命。」

石萬嗔笑道：「好徒兒，好徒兒，這法子當眞高明。」取出金盒，用金匙挑了碧蠶毒蠱，兩枚指甲中藏了鶴頂紅和孔雀膽的毒粉，便要往程靈素掌心放落。

慕容景岳重傷之後，雖搖搖欲倒，卻知這是千鈞一髮的機會，只要程靈素掌心也受了這三種毒藥，她若有解藥，勢須取出自療，自己便可奪而先用，就算眞的沒有解藥，也是報了適才之仇，叫她作法自斃，當下奮力攔在胡斐身前，防他阻撓石萬嗔下毒。

胡斐正當無法可施之際，突見慕容景岳搶在身前，左手呼的一拳，便往他面門擊去。慕容景岳抬右手招架，胡斐此時情急拚命，那容他有還招餘地，左手拳尚未打實，右手掌出如風，無聲息的推在他胸口。這一掌雖無聲響，力道卻是奇重，慕容景岳噴出一大口鮮血，身子直向薛鵲撞去。薛鵲遭這股大力急撞，登時摔倒，但左手仍牢牢抓住程靈素的手腕不放。

胡斐縱身上前，在薛鵲的駝背上重重一腳，薛鵲口噴鮮血，手上無力，只得鬆開程靈素手腕。薛鵲手掌剛給震開，石萬嗔的手爪已然抓到。胡斐怕他手中毒藥碰到程靈素身子，右手急掠，往他肩頭力推。石萬嗔反掌擒拿，向他右手抓來。

程靈素急叫：「快退！」胡斐若施展小擒拿手中的「九曲折骨法」，原可將石萬嗔五根指頭立時扭斷，但他指上帶有劇毒，如何敢碰？急忙後躍而避，石萬嗔一抓不中，順手將金匙擲出，跟著手指連彈，毒粉化作煙霧，噴上了胡斐手背。

胡斐不知自己已然中毒，但想這三人奸險狠毒無比，立心斃之於當場，單刀揮出，白光閃閃，全是進手招數。石萬嗔虎撐未及招架，只覺左手上一涼，三根手指已給削斷。他又驚又怕，右手又彈出一陣煙霧。程靈素驚叫：「大哥，退後！」胡斐不退反進，生怕程靈素遭難，搶過擋在她身前。眼見石萬嗔等三人一齊逃出廟外。

程靈素握著胡斐的手，心如刀割，自己雖得脫大難，可是胡斐爲了相救自己，手背上已沾上了碧蠶毒蠱、鶴頂紅、孔雀膽三項劇毒。《藥王神篇》上說得明明白白：「劇毒入心，無藥可治。」

難道揮刀立刻將他右手砍斷，再讓他服食「生生造化丹」，延續九年性命？過得這九年後，再服「生生造化丹」便也無效了。

他是自己在這世界上唯一親人，和他相處了這些日子之後，在她心底，早已將他的一切瞧得比自己重要得多。這樣好的人，難道便只再活九年？

程靈素念頭一轉，便打定了主意，取出一顆白色藥丸，放入胡斐口中，顫聲道：「快吞下！」胡斐依言嚥落，心神甫定，想起適才的驚險，猶是心有餘怖，說道：「好險，好險！」見那《藥王神篇》掉在地下，一陣秋風過去，吹得書頁不住翻轉，說道：「可惜沒殺了這三個惡賊！幸好他們也沒將你的書搶去。二妹，倘若你手上沾了這三種毒藥，那可怎麼辦？」

程靈素柔腸寸斷，眞想放聲痛哭，卻哭不出來。

胡斐見她臉色蒼白，柔聲道：「二妹，你累啦，快歇一歇吧！」程靈素聽到他溫柔體貼的說話，更說不出的傷心，哽咽道：「我……我……」

胡斐忽覺右手手背略感痲癢，正要伸左手去搔，程靈素一把抓住了他左手手腕，顫聲道：「別動！」胡斐覺她手掌冰涼，奇道：「怎麼？」突然間眼前一黑，仰天摔倒。

胡斐這一交倒在地下，再也動彈不得，可是神智卻極清明，只覺右手手背上一陣痲，一陣癢，越來越厲害，驚問：「我也中了那三大劇毒麼？」

程靈素撲在他身上，淚水如珍珠斷線般順著面頰流下，撲簌簌的滴在胡斐衣上，緩緩點了點頭。胡斐見此情景，不禁涼了半截，暗想：「她這般難過，我身上所中劇毒，定然無法救治了。」剎時之間，心頭湧上了許多往事：商家堡和趙半山結拜、佛山鎮北帝廟的慘劇、瀟湘道上結識袁紫衣、洞庭湖畔相遇程靈素，以及掌門人大會、紅花會羣雄、石萬嗔……這一切都過去了，過去了……

他只覺全身漸漸僵硬，手指和腳趾都寒冷徹骨，說道：「二妹，生死有命，你不必難過。只可惜你一個人孤苦伶仃，大哥再也不能照料你了。那金面佛苗人鳳雖是我的殺父之仇，但他慷慨豪邁，實是個鐵錚錚的好漢子。我……我死之後，你去投奔他吧，要不然……」說到這裏，舌頭大了起來，言語模糊不清，終於再也說不出來了。

程靈素跪在他身旁，低聲道：「大哥，你別害怕，你雖中三種劇毒，但我有解救之法。你不會動彈，不會說話，那是服了那顆麻藥藥丸的緣故。」胡斐聽了大喜，眼睛登時發亮。

程靈素取出一枚金針，刺破他右手手背上的血管，將口就上，用力吮吸。胡斐大吃一驚，心想：「毒血吸入你口，不是連你也沾上了劇毒麼？」可是四肢寒氣逐步上移，全身再也不聽使喚，那裏掙扎得了。

程靈素吸一口毒血，便吐在地下，若是尋常毒藥，她可以用手指按捺，從空心金針中吸出毒質，便如替苗人鳳治眼一般，但碧蠶毒蠱、鶴頂紅、孔雀膽三大劇毒入體，又豈是此法所能奏效？她直吸了四十多口，眼見吸出來的血液已全呈鮮紅之色，這才放心，吁了一口長氣，柔聲道：「大哥，你和我都很可憐。你心裏喜歡袁姑娘，那知道她卻出家做了尼姑……我……我心裏……」

她慢慢站起身來，柔情無限的瞧著胡斐，從藥囊中取出兩種藥粉，替他敷在手背，又取出一粒黃色藥丸，塞在他口中，低低的道：「我師父說中了這三種劇毒，無藥可治，因爲他只道世上沒一個醫生，肯不要自己的性命來救活病人。大哥，他決計想不到我……我會待你這樣……」

胡斐只想張口大叫：「我不要你這樣，不要你這樣！」但除了眼光中流露出反對的神色之外，委實無法示意。

程靈素打開包裹，取出圓性送給她的那隻玉鳳，淒然瞧了一會，用一塊手帕包了，放入胡斐懷裏。再取出一枝蠟燭，插在神像前的燭台上，一轉念間，從包中另取一枝燭身較細的蠟燭，拗去半截，晃火摺點燃了，放在後院天井中，讓蠟燭燒了一會，再取回來放在燭台旁，另取一枝新燭插上燭台。她又從懷裏取出一顆黃色藥丸，餵在胡斐嘴裏。

胡斐瞧著她這般細心佈置，不知是何用意，只聽她道：「大哥，有一件事我本來不想跟你說，以免惹起你傷心。現下咱們要分手了，不得不說。在掌門人大會之中，我那狠毒的師叔和田歸農相遇之時，你可瞧出蹊蹺來麼？他二人是早就相識的。田歸農用來毒瞎苗大俠眼睛的斷腸草，定是石萬嗔給的。你爹爹所以中毒，刀上毒藥多半也是石萬嗔配製的。」胡斐登時心中雪亮，只想大叫：「不錯！」

程靈素道：「你爹爹媽媽去世之時，我尚未出生，我那幾個師兄、師姊，也年紀尚小，未曾投師學藝。那時候當世擅於用毒之人，只先師和石萬嗔二人。苗大俠疑心毒藥是我師父給的，因之跟他失和動手，我師父既然說不是，當然不是了。我雖疑心這個師叔，可是並無佐證，本來想慢慢查明白了，如果是他，再設法爲你報仇。今日事已如此，不管怎樣，總之是要殺了他……」說到這裏，體內毒性發作，身子搖晃了幾下，摔在胡斐身邊。

胡斐見她慢慢合上眼睛，口角邊流出一條血絲，眞如是萬把鋼錐在心中攢刺一般，只想緊緊抱住她，張口大叫：「二妹，二妹！」但便如深夜夢魘，不論如何大呼大號，總是喊不出半點聲息，心裏雖然明白，卻連一根小指頭兒也轉動不得。

便是這樣，胡斐並肩和程靈素的屍身躺在地下，從上午挨到下午，又從下午挨到黃昏。那碧蠶毒蠱、鶴頂紅、孔雀膽三大劇毒的毒性何等厲害，雖然程靈素爲他吸出了毒血，但毒藥已侵入過身體，全身肌肉僵硬，非等到一日一夜之後，不能動彈。這幾個時辰中他心中之苦，眞不是常人所能想像。

眼見天色漸漸黑了下來，他身子兀自不能轉動，只知程靈素躺在自己身旁，可是想轉頭去瞧她一眼，卻也不能。

又過了兩個多時辰，只聽得遠處樹林中傳來一聲聲梟鳴，突然之間，幾個人的腳步聲悄悄到了廟外。只聽得一人低聲道：「薛鵲，你進去瞧瞧。」正是石萬嗔的聲音。

胡斐暗叫：「罷了，罷了！我一動也不能動，只有靜待宰割的份兒。二妹啊二妹，你爲了救我性命，給我服下麻藥，可是藥性太烈，不知何時方消，此刻敵人轉頭又來，我還是要跟你同赴黃泉。雖死不足惜，但這番大仇，卻再難得報了。」其實此時麻藥的藥性早退，他所以肌肉僵硬如屍，全因三大劇毒之故。

只聽得薛鵲輕輕閃身進來，躲在門後，向內張望。她不敢晃亮火摺，黑暗中卻又瞧不見甚麼，側耳傾聽，寂無聲息，便回出廟門，向石萬嗔說了。

石萬嗔點頭道：「那小子手背上給我彈上了三大劇毒，這當兒不是命赴陰曹，便是一條手臂齊肩切了下來。賸下那小丫頭一人，何足道哉！就怕兩個小鬼早逃得遠了。」他話是這麼說，仍不敢托大，取出虎撑嗆啷啷的搖動，護住前胸，這才緩步走進廟門。

走到殿上，黑暗中只見兩個人躺在地下，他不敢便此走近，拾起一粒石子向兩人投去，只見兩人仍一動不動，晃亮火摺看時，見地下那兩人正是胡斐和程靈素。眼見兩人全身僵直，顯已死去多時。石萬嗔大喜，一探程靈素鼻息，早已顏面冰冷，沒了氣息，再伸手去探胡斐鼻息時，胡斐雙目緊閉，凝住呼吸。

石萬嗔不敢有絲毫大意，只覺他顏面微溫，並未死透，取出一根金針，在程胡兩人手心中各自刺了一下，他們如喬裝假死，這麼一刺，手掌非顫動不可。程靈素貞的已死，胡斐肌肉尙僵，金針雖刺入他掌心知覺最銳敏之處，仍全無反應。

慕容景岳恨恨的道：「這丫頭吮吸情郎手背的毒藥，豈不知情郎沒救活，連帶送了自己性命。」

石萬嗔急於找那册《藥王神篇》，見火摺將要燒盡，便湊到燭台上去點蠟燭。火燄剛和燭芯相碰，心念一動：「這枝蠟燭沒點過，說不定有甚麼古怪。」見燭台下放著半截點過的蠟燭，心想：「這半截蠟燭是點過的，定然無妨。」拔下燭台上那枝沒點過的蠟燭，換上半截殘燭，用火摺點燃了。

燭光一亮，三人同時看到了地下的《藥王神篇》，齊聲喜呼。石萬嗔撕下一塊衣襟，墊在手上，這才隔著布料將册子拾起。湊到燭火旁翻動書頁，只見密密寫著一行行蠅頭小楷，果然是諸般醫術和藥性，但略一檢視，其中治病救傷的醫道佔了九成以上。說到毒藥之時，也多爲闡述解毒救治，至於如何煉毒施毒，以及諸般種植毒草、培養毒蟲之法，卻說得極爲簡略。原來無嗔大師晚年深悔一生用毒太多，以致在江湖上得了個「毒手藥王」的名號，是以傳給弟子的遺書，名爲《無嗔醫藥錄》，乃是一部濟世救人的醫書藥書。

石萬嗔、慕容景岳、薛鵲三人處心積慮想要劫奪到手的，原想是一部包羅萬有、神奇奧妙的「毒經」，此時一看，竟是一部醫書，縱然其中所載醫術精深，於他卻全無用處，石萬嗔自大失所望。

他凝思片刻，對薛鵲道：「你搜搜那死丫頭的身邊，是否另有別的書冊。這一部只是醫書，沒甚麼用。」說著隨手扔在神枱之上。薛鵲細搜程靈素的衣衫和包裹，說道：「沒有。」

慕容景岳猛地想起一事，道：「我那師父善寫隱形字體，莫非……」這句話一出口，登時好生後悔，暗想：「該死！該死！我何必說了出來？任他以為此書無用，我撿回去細細探索，豈不是好？」但石萬嗔何等機伶，立時醒悟，說道：「不錯！」又揀起那部《藥王神篇》。

一轉身間，只見慕容景岳和薛鵲雙膝漸漸彎曲，身子軟了下來，臉上似笑非笑，神情詭異。石萬嗔大吃一驚，叫道：「怎麼啦？七心海棠，七心海棠？難道死丫頭種成了七心海棠？景岳與薛鵲怎不向我稟告？這兩個傢伙，唉！這……這蠟燭……」

腦海中猶如電光一閃，想起了少年時和無嗔同門學藝時的情景：

一天晚上，師父講到天下的毒物之王，他說鶴頂紅、孔雀膽、墨蛛汁、腐肉膏、彩虹菌、碧蠶卵、蝮蛇涎、番木鱉、白薯芽等等，都還不是最厲害的毒物，最可怕的是七心海棠。這毒物無色無臭，無影無蹤，再精明細心的人也防備不了，不知不覺之間，已中毒而死。死者臉上始終帶著微笑，似乎十分平安喜樂。師父曾從海外得了這七心海棠的種子，可是不論用甚麼方法，都種它不活。那天晚上，師兄和他自己都向師父討了九粒七心海棠的種子。師父微笑道：「幸好這七心海棠難以培植，否則世上還有誰得能平安。」

瞧慕容景岳和薛鵲的情狀，正是中了七心海棠之毒，他立即屏住呼吸，伸手按住口鼻，正想細察毒從何來，突然間眼前漆黑一片，再也瞧不見甚麼了。一瞬之間，他還道是蠟燭熄滅，但隨即發覺，卻是自己雙眼陡然間再度失明。驚惶之中，失手將《藥王神篇》拋落在地。

「七心海棠！七心海棠！」他知道幸虧在進廟之前，口中先含了化解百毒的丹藥，七心海棠的毒性一時才不致侵入臟腑，但雙目曾經受損，已先抵受不住，竟然又盲了。

胡斐事先卻曾得程靈素餵了抵禦七心海棠毒性的黃丸解藥，雙目無恙，一切看得清清楚楚，眼見慕容景岳和薛鵲慢慢軟倒，眼見石萬嗔雙手在空中亂抓亂撲，大叫：「七心海棠，七心海棠！」衝出廟去。只聽他淒厲的叫聲漸漸遠去，靜夜之中，雖然隔了良久，還聽得他的叫聲隱隱從曠野間傳來，有如發狂的野獸嗥叫：「七心海棠！七心海棠！」

胡斐身旁躺著三具屍首，一個是他義結金蘭的小妹子程靈素，兩個是他義妹的對頭、背叛師門的師兄師姐。破廟中一枝黯淡的蠟燭，隨風搖曳，忽明忽暗，他身上說不出的寒冷，心中說不出的淒涼。

終於蠟燭點到了盡頭，忽地一亮，火燄吐紅，一聲輕響，破廟中漆黑一團。

胡斐心想：「我二妹便如這蠟燭一樣，點到了盡頭，再也不能發出光亮了。她一切全算到了，料得石萬嗔他們一定還要再來，料到他小心謹慎不敢點新蠟燭，便將那枚混有七心海棠花粉的蠟燭先行拗去半截，誘他上鉤。她早死了，在死後還是殺了兩個仇人。她一生沒害過一個人的性命，她雖是毒手藥王的弟子，生平卻從未殺過人。她是在自己死了之後，再來清理師父門戶，再來殺死這兩個狼心狗肺的師兄師姊。

「她沒跟我說自己的身世，我不知她父親母親是怎樣的人，不知她為甚麼要跟無嗔大師學這一身可驚可怖的本事。我常向她說我自己的事，她總是關切的聽著。我多想聽她說說她自己的事，可是從今以後，再也聽不到了。

「二妹總是處處想到我，處處為我打算。我有甚麼好，值得她對我這樣？值得她用自己的性命，來換我的性命？其實，她根本不必這樣，只須割了我的手臂，用他師父的丹藥，讓我在這世界上再活九年。九年的時光，那已足夠了！我們一起快快樂樂的渡過九年，就算她要陪著我死，那時候再死不好麼？」

忽然想起：「我說『快快樂樂』，這九年之中，我是不是真的會快快樂樂？二妹知道我一直喜歡袁姑娘，雖然發覺她是個尼姑，但思念之情，並不稍減。那麼她今日寧可一死，是不是為此呢？」

在那無邊無際的黑暗之中，心中思潮起伏，想起了許許多多事情。程靈素的一言一語，一顰一笑，當時漫不在意，此刻追憶起來，其中所含的柔情密意，才清清楚楚的顯現出來。

小妹子對情郎——恩情深，
你莫負了妹子——一段情，
你見了她面時——要待她好，
你不見她面時——天天要十七八遍掛在心！

王鐵匠那首情歌，似乎又在耳邊纏繞，「我要待她好，可是……可是……她已經死了。她活著的時候，我沒待她好，我天天十七八遍掛在心上的，是另一個姑娘。」

天漸漸亮了，陽光從窗中射進來照在身上，胡斐卻只感到寒冷，寒冷……

終於，他覺到身上的肌肉柔軟起來，手臂可以微微抬一下了，大腿可以動一下了。他雙手撐地，慢慢站起，深情無限的望著程靈素。突然之間，胸中熱血沸騰。「我活在這世上還有甚麼意思？二妹對我這麼多情，我卻如此薄倖的待她！不如跟她一齊死了！」

但一瞥眼看到慕容景岳和薛鵲的屍身，立時想起：「爹娘的大仇還沒報，害死二妹的石萬嗔還活在世上。我這麼輕生一死，甚麼都撒手不管，豈是大丈夫的行徑？」

卻原來，程靈素在臨死之時，這件事也料到了。她將七心海棠蠟燭換了一枝細身的，毒藥份量較輕的，她不要石萬嗔當場便死，要胡斐慢慢的去找他報仇。石萬嗔眼睛瞎了，胡斐便永遠不會再吃他虧。她臨死時對胡斐說道，害死他父母的毒藥，多半是石萬嗔配製的。那或許是實情，或許只是猜測，但這足夠叫他記著父母之仇，使他不致於一時衝動，自殺殉情。

她甚麼都料到了，只是，她有一件事沒料到。胡斐還是沒遵照她的約法三章，在她危急之際，仍出手和敵人動武，終致身中劇毒。

又或許，這也是在她意料之中。她知道胡斐並沒愛她，更沒有像自己愛他一般深切的愛著自己，但他仁厚俠義，眞心待自己好，自己遭到危難之時，他必不顧性命的來救。不如就這樣了結。用情郎身上的毒血，毒死了自己，救了情郎的性命。

很淒涼，很傷心，可是乾淨利落，一了百了，那正不愧爲「毒手藥王」的弟子，不愧爲天下第一毒物「七心海棠」的主人。

少女的心事本來是極難捉摸的，像程靈素那樣的少女，更加永遠沒人能猜得透到底她心中在想些甚麼。

突然之間，胡斐明白了一件事：「爲甚麼前天晚上在陶然亭畔，陳總舵主祭奠墓中那個姑娘時，竟哭得那麼傷心？」原來，當你想到最親愛的人永遠不能再見面時，不由得你不哭，不由得你不哭得這麼傷心。

他將程靈素和馬春花的屍身搬到破廟後院。心想：「兩人的屍身上都沾著劇毒，須得小心，別沾上了。我還沒報仇，可死不得！」生起柴火，分別將兩人火化了。他心中空空洞洞，似乎自己的身子也隨著火燄成煙成灰，隨手在地下掘了個大坑，把慕容景岳和薛鵲夫婦葬了。

眼見日光西斜，程靈素和馬春花屍骨成灰，在廟中找了兩個小小瓦罈，將兩人的骨灰分別收入罈內，心想：「我去將二妹的骨灰葬在我爹娘墳旁，她雖不是我親妹子，但她如此待我，豈不比親骨肉還親麼？馬姑娘的骨灰，要帶去湖北廣水，葬在徐大哥墓旁。」

回到廂房，見程靈素的衣服包裹兀自放在桌上，凝目良久，忍不住又掉下淚來。隔了半晌，這才伸手收拾，見到包中有幾件易容改裝的用具，膠水假鬚，一概具備，心想：「我若坦然以本來面目示人，走不上一天，便會遇上福康安派出來追捕的鷹爪，雖然不怕，但一路鬥將過去，如何了局？」於是臉上搽了易容藥水，黏上三綹長鬚，將兩隻骨灰罈連同那本《藥王神篇》包入包裹，負在背上，揚長出廟。

他一路向南追蹤石萬嗔。

這日中午，在陳官屯一家飯鋪中打尖，剛坐定不久，只聽得靴聲橐橐，走進四名武官。領先一人瘦長身材，正是鷹爪雁行門的曾鐵鷗。胡斐微微一驚，側過了頭，自己雖已喬裝改扮，他未必認得出來，但此人甚爲精明，說不定會給他瞧出破綻。

飯鋪中的店小二手忙腳亂，張羅著侍候四位武官。

胡斐心想：「這四人出京南下，多半和我的事有關，倒要聽他們說些甚麼。」可是曾鐵鷗等四人風花雪月，儘說些沒要緊之事，只聽得他好生納悶。

便在此時，忽聽得店外青石板上篤篤聲響，有個盲人以杖探地，慢慢進來。

那人一進飯鋪，胡斐心中怦怦亂跳，這幾日來他一路打探石萬嗔的蹤跡，追尋而來，心知和他相距已經不遠，此人盲了雙眼，行走不快，遲早終須追上，不料竟在這小鎮上的飯店中狹路相逢。只見他衣衫襤褸，面目憔悴，左手兀自搖著那隻走方郎中所用的虎撐。

他摸索到一張方桌，再摸到桌邊的板櫈，慢慢坐下，說道：「店家，先打一角酒來。」店小二見他是個乞兒模樣，沒好氣的問道：「你要喝酒，有錢沒有？」石萬嗔從懷中取出一錠銀子，放在桌上。店小二道：「好，我去打酒給你。」

石萬嗔一走進飯鋪，曾鐵鷗便向三個同伴大打手勢，示意要上前捉拿。那日掌門人大會之中，程靈素口噴毒煙，使得人人肚痛，羣豪疑心福康安在酒水中下毒，福康安等卻認定是這「毒手藥王」做了手腳。因此福康安派遣大批武官衛士南下，交代了三件要務：第一是追捕紅花會羣雄和胡斐、程靈素、馬春花一行人，奪回福康安的兩個兒子，這是第一件要事；第二是捉拿得悉重大陰私的湯沛及尼姑圓性；第三是捉拿拆散掌門人大會的「罪魁禍首」石萬嗔。

這時曾鐵鷗見石萬嗔雙目已盲，好生歡喜，但猶恐他是假裝，慢慢站起，說道：「店家，怎地你店裏桌椅這麼少？要找個座頭也沒有？」一面說，一面向店小二作手勢，命他不可作聲。另一名武官接口道：「張掌櫃的，今兒做甚麼生意到陳官屯來啊？」曾鐵鷗道：「還不是運米來麼？李掌櫃，你生意好？」那武官道：「好甚麼？左右混口飯吃罷啦。」兩人東拉西扯的說了幾句。曾鐵鷗道：「沒座位啦，咱們跟這位大夫搭個座頭。」說著便打橫坐在石萬嗔桌旁。

其實飯店中空位甚多，但石萬嗔並不起疑，對兩人也不加理睬。曾鐵鷗才知他是眞盲，膽子更加大了，向另外兩名武官招手道：「趙掌櫃，王掌櫃，一起過來喝兩盅吧，小弟作東。」那兩名武官道：「叨擾，叨擾！」也過來坐在石萬嗔身旁。

石萬嗔眼睛雖盲，耳音仍是極好，聽著曾鐵鷗等四人滿嘴北京官腔，並非本地口音，說的是做生意，但沒講得幾句，便露出了馬腳。他微一琢磨，已猜到了八九分，站起身來，說道：「店家，我今兒鬧肚子，不想吃喝啦，咱們回頭見。」曾鐵鷗按住他肩頭，笑道：「大夫你不忙，咱們喝幾杯再走。」石萬嗔知脫身不得，微微冷笑，便又坐下。一會兒酒菜端上來，曾鐵鷗斟了一杯酒，道：「大夫，我敬你一杯。」

石萬嗔道：「好好！」舉杯喝乾，道：「我也敬各位一杯。」右手提著酒壺，左手摸索四人的酒杯，給每人斟上一杯，斟酒之時，指甲輕彈，在各人酒杯中彈上了毒藥，手法便捷，誰也沒瞧出來。可是他號稱「毒手藥王」，曾鐵鷗雖沒見下毒，如何敢喝他所斟之酒，輕輕巧巧的，便將自己一杯酒和石萬嗔面前的一杯酒換過了。

這一招誰都看得分明，便只石萬嗔沒能瞧見。

胡斐心中嘆息：「你雙眼已盲，還在下毒害人，當眞是自作孽，不可活。我又何必再出手殺你？」

他站起身來，付了店帳。只聽曾鐵鷗笑道：「請啊，請啊，大家乾了這杯！」四名武官臉露奸笑，手中甚麼也沒有，一齊說道：「乾杯！」石萬嗔拿著他下了毒藥的一杯酒，嘴角邊露出一絲狡猾微笑，舉杯喝了。胡斐知他料定這四名武官轉眼便要毒發身亡，是以兀自還在得意，見到石萬嗔這般情狀，心中忽生憐憫，大踏步走出了飯店。

數日之後，胡斐到了滄州鄉下父母的墳地。當他幼時，每逢清明，平四叔往往便帶他前來掃墓。兩年前他又曾伴同平四叔來過一次。每次到這地方，他總要在父母墓前呆呆坐上幾天，想著各種各樣事情：如果爹爹媽媽這時還活著……如果他們瞧見我長得這麼高大了……如果爹爹見我這麼使刀，不知會不會指點我幾下……

這日他來到墓地時，天色已經向晚，遠遠瞧見一個穿淡藍衫子的女人，一動不動的站在他父母墓旁。這塊墓地中沒別的墳墓，「難道這女子竟和我父母相識？」

他心中大奇，慢慢走近，只見那女子是個相貌極美的中年婦人，一張瓜子臉兒，秀麗出衆，只臉色過於蒼白，白得沒半點血色。

她見胡斐走來，也微感訝異，抬起了頭瞧著他。

這時胡斐離北京已遠，途中不遇追騎，喬裝麻煩，已回復了本來面目，但風塵僕僕，滿身都是泥灰。那女子見是個不相識的少年，也不在意，轉過了頭去。

這麼一轉頭，胡斐卻認了她出來──她是當年跟著田歸農私奔的苗人鳳之妻。當年在商家堡，苗人鳳的女兒大叫「媽媽」，張開了雙臂要她抱，她卻硬起心腸，轉過了頭去。她的相貌胡斐已記不起了。但這麼狠心一轉頭，他永遠都忘不了。

他忍不住冷冷的道：「苗夫人，你獨個兒在這裏幹甚麼？」

她陡然聽到「苗夫人」三字，全身一震，慢慢回過身來，臉色更加白了，顫聲問道：「你……你怎知道我……」緩緩低下了頭，下面的話再也說不出來了。

胡斐道：「我出世三天，父母便長眠於地下，終身不知父母之愛，但比起你的女兒來，我還是快活得多。那天商家堡中，你硬著心腸不肯抱女兒一抱……不錯，我比你的女兒快活得多了。」苗夫人南蘭身子搖搖欲倒，問道：「你……你是誰？」

胡斐指著墳墓，說道：「我是到這裏來叫一聲『爹爹、媽媽！』只因他們死了，這才不答應我，這才不抱我。」南蘭道：「你是胡大俠胡一刀……的……的令郎？」胡斐道：「不錯，我姓胡名斐。我見過金面佛苗大俠，也見過他的女兒。」

南蘭低聲問道：「他們……他們很好吧？」胡斐斬釘截鐵的道：「不好！」南蘭走上一步，哀聲求懇：「他們怎麼啦？胡相公，求求你，求你跟我說。」

胡斐道：「苗大俠爲奸人所害，瞎了雙目。苗姑娘孤苦伶仃，沒媽媽照顧。」南蘭驚道：「他……他武功蓋世，怎能……」

胡斐大怒，厲聲道：「在我面前，你何必假惺惺裝模作樣？田歸農行此毒計，難道不是出於你的奸謀？此處若不是我父母的墳墓所在，我一刀便將你殺了。你快快走開吧！」南蘭顫聲道：「我……我確是不知。胡相公，他眼睛已經好了嗎？」

胡斐見她臉色極是誠懇，不似作僞，但想這女子水性楊花、奸滑涼薄，甚麼樣子都裝得出，不願跟她多說，哼了一聲，轉身便走。南蘭喃喃的道：「他……他竟給人弄瞎了眼睛，蘭兒，我苦命的蘭兒……」突然間翻身摔倒，暈了過去。

胡斐聽得聲響，回頭一看，倒吃了一驚，微一躊躇，過去一探她鼻息，竟是眞的氣厥，脈息微弱，越跳越慢，若不加施救，多半便要身亡。他萬不料到這無情無義的女子竟會如此，便揑了她的人中，在她脅下推拿。

過了良久，南蘭才悠悠醒轉，低聲道：「胡相公，我死不足惜，只求你告我實情，他和我蘭兒到底怎樣了？」胡斐道：「難道你還關懷他們？」

南蘭道：「說來你定然不信。這幾年來，我日日夜夜，想著的便是這兩個人。我自知已不久人世，只盼能再見他們一面，可是我那裏又有面目再去見他父女？今日我到這裏來，因爲苗大哥當年和我成婚不久，便帶著我到這裏，來祭奠令尊令堂，苗大哥說他一生之中，便只佩服胡大俠夫婦兩人。當年在這墓前，他跟我說了許多話……」

胡斐見她情辭眞摯，確非虛假，他人雖粗豪，心腸卻軟，便道：「好，我便跟你說一說苗大俠父女的近狀。」將苗人鳳如何雙目中毒、如何力敗強敵等情簡略說了，只是自己如何從旁援手，卻輕輕一言帶過。南蘭絮絮詢問苗人鳳和苗若蘭父女的起居飮食，對苗若蘭相貌如何、喜歡甚麼等等，問得更是仔細。但胡斐在苗家匆匆而來，匆匆而去，對這個小姑娘的情狀，實在說不上甚麼。

他一直說到夕陽西下，南蘭意猶未足，兀自問個不休。胡斐說到後來，實已無話可答，南蘭問他，她女兒穿甚麼樣的衣服，是綢的，還是布的？是她父親到店中買來的，還是託人縫製？穿了合不合身？好不好看？

胡斐嘆了口氣，說道：「我都不知道。你旣這樣關心，當年又何必……」站起身來，說道：「我要投店去啦。本來今日我要來埋葬義妹的骨灰，此刻天色已晚，只好明天再來！」南蘭道：「好，明天我也來。」胡斐道：「不！我再也沒甚麼話跟你說了。」頓了一頓，終於問道：「苗夫人，我爹爹媽媽，是死在苗人鳳手下的，是不是？」

南蘭緩緩點了點頭，道：「他……他曾跟我說起此事……不過，這是……」

正說到這裏，忽聽得遠處有人叫道：「阿蘭，阿蘭！……阿蘭，阿蘭！你在那裏？」胡斐和南蘭一聽，同時臉色微變，那正是田歸農的叫聲。

南蘭道：「他找我來啦！明兒一早，請你再到這裏，我跟你說令尊令堂的事。」胡斐道：「好，明日一早，一準在此會面。」他不願跟田歸農朝相，隱身在墓後，心想：「明日問明爹爹媽媽身故的眞相，倘若當眞和田歸農這奸賊有關，須饒他不得。料想苗夫人定要替他遮掩隱瞞，但我只要細心查究，必能瞧出端倪。只不知田歸農到滄州來，卻爲了何事？」

只見南蘭快步走出墓地，卻不是朝著田歸農叫聲的方向走去，待走出數十丈遠，只聽得田歸農還在不住口的呼喚：「阿蘭，阿蘭，你在不在這兒？」南蘭才應道：「我在這裏。」田歸農「啊」了一聲，循聲奔去。南蘭道：「我隨便走走，你也不許，便管得我這麼緊。」隱隱約約聽得田歸農陪笑道：「誰敢管你啦？我記掛著你啊。這兒好生荒涼，可小心別嚇著了……」兩人並肩遠去，再說些甚麼，便聽不見了。

胡斐心想：「天色已晚，不如便在這裏陪著爹娘睡一夜。」從包裏取出些乾糧吃了，抱膝坐於墓旁，沉思良久，秋風吹來，微感涼意。墓地上黃葉隨風亂舞，一張張撲在他臉上身上，直到月上東山，這才臥倒。

睡到中夜，忽聽得馬蹄擊地之聲，遠遠傳來，胡斐一驚而醒，心道：「半夜三更，還有誰在荒郊馳馬？」只聽得蹄聲漸近，那馬奔得甚是迅捷。待得相距約有兩三里路時，蹄聲轉緩，跟著是一步一步而行，似乎馬上乘客已下了馬背，牽著馬在找尋甚麼。胡斐聽得那馬正是向自己的方向而來，便縮在墓後的長草之中，要瞧來的是誰。

新月之下，只見一個身材苗條的人影牽著馬慢慢走近，待那人走到墓前十餘丈時，胡斐看得明白，那人緇衣圓帽，正是圓性。

他一顆心劇烈跳動，但覺唇乾舌燥，手心中都是冷汗，要想出聲呼喚，不知如何，竟叫不出聲來，霎時間思如潮湧：「她到這裏來做甚麼？她是知道我在這裏麼？是無意中到這兒呢，還是爲了尋我而來？」

只聽得圓性輕輕念著墓碑上的字道：「遼東大俠胡一刀之墓！」幽幽歎了口氣，說道：「是這裏。」在墓前仔細察看，自言自語道：「墓前並無紙灰，那麼他還沒來掃過墓……」突然間劇烈咳嗽起來，越咳越厲害，竟爾不能止歇。

胡斐聽著她的咳聲，暗暗吃驚：「她身上染了病，勢道不輕啊。」

只聽得她咳了好半晌，才漸漸止了，輕輕的道：「倘若當年我不是在師父跟前立下重誓，終身伴著你浪跡天涯，行俠仗義，豈不是好？胡大哥，你心中難過。但你知不知道，我可比你更傷心十倍啊？」撫著墓碑，低聲道：「在那湘妃廟裏，你抱住了我，怎麼又放開我？……你如不放開我，此刻我不是便在你身邊？那晚只要你不放開，便永遠不放開了……」

胡斐和她數度相遇，見她總是若有情若無情，那裏聽到過她吐露心中眞意？若不是她只道荒野之中定然無人聽見，也決不會洩漏心中的鬱積。

圓性說了這幾句話，心神激盪，倚著墓碑，又大咳起來。

胡斐再也忍耐不住，縱身而出，柔聲道：「怎地受了風寒？要保重才好。」

圓性大吃一驚，退開兩步，雙掌交錯，一前一後，護在胸前，待得看清楚竟是胡斐，不由得滿臉通紅。過了一會，圓性道：「你……你這輕薄小子，怎地……怎地躲在這裏，鬼鬼祟祟的偷聽人家說話？」

胡斐中心如沸，再也不顧忌甚麼，大聲道：「袁姑娘，我對你的一片眞心，你也決非不知。你又何必枉然自苦？我跟你一同去稟告尊師，求她老人家准許你還俗，不做尼姑了。你我天長地久，永相廝守，豈不是好？早知如此，在那湘妃廟裏，我抱住了你，你便打死我，我也決不放開……」

圓性撫著墓碑，咳得彎下了腰，抬不起身來。胡斐甚是憐惜，走近兩步，柔聲道：「你不用煩惱啦……」忽見她一聲咳嗽，吐出一口血來，不禁一驚，道：「怎地受了傷？」圓性道：「是湯沛那奸賊傷的。」胡斐怒道：「他在那裏？我這便找他去。」圓性道：「我已殺了他。」

胡斐大喜，道：「恭喜你手刃大仇。」隨即又問：「傷在那裏，快坐下歇一歇。」扶著她慢慢坐下，說道：「你既受傷，就該好好休養，不可鞍馬勞頓，連夜奔波。」

圓性轉過頭來，向他看了一眼，心中在說：「我何嘗不知該當好好休養，若不是爲了你，我何必鞍馬勞頓，連夜奔波？」問道：「程家妹子呢？怎麼不見她啊？」

胡斐淚盈於眶，顫聲道：「她……她已去世了。」圓性大驚，站了起來，道：「怎……怎麼……去世了？」胡斐道：「你坐下，慢慢聽我說。」將自己如何中了石萬嗔的劇毒、程靈素如何捨身相救等情一一說了。圓性黯然垂淚。良久良久，兩人相對無語，回思程靈素的俠骨柔腸，都是難以自已。

一陣秋風吹來，寒意侵襲，圓性輕輕打了個顫。胡斐脫下身上長袍，披在她的身上，低聲道：「你睡一忽兒吧。」圓性道：「不，我不睡。我是趕來跟你說一句話，這……這便要去。」胡斐驚道：「你到那裏去？」

圓性凝望著他，輕輕道：「借如生死別，安得長苦悲？」

胡斐聽了這兩句話，不由得痴了，跟著低聲唸道：「借如生死別，安得長苦悲？」

圓性道：「胡大哥，此地不可久留，你急速遠離爲是。我在途中得到訊息，趕來跟你說知。」胡斐道：「甚麼訊息？」圓性道：「那日和你別後，我便去追尋湯沛。可是這賊子滑溜得緊，竟給他逃得不知去向。我想他老家是在江西南昌，既得罪了福康安，全家都有干係，他定要設法通知家中老小，急速逃命。」胡斐道：「你料得不錯。」

圓性道：「他外號叫作『甘霖惠七省』，江湖上交遊極其廣闊，但想他既是個如此奸猾之徒，未必能當眞結交到甚麼好朋友。此刻大禍臨頭，非自己趕回家中不可。於是我向南方疾追。三天之後，果然在清風店追上了他。幸虧你在北京曾打得他重傷吐血，他傷重未愈，高粱田裏一場惡戰，終於使計擊斃了這賊子，不過我受傷也是不輕。」胡斐嘆了口氣。

圓性又道：「我在客店養了幾天傷，見到福康安手下的武士接連兩批經過，第二批中有那鷹爪雁行門的周鐵鷦在內，便上前招呼，約他說話。」胡斐驚道：「你身上有傷，不怕他記仇麼？」

圓性微笑道：「我去送他一樁大大富貴。他就算本來恨我，也就不恨了。我將埋葬湯沛屍體的地方指了給他看，他只要割了首級回去北京，不是大功一件麼？他果然很感激我。我說：『周老爺，你如將我擒去，自然又加上一件大功，只不過胡斐胡大哥一定放你不過，從前的許多事情，都不免抖露出來。』那周鐵鷦倒很光棍，說道：『胡大哥的爲人，兄弟是很佩服的，決不敢得罪他的朋友。請你轉告胡大哥，田歸農率領了大批好手，要到滄州他祖墳之旁埋伏，捉拿胡大哥。』」

胡斐吃了一驚，道：「在這裏埋伏？」圓性道：「正是。我聽得周鐵鷦這麼說，知道不假，很是著急，生怕來遲了一步，唉，謝天謝地，沒出亂子……」胡斐瞧著她憔悴的容顏，心想：「你爲了救我，只怕有幾日幾夜沒睡覺了。」

圓性又道：「那田歸農何以知道你祖墳葬在此處？又怎知你定會前來掃墓？胡大哥，好漢敵不過人多，眼前且避過一步再說。」胡斐道：「今日我見到苗夫人，約她明日再來此處會晤。」圓性道：「苗夫人是誰？」胡斐約略說了。圓性急道：「這女人連丈夫女兒尚且不顧，能守甚麼信義？快乘早走吧。」

胡斐覺得苗夫人對他的神態卻不似作僞，又很想知道父母去世的眞相，極盼再和苗夫人一會。圓性道：「田歸農已在左近，那苗夫人豈有不跟他說知之理？你怎地不聽我的話？我連夜趕來叫你避禍，難道你竟半點也不把我放在心上麼？」

胡斐心中一凜，道：「你說的對，是我的不是。」圓性道：「我也不是要你認錯。」胡斐過去牽了馬韁，道：「好，你上馬吧。」圓性正要上馬，忽聽得四面八方唿哨聲此起彼伏，敵人四下裏攻到，竟已將墳地團團圍住了。

胡斐咬牙道：「這女人果然將我賣了。咱們往西闖。」聽著這唿哨之聲，暗自心驚，來攻之敵著實不少，倘若圓性並未受傷，兩人要突圍逃走原是不難，此刻卻殊無把握。圓性道：「你只管往西闖，不用顧我。我自有脫身之策。」

胡斐胸口熱血上湧，喝道：「咱倆今後死活都在一塊！你胡說些甚麼？跟著我來。」圓性讓他這麼粗聲暴氣的一喝，心中甜甜的反覺受用，重傷之餘不能使動軟鞭，便縱馬跟在胡斐身後。

胡斐拔刀在手，奔出數丈，便見五個人影並肩攔上，想：「今日要脫出重圍，須得刀刀殺手，可不能有半分容情。」大踏步直闖過去，雖以寡敵衆，仍並不先行出手，守著後發制人的要訣，左肩前引，左掌斜伸，右手提刀，垂在腿旁。

兩名福康安府中的武士一執鐵鞭，一挺鬼頭刀，齊聲吆喝，分從左右向他頭頂砸下。胡斐一見他二人出手，便知武功都甚了得，一接上手，便非頃刻間可以取勝，餘人一經合圍，要脫身便千難萬難，斜身高縱，呼的一刀，往五人中最左一人砍去。那武士舉劍擋架。胡斐身在半空，內勁運向刀上，啪啪兩腿，快如閃電般踢在第四名武士胸口，那武士直飛出去，口中狂噴鮮血。使劍的武士但覺兵刃上一股巨力傳到手臂，又壓上心口，立覺前胸後背數十根肋骨似已一齊折斷，一聲也沒出，便此暈死過去。

眾武士見他兩招內傷了兩個同伴，無不震駭。使鬼頭刀的武士喝道：「胡大爺，果然好功夫，在下司徒雷領教。」使鐵鞭的道：「在下謝不擋領教高招。」胡斐叫道：「好！」單刀環身一繞，颼颼颼刀光閃動，三下虛招，和身壓將過去。司徒雷和謝不擋急退兩步。第三名武士叫道：「在下東方……」只說到第四個字，胡斐的刀背已砰一聲，擊中他後腦，腦骨粉碎，立時斃命，竟不知他叫東方甚麼名字。

司徒雷和謝不擋又退了兩步，嚴守門戶，卻不容胡斐衝過。唿哨聲中，四名武士奔到司徒雷和謝不擋身後，並肩展開。

胡斐雖在瞬息間接連傷斃三名敵人，但那司徒雷和謝不擋頗有見識，竟不上前接戰，連退兩次，攔住他去路。胡斐暗暗叫苦，使招「夜戰八方藏刀式」，舞動單刀，以左足為軸，轉了個圈子。

就這麼一轉，已數清了敵方人數，西邊六人，東邊八人，南北各是五人，傷斃的三人不算，對方尚有二十四人。

忽聽南面一人朗聲長笑，聲音清越，跟著說道：「胡兄弟，幸會，幸會。每見你一次，你武功便長進一層，當真英雄出在少年，了不起啊，了不起！」正是田歸農的聲音。

胡斐不加理會，凝視著西方的六名敵人，只聽那四名沒報過名的武士分別說道：「在下張寧！」「在下丁文沛領教。」「在下丁文深見過胡大爺！」「嘿嘿，老夫陳敬之！」

胡斐向西急衝，突然轉而向北，左手伸指向北方第二名武士胸口點去。那人手持一對判官筆，見對方伸指點來，右手判官筆倏地伸出，點向他右肩的「缺盆穴」。胡斐雖出手在先，但那人的判官筆長了二尺二寸，胡斐手指尚未碰到那人穴道，自己缺盆穴勢必先要遭點。不料胡斐左手掠出，已抓住了判官筆，用力向前送出，那人「嘿」的一聲悶哼，判官筆的筆桿已插入他咽喉。

便在此時，只聽得身後兩人叫道：「在下黃樵！」「在下伍公權！」金刃劈風之聲已掠到背心。胡斐向前撲出，兩柄單刀都砍了個空，他順勢迴過單刀，唰的一下，從下而上的斬向黃樵手腕。這一招是胡家刀法中的精妙之著，敵人本來極難避過。不料黃樵精於十八路大擒拿手，應變最快，見刀鋒削上手腕，危急中拋去兵刃，手腕翻時，伸指逕來抓胡斐單刀的刀背。別瞧他兩撇鼠鬚，頭小眼細，形貌頗為猥葸，這一下變招竟比胡斐還要迅捷，五根鷄爪般的手指一抖，已抓住了刀背。胡斐仗著力大，揮刀向前砍出，但黃樵膂力也是不小，抓住了刀背，胡斐這一刀居然沒能砍出。就這麼呆得一呆，身後又有三人同時攻到。

胡斐估計情勢，待得背後三人攻到，尚有一瞬餘暇，須當在這片刻間料理了黃樵，此時陷身重圍，眼前這人又實是勁敵，若能傷得了他，便減去一分威脅。當下突然撤手離刀，雙掌擊出，砰的一響，打在他胸口。黃樵一呆，竟然並不摔倒，但抓著單刀的手指卻終於放開了。胡斐一探手，又已抓住刀柄，回過身來，架住了三般兵器。

那三名武士一個伍公權，一個是老頭陳敬之，另一個身材魁梧，比胡斐幾乎高出一個半頭，手中使的是根熟銅棍，只怕足足有四十來斤，極是沉重。胡斐一擋之下，胸口劇震，待要躍開，左右又是兩人攻到。

圓性騎馬在後，衆武士都在圍攻胡斐，一時沒人理她。她雖傷重乏力，但胡斐力傷五人的經過，卻一招一式，全都看得淸淸楚楚。她全心關懷胡斐安危，胡斐的一閃一避，便如她自己躲讓一般，一刀一掌，便似她自己出手。眼見他身受五人圍攻，情勢危急，當即一提韁繩，縱馬衝了過去。

她馬鞭輕揮，使一招軟鞭鞭法中的「陽關折柳」，已圈住那魁梧大漢的頭頸。那大漢正在自報姓名：「在下高一力領教……」突然喉頭一緊，已說不出話來。他力氣雖大，但一來猛地裏呼吸閉塞，二來總是敵不住馬匹的一衝，登時立足不定，爲馬匹橫拖而去，連旁邊的張寧也一起帶倒。

胡斐身旁少了兩敵，唰唰兩刀，已將丁文沛、丁文深兄弟砍翻在地，突覺背後風聲颯然，有人欺到，不及轉身，反手「倒臥虎怪蟒翻身」，單刀迴斫，只聽得「叮」的一聲輕響，手上忽輕，單刀已給敵人的利刃削斷，敵刃跟著便順勢推到。

胡斐大驚，左足急點，向前直縱出丈餘，但已然慢了片刻，左肩背一陣劇痛，已看清楚偷襲的正是田歸農，不由得暗暗心驚。那日在福康安府中，胡斐從田歸農手中奪去天龍寶刀，以之飛擲斃了鳳天南，紛亂中未即攜走，卻給田歸農老了臉皮將刀拾回。田歸農事後細想對方的刀法拳招，這華拳門的黃髯子必是胡斐化裝無疑。他知道要鬥胡斐，非仗這柄鋒銳無比的寶刀不可，索性棄劍不用，右手使動寶刀攻敵。他這口刀鋒銳絕倫，實所難當，胡斐後背登時受傷。

胡斐右足落地，左掌拍出，右手反勾，已從一名武士手中搶到一柄單刀，跟著反手一刀，這招空手奪白刃乾淨利落之極，反手迴攻又是淩厲狠辣無比，敵人手持利刃跟蹤而至，其間相差只是一線，只消慢得瞬息，便是以自己血肉之軀，去餵田歸農手中那天龍門鎮門之寶的寶刀了。胡斐不敢以單刀和敵人寶刀對碰，一味騰挪閃躍，展開輕身功夫和他遊鬥。但拆得七八招，十餘名敵人一齊圍上，另有三人去攻擊圓性。胡斐微一分心，噹的一響，單刀又遭寶刀削斷。這柄寶刀，確實是削鐵如泥。

田歸農有心要置胡斐死地，寒光閃閃，手中寶刀的招數一招緊似一招。他平時使劍，用刀並不順手，但這柄刀鋒利無比，只須隨手揮舞，胡斐已決計不敢攖其鋒芒。他使開寶刀，直逼而前。胡斐想再搶件兵刃招架，但刀槍叢中，竟緩不出手來，嗤的一聲，左肩又讓一名武士的花槍槍尖劃了長長一條口子。

眾武士大叫：「姓胡的投降吧！」「你是條好漢子，何苦在這裏枉自送了性命？」

「我們人多，你寡不敵衆，認輸罷啦，不失面子。」

田歸農當日在福康安府中，給胡斐奪去寶刀，掌擊吐血倒地，當著天下英雄之前，如此出醜，實是奇恥大辱，此刻一言不發，刀刀狠辣的進攻。

胡斐肩背傷口奇痛，眼看便要命喪當地，忽聽得一個女子聲音叫道：「大哥，別傷這少年的性命。」胡斐雖在咬牙酣鬥，仍聽得出是苗夫人的聲音，喝道：「誰要你假仁假義？」忙亂之中，腰眼裏又給人踢中一腳。胡斐怒極，右手疾伸，抓住了那人足踝，提將起來，掃了個圈子。衆武士心有顧忌，一時倒也不敢過分逼近。胡斐手中所抓之人便是張寧，他兵刃脫手，給胡斐甩得頭暈腦脹，掙扎不脫。

胡斐見圓性在馬上東閃西避，坐騎也已中了幾刀，不住悲嘶，當下提起張寧，衝到圓性身前，叫道：「跟我來！」圓性躍下馬背，兩人奔到了胡一刀的墓旁。墓邊的柏樹已高，兩人倚樹而鬥，敵人圍攻較難。胡斐提起張寧，喝道：「你們要不要他性命？」

田歸農叫道：「殺得反賊胡斐，福大帥重重有賞！」言下之意，竟是說張寧是死是活，並無干係。他見衆人遲疑，便自行揮刀衝了上來。

胡斐心知抓住張寧，不足以要脅敵人退開，心想田歸農寶刀在手，武功又高，要抓他極不容易，最好能抓住苗夫人作爲人質，但她站得遠遠的，相距十餘丈之遙，無論如何衝不過去。見田歸農一步步的走近，當下在張寧身邊一摸，瞧他腰間是否帶得有短刀、匕首之類，也可用以抵擋一陣。一摸之下，觸手是個沉甸甸的鏢囊，胡斐左手點了他穴道，右手摘下鏢囊，摸出一枝鋼鏢，掂了掂份量，頗為沉重，看準田歸農小腹，力運右臂，呼的一聲，擲了出去。

鏢重勁大，去勢極猛，田歸農待得驚覺，鋼鏢距小腹已不過半尺，忙揮刀斬落。鋼鏢雖斬為兩截，但鏢尖餘勢不衰，撞上他右腿，還是劃破了皮肉。便在此時，只聽得「啊」的一聲慘呼，一名武士咽喉中鏢，向後直摔。田歸農罵道：「小賊，瞧你今日逃得到那裏去？」但一時倒也不敢冒進，指揮衆武士，團團將兩人圍住。

福康安府中這次來的武士，連田歸農在內共二十七人，為胡斐刀砍掌擊、鏢打腿踢，已傷斃了九人，胡斐受傷卻也不輕。對方十八人四周圍住，已操必勝之算，有幾人愛惜胡斐，又叫他投降。

胡斐低聲道：「我向東衝出，引開衆人，你快往西去。那匹白馬繫在松樹上。」圓性道：「白馬是你的，不是我的。」胡斐道：「這當兒還分甚麼你的、我的！我的命也是你的。我不用照顧你，管教能夠突圍。」圓性聽他說「我的命也是你的」，心裏一甜，也想跟著說一句「我的命也是你的」，突然間想到剛逝世的程靈素，終於硬生生忍住，說道：「我不用你照顧，你這就去罷。」

倘若依了胡斐的計議，一個乘白馬奔馳如風，一個持勇力當者披靡，未始不能脫險。可是圓性不願意，其實在胡斐心中，也是不願意。也許，兩人決計不願在這生死關頭分開；也許，兩人早就心中悲苦，覺得還是死了乾淨。

胡斐拉住圓性的手，說道：「好！袁姑娘，咱倆便死在一起。我……我很歡喜！」圓性輕輕摔脫了他手，喘息道：「我……我是出家人，別叫我袁姑娘。我……我也不是姓袁。」胡斐心下黯然，暗想我二人死到臨頭，你還這般矜持，對我不肯吐露絲毫眞情。

只見一名武士將單刀舞成一團白光，一步步逼近。胡斐拾起一塊石頭，向白光圈摔了過去。那武士揮刀擊開石頭。胡斐抓住這個空隙，鋼鏢擲出，正中其胸，那武士撲倒在地，眼見不活了。

田歸農叫道：「這小賊兇橫得緊，咱們一擁而上，難道他當眞便有三頭六臂不成？」胡斐抬頭望了一眼頭頂的星星，心想再來一場激戰，自己殺得三四名敵人，星星啊，月亮啊，花啊，田野啊，那便永別了。

田歸農毫無顧忌的大聲呼喝指揮，命十六名武士從四方進攻，同時砍落，亂刀分屍。衆武士齊聲答應。田歸農叫道：「他沒兵器，這一次非將他斬成肉醬不可！」

苗夫人早就在不斷走近，這時更上前幾步，說道：「大哥，且慢，我有幾句話跟這少年說。」田歸農皺起了眉頭，道：「阿蘭，你別到這兒來，小心這小賊發起瘋來，傷到了你。」苗夫人甚是固執，道：「他立時便要死了。我跟他說一句話，有甚麼干係？」

田歸農無奈，只得道：「好，你說罷！」

苗夫人叫道：「胡相公，你的骨灰罈還沒埋，這便死了嗎？」胡斐昂然道：「關你甚麼事？我不願破口辱罵女人。你最好走得遠些。」苗夫人道：「我答應過你，要跟你說你爹爹的事。你雖轉眼便死，要不要聽？」

田歸農喝道：「阿蘭，你胡鬧甚麼？你又不知道。」

苗夫人不理田歸農，對胡斐道：「我這話很要緊的，此事只跟你爹爹和金面佛苗人鳳有關，你聽了之後，死而無憾。你要不要聽？」胡斐道：「不錯，我不能心中存著一個疑團而死。請你說吧！」

圓性見局勢緊急，突然往地下一撲，一個打滾，長鞭舞成一團銀光，衝了出去。田歸農揮刀攔截，圓性長鞭疾往他頭頸中圈去，田歸農揮刀格開，圓性已閃過他身旁，抱住了苗夫人在地下滾動。田歸農橫刀砍去，圓性縮身避過，乘勢雙手出勁，將苗夫人向胡斐拋去。胡斐搶上接住，跟著拉住圓性右手，用力回提，雙手抱住她身子，見她用力之餘，背上刀創裂開，鮮血猛湧，又驚又憐，忙按住她傷口。

田歸農見南蘭落入胡斐手中，生怕傷了她，不敢便即進攻，臉色陰沉，不知南蘭要跟胡斐說些甚麼話。

苗夫人站起身來，將嘴巴湊到胡斐耳邊，低聲道：「你將骨灰罈埋在墓碑之後的三尺處，向下挖掘，有柄寶刀。」

胡斐心中一片迷惘，不懂她這三句話的用意，看來又不像是故意作弄自己，心想：「不管如何，確先葬了二妹的骨灰再說。」看準墓碑後三尺之處，運勁於指，伸手挖土。十六名武士各執兵刃，每人都相距胡斐丈餘，目不轉睛的監視。

圓性見胡斐挖坑埋葬程靈素的骨灰，心想自己與他立時也便身歸黃土，當下悄悄跪倒，忍住背上疼痛，合什爲禮，輕輕誦經。胡斐左肩的傷痛越來越厲害，兩隻手漸漸挖深，一轉頭，瞥見圓性合什下跪，神態莊嚴肅穆，忽感喜慰：「她潛心皈佛，我何苦勉強要她還俗？幸虧她沒應允，否則她臨死之時，心中不得平安。」

突然之間，他雙手手指同時碰到一件冰冷堅硬之物，腦海中閃過苗夫人的那句話：「有柄寶刀！」他不動聲色，向兩旁摸索，果然是一柄帶鞘的單刀，抓住刀柄輕輕一抽，刀刃抽出寸許，毫沒生鏽，心想：「苗夫人說道：『此事只跟你爹爹和金面佛苗人鳳有關』，難道這把刀是苗大俠埋在這裏的？難道苗大俠爲了紀念我爹爹，將這柄刀埋在我爹爹墳前？」

他這一下猜測，確沒猜錯。只是他並不知道，苗人鳳所以和苗夫人相識而成婚，正是由於這口「冷月寶刀」；而他夫婦良緣破裂，也是由這口寶刀而起，始於苗人鳳將這刀埋葬在胡一刀墳前之時。當世除苗人鳳和苗夫人之外，沒第三人知道此事。

胡斐握住了刀柄，回頭向苗夫人瞧去，只聽得她幽幽說道：「要明白別人的心，那是多難啊！」她長長的嘆了口氣，緩步走開。圓性待要阻止，胡斐道：「讓她走好了！我們不怕田歸農。」

田歸農叫道：「阿蘭，你在客店裏等我。待我殺了這小賊，大夥兒喝酒慶功。」苗夫人不答，在荒野中越走越遠。

田歸農轉過頭來，喝道：「小賊，快埋！咱們不等了！」

胡斐道：「好，不等了！」抓起刀柄，只覺眼前青光一閃，寒氣逼人，手中已多了一柄青森森的長刀，刀光如水，在冷月下流轉不定。

田歸農和衆武士無不大驚。胡斐乘衆人心神未定，揮刀殺上。噹啷噹啷幾聲響處，三名武士兵刃削斷，兩人手臂斬落。

田歸農橫刀斫至，胡斐舉刀一格，錚聲清響，聲如擊磬，良久不絕。兩人躍開三步，就月光下看手中刀時，都絲毫無損。兩口寶刀，正堪匹敵。

胡斐見手中單刀不怕田歸農的寶刀，登時如虎添翼，展開胡家刀法，霎時間又傷了三名武士。田歸農的寶刀雖和他各不相下，刀法卻大大不如，他以擅使的長劍和胡斐相鬥，尚且不及，何況以己之短，攻敵之長？三四招一過，臂腿接連中刀，若非身旁武士相救退開，已命喪胡斐刀下。此時身上沒帶傷的武士已寥寥無幾，任何兵刃遇上胡斐手中寶刀，無不立斷，盡變空手。

胡斐也不趕盡殺絕，叫道：「我看各位也都是好漢子，何必枉自送了性命？」田歸農見情勢不對，拔足便逃。眾武士搭起地下的傷斃同伴，大敗而走。眾人直到數年之後，苦苦思索，紛紛議論，仍沒絲毫頭緒，不知胡斐這柄寶刀從何而來。總覺此人行事神出鬼沒，人所難測，「飛狐」這外號便由此而傳開了。

胡斐彈刀清嘯，心中感慨，還刀入鞘，將寶刀放回土坑之中，使它長伴父親於地下，再將程靈素的骨灰罈也輕輕放入土坑，撥土掩好。他取出金創藥爲圓性敷上傷口，給她包紮好，說道：「從今以後，你跟著我再也不離開了！」

圓性含淚道：「胡大哥，不成的……我見到你是我命苦，不見你，我仍然命苦……」

她跪倒在地，雙手合什，輕唸佛偈：

一切恩愛會，無常難得久。

生世多畏懼，命危於晨露。

由愛故生憂，由愛故生怖。

若離於愛者，無憂亦無怖。

唸偈時淚如雨下，唸畢，悄然上馬，緩步西去。

胡斐牽過駱冰所贈的白馬，快步追將上去，說道：「你騎了這馬去吧。你身上有傷，還是……還是……」圓性搖搖頭，縱馬便行。

胡斐望著她背影，那八句佛偈，在耳際心頭不住盤旋。

他身旁那匹白馬望著圓性漸行漸遠，不由得縱聲悲嘶，不明白舊主人爲甚麼竟不轉過頭來。

胡斐見她背影漸小，即將隱沒，突然之間，耳畔似乎又響起了王鐵匠的情歌：

你不見她面時，天天要十七八遍掛在心！

「袁姑娘，二妹，連同我三個兒，我們又沒做壞事，爲甚麼都這樣苦惱？難道都是天生命苦嗎？」

回頭望望父親墳上程靈素骨灰的埋葬之處，一陣涼風吹來，吹得墳邊青草盡皆伏倒。「再過幾天，這些青草都變黃了，最後也都死了。它們倒可在這裏長伴二妹，我卻不能。二妹今年只十八歲。明年我再來看她，她仍是十八歲，我卻一年年大了、老了，到最後還不是同這些青草一般？『無憂亦無怖』有甚麼好？恩愛會也罷，不是恩愛會也罷，總都是『無常難得久』！」

（全書完）

後記

《飛狐外傳》寫於一九六〇、六一年間，原在我所創辦的《武俠與歷史》小說雜誌連載，每期刊載八千字。在報上連載的小說，每段約一千字至一千四百字。《飛狐外傳》則是每八千字成一個段落，所以寫作的方式略有不同。我每十天寫一段，一個通宵寫完，一般是半夜十二點鐘開始，到第二天早晨七八點鐘工作結束。一部長篇小說，每八千字成一段落的節奏是絕對不好的。這是我寫作生涯中唯一的一次。這次所作修改，主要是將節奏調整得流暢些，消去其中不必要的段落痕跡。

《飛狐外傳》是《雪山飛狐》的「前傳」，敘述胡斐過去的事蹟。然而這是兩部小說，互相有聯繫，卻並不全然的統一。在《飛狐外傳》中，胡斐不止一次和苗人鳳相會，胡斐有過別的意中人。這些情節，沒有在修改《雪山飛狐》時強求協調。

這部小說的文字風格，比較遠離中國舊小說的傳統，現在並沒改回來，但有兩種情形是改了的：第一，對話中刪除了含有過份現代氣息的字眼和觀念，人物的內心語言也是如此。第二，改寫了太新文藝腔的、類似外國語文法的句子。

《雪山飛狐》的眞正主角，其實是胡一刀。胡斐的性格在《雪山飛狐》中十分單薄，到了本書中才漸漸成形。我企圖在本書中寫一個急人之難、行俠仗義的俠士。武俠小說中眞正寫俠士的其實並不很多，大多數主角的所作所爲，主要是武而不是俠。

孟子說：「富貴不能淫，貧賤不能移，威武不能屈，此之謂大丈夫。」武俠人物對富貴貧賤並不放在心上，更加不屈於威武，這大丈夫的三條標準，他們都不難做到。在本書之中，我想給胡斐增加一些要求，要他「不爲美色所動，不爲哀懇所動，不爲面子所動。」英雄難過美人關，像袁紫衣那樣美貌的姑娘，又爲胡斐所傾心，正在兩情相洽之際而軟語央求，不答允她是很難的。英雄好漢總是吃軟不吃硬，鳳天南贈送金銀華屋，胡斐自不重視，但這般誠心誠意的服輸求情，要再不饒他就更難了。江湖上最講究面子和義氣，周鐵鷦等人這樣給足了胡斐面子，低聲下氣的求他揭開了對鳳天南的過節，胡斐仍是不允。不給人面子恐怕是英雄好漢最難做到的事。

胡斐所以如此，只不過爲了鍾阿四一家四口，而他跟鍾阿四素不相識，沒一點交情。目的是寫這樣一個性格，不過沒能寫得有深度。只是在我所寫的這許多男性人物中，胡斐、喬峯、段譽、楊過、郭靖、令狐冲、趙半山、文泰來、張無忌這幾個是我比較特別喜歡的。立意寫一種性格，變成「主題先行」，這是小說寫作的大忌，本書在藝術上不太成功，這是原因之一。當然，如果作者有足夠才能，那仍然勉強可以辦到。

武俠小說中，反面人物爲正面人物殺死，通常的處理方式是認爲「該死」，不再多加理會。本書中寫商老太這個人物，企圖表示：反面人物被殺，他的親人卻不認爲他該死，仍然崇拜他，深深的愛他，至老不減，至死不變，對他的死亡永遠感到悲傷，對害死他的人永遠強烈憎恨。

一九七五年一月

第二次修改，主要是個別字眼語句的改動。所改文字雖多，基本骨幹全然無變。

一九八五年四月

在修訂這部小說期間，中國文聯電視集監製張紀中兄到香港來，和我商討「神鵰俠侶」電視連續劇的劇本。我記得在內地報紙上的報導中見到，「射鵰」的編劇之一認爲《射鵰》原作寫得不完備，江南七怪遠赴大漠教導郭靖武藝，過程豐富而詳細，丘處機傳授楊康武藝卻一筆帶過，兩者不平衡，於是他加了一幕又一幕丘處機教楊康的場景，認爲這樣一來，就將原作發展而豐富了，在藝術上提高了。這位先生如眞的這樣會寫武俠小說，不知爲甚麼這樣惜墨如金，不顯一下身手絕藝？我生平最開心的享受，就是捧起一本好看的武俠小說來欣賞一番。現今我坐飛機長途旅行，無可奈何，手提包中仍常帶白羽、還珠、古龍、司馬翎的武俠舊作。很惋惜現今很少人寫新的武俠小說了。然而從這位編劇先生的宏論推想，他是完全不懂武俠小說的，他不懂中國小說，不懂小說，不懂戲劇，不懂藝術中必須省略的道理，所以長嘆一聲之餘，也只好不寄以任何期望了。正如有人批評齊白石的畫，說他只畫了畫紙的一部分，留下了大片空白，未免懶惰。幸好，張紀中兄說，這位編劇先生所添加的大量「豐富與發展」，都給他大筆一刪，決不在電視中出現。

從這個經驗想到，如有人改編《飛狐外傳》小說爲電影或電視劇，最好不要「豐富與發展」，不要加上田歸農勾引南蘭的過程，不要加上胡斐與程靈素千里同行、含情脈脈的場面，不要加上無嗔大師與石萬嗔師兄弟鬥毒的情景，不要加上對商劍鳴和袁紫衣的描寫。香港近年來正大舉宣傳一種「無添加」化妝品，梁詠琪小姐以清秀的本來面目示人，表示這種化妝品的「無添加」——沒有添加任何玷污性的雜質。

廣東人有句俗語，極好的形容這種藝術上的愚蠢，叫做「畫公仔畫出腸」。畫一幅男人、女人的圖畫，比方說畫一位美人吧，爲了表達完善，畫了她美麗的面容和手足之外，要再畫出她的肝、大腸、小腸、心、胃、肺、膽，覺得非此則不完全。我已懂得「畫蛇添足」和「畫公仔畫出腸」，自古已然，因此也不爲此難過。

《飛狐外傳》所寫的是一個比較平實的故事，一些尋常的人物，其中出現的武功、武術，大都是實際而少加誇張的。少林拳、太極拳、八卦掌、無極拳、西嶽華拳、鷹爪雁行拳等等，不單有正式的書籍記載，而且我親自觀摩過，也曾向拳師們請教過，知道眞正的出手和打法，不像降龍十八掌、六脈神劍、獨孤九劍、乾坤大挪移那麼誇張。但現實主義並不是武俠小說必須遵依的文學原則。《飛狐外傳》的寫作相當現實主義，只程靈素的使毒誇張了些。這部小說比《天龍八部》多了一些現實主義，但決不能說是一部更好的小說。根據現實主義，可以寫成一部好的小說，不根據現實主義，仍可以寫成好的小說。雖然，我不論根據甚麼主義，都寫不成很好的小說。因爲小說寫得好不好，和是否依照甚麼正確的主義全不相干。

二〇〇三年四月

程靈素身上誇張的成份不多，她是一個可愛、可敬的姑娘，她雖然不太美麗，但我十分喜歡她。她的可愛，不在於她身上的現實主義，而在於她浪漫的、深厚的眞情，每次寫到她，我都流眼淚的，像對郭襄、程英、阿碧、小昭一樣，我都愛她們，但願讀者也愛她們。

二〇〇三年九月

飛狐外傳. 4,長在心頭 / 金庸作.　-- 二版.　-- 臺北市：
遠流， 2019.04
面； 公分. --(大字版金庸作品集；30)
大字版
ISBN 978-957-32-8507-6 (平裝)

857.9　　　　108003444